10|18
12, avenue d'Italie — Paris XIIIe

Du même auteur
aux Éditions 10/18

MEURTRES DANS LE SANCTUAIRE, n° 3029

L'ŒIL DE DIEU

PAR

C. L. GRACE

Traduit de l'anglais
par Founi GUIRAMAND

10|18

INÉDIT

« Grands Détectives »
dirigé par Jean-Claude Zylberstein

Si vous désirez être régulièrement tenu au courant
de nos publications, écrivez-nous :
Éditions 10/18
c/o 10 Mailing (titre n° 3030)
35, rue du Sergent Bauchat
75012 Paris

Titre original :
The Eye of God

ISBN 2-264-02818-1

A George Witte, directeur d'édition chez St. Martin's Press, avec ma reconnaissance et mes remerciements pour l'aide précieuse qu'il m'a apportée au fil des années.

Rappel historique

En 1471, la guerre civile sanglante opposant la maison d'York et celle de Lancastre pour la couronne d'Angleterre s'achevait brutalement par les victoires des York à Barnet en avril et à Tewkesbury en mai. La guerre avait commencé en raison de l'incompétence du roi lancastrien Henri VI à gouverner. Celui-ci, homme pieux et de bonne volonté, aurait volontiers abandonné la couronne à ses cousins York sans sa puissante et ambitieuse épouse, Marguerite d'Anjou, qui veillait sur ses intérêts. Tout d'abord la guerre fit rage avec des pertes et des blessés dans les deux camps. Pris en embuscade à Wakefield, les chefs de la maison d'York, Richard, duc d'York, lord lieutenant d'Irlande, et son fils aîné Edmond, furent cruellement mis à mort. Dès lors, le flambeau des York était repris par les trois plus jeunes fils : Édouard, Richard, duc de Gloucester, et George, duc de Clarence, efficacement soutenus par Richard Neville, comte de Warwick. Édouard se révéla bon général, mais, en épousant la jolie veuve Élisabeth Woodville, il s'aliéna son frère George et Warwick, qui passèrent tous deux à la maison de Lancastre, bien que Clarence revînt plus tard à sa famille. Les victoires yorkistes en

1471 entraînèrent la mort de Warwick, l'emprisonnement de Marguerite d'Anjou, et le meurtre d'Henri VI à la Tour de Londres. C'était un âge qu'illustrent parfaitement les vers du poète Chaucer, dans « Le conte du Pardonneur » :

« Une voleuse mystérieuse appelée Mort avançait dignement au côté de Celui qui, ici-bas, fait trépasser les humains. »

Prologue

Dimanche de Pâques, quatorzième jour d'avril, 1471

Richard Neville, comte de Warwick, sortit de sa tente pour sonder les ténèbres scellées de brouillard. Du camp montait le bruit de ses hommes qui s'armaient pour la bataille. Warwick vit la brume s'épaissir au Creux de l'Homme Mort, près du bois de Wrotham, et recouvrir la plaine de Barnet. Les petites couleuvrines seraient donc inefficaces. Dans le brouillard, son armure collait au toucher, tandis que les bannières de commandement pendaient mollement à leur hampe. Signe des événements à venir ? Warwick effleura la pierre précieuse qui pendait à son cou, un saphir étincelant. Il y abaissa les yeux, murmura une prière. Cette pierre avait pour nom l'Œil de Dieu, mais Dieu regardait-il son serviteur, présentement ? Dans le lointain, Édouard d'York et ses frères assoiffés de sang, Richard de Gloucester et George de Clarence, progressaient depuis Barnet pour l'obliger à se battre et l'anéantir.

Warwick se raidit, refoulant la peur qui subitement le tenaillait. S'il sortait vainqueur, la route de Londres serait libre. Il rétablirait dans ses droits le saint roi Henri VI, ou, si les York l'avaient déjà assassiné, peut-être assoirait-il un autre roi sur le trône ? Une trompette sonna. Warwick, serrant son heaume au majestueux plumet noir et jaune, avança dans l'obscurité. Chevaliers et écuyers de sa maison l'entourèrent. Un page amena sa monture tandis que les messagers de ses capitaines attendaient les ordres. Sur un signe de sa main gantée, sa suite armée se mit en route. A l'écart du camp, il sauta en selle et passa en revue ses troupes déjà en formation de bataille : rangs d'hommes en armes déployés dans les profondeurs du brouillard. L'armée de Warwick était organisée en trois grandes phalanges : celle de son jeune frère, John Neville, marquis de Montagu, au centre ; celle du duc d'Exeter à gauche ; et celle du comte d'Oxford à droite.

Une trompette sonna encore, suivie de cris et de railleries. Une petite troupe de cavaliers venait de surgir des ténèbres, galopant vers l'armée de Warwick. Celui-ci repéra la croix de bois que brandissaient les hommes à cheval, et la bannière blanche qui l'entourait. Son regard se porta sur ses archers qui armaient fébrilement leurs arcs.

— Paix ! cria-t-il. Ce sont des envoyés, ils ne sont pas armés.

Flanqué de Montagu et d'Exeter, il avança vers la petite troupe de cavaliers yorkistes qui s'étaient regroupés sous leur bannière de paix. Warwick laissa son cheval marcher l'amble. Combien étaient-ils ? Quatre ? Cinq ? Était-ce un piège ? Et si derrière eux d'habiles archers avaient déjà bandé leurs arcs ? Warwick tira sur la bride de son grand destrier, se dressant sur ses étriers.

— Êtes-vous des messagers ? cria-t-il.

Le chef du petit groupe cria en retour :

— Nous venons dans un esprit de paix, sans arme, seulement porteurs d'un message de Sa Majesté le roi.

— Je ne savais pas que le roi Henri était avec vous, se gaussa Warwick, scrutant l'obscurité au-delà des cavaliers.

— C'est le roi Édouard IV qui nous envoie, l'Oint du Seigneur, roi d'Angleterre, d'Irlande, d'Écosse et de France par la grâce de Dieu.

Warwick avait perçu le léger accent irlandais, et il sourit. Il connaissait l'homme : Colum Murtagh, que le père d'Édouard d'York avait sauvé de la pendaison. Maintenant maréchal de la maison d'York et premier éclaireur et messager du prince Édouard, Murtagh n'était pas un assassin. Warwick éperonna sa superbe monture qui précéda bientôt ses deux généraux. Il s'immobilisa à une longueur de bras de Murtagh et scruta le visage sombre de l'Irlandais, ses cheveux noir de jais humides sous son casque de mailles et son capuchon brun de protection.

— Vous allez bien, Irlandais ?

— Oui, Monseigneur.

— Quel est votre message ?

— Les conditions de Sa Majesté, honorables et profitables pour vous, si vous les acceptez.

Warwick entendit les murmures courroucés de ses compagnons. Ils avaient saisi le sens du message. Autrefois, en des temps plus fastes, Warwick et Édouard d'York avaient été plus liés que David et Jonathan, frères jurés dans une amitié scellée par de solennels serments. A présent, tout avait volé en éclats, mais York espérait encore se rallier Warwick.

Ce dernier reprit :

— A mes compagnons, ces hommes qui m'ont assisté dans ma grande cause, qu'offre le roi ?

— Rien, Monseigneur.

Warwick hocha la tête, se forçant à sourire. Il remua, et l'Irlandais perçut l'éclat du saphir sur le pendentif en or. Warwick, qui avait suivi son regard, prit délicatement le bijou entre deux doigts.

— Or et pierres précieuses, murmura-t-il. Je donnerais volontiers tout cela pour une paix honorable.

— Eh bien, remettez-vous-en à la miséricorde du roi, Monseigneur.

Warwick reprit les rênes de sa monture et secoua la tête.

— Je refuse !

— Alors, Monseigneur, répliqua l'Irlandais, élevant la voix pour être entendu de tous, le roi vous considère comme des traîtres rebelles, et si vous êtes pris, il vous promet une mort sanglante !

— C'est tout, Irlandais ?

Murtagh fit tourner son cheval.

— Qu'attendiez-vous de plus ?

La monture de Warwick avança, et l'Irlandais s'alarma. Il porta la main là où son épée aurait dû se trouver.

— Paix, paix, héraut, murmura Warwick, je ne vous veux pas de mal, Murtagh. Vous aviez une mission, vous l'avez bien remplie.

Prenant la main de l'Irlandais, il y glissa une pièce d'or.

— Prenez ceci, pressa-t-il, si la bataille tourne contre York, montrez cette pièce à l'un de mes capitaines, et vous aurez la vie sauve.

L'Irlandais examina avec attention la monnaie en or.

— Si la bataille tourne mal pour vous, Monseigneur, ce qui ne fait pas de doute, cette pièce paiera des messes pour le repos de votre âme.

Murtagh fit faire demi-tour à son cheval et prit la tête de la petite troupe en direction de Barnet.

Warwick les regarda partir. Puis il se tourna et sourit avec sérénité à ses généraux, espérant que sa tranquille assurance apaiserait leurs sombres pensées et leurs visages anxieux.

— Ils seront là dans peu de temps, Messeigneurs, déclara-t-il. Allez prendre vos positions.

Il ôta ses gants pour serrer la main à ses généraux et assista au départ de chacun d'eux jusqu'à ce qu'il ne reste plus avec lui que son frère John.

— Il faut te battre à pied, lui annonça brusquement celui-ci. Les hommes sont nerveux, parlent de trahison et de félonie. Ils disent que...

Sa voix s'éteignit.

— Je sais ce qu'ils disent, reprit Warwick d'une voix égale. Que les nobles seigneurs terriens combattent à cheval, et que, si la bataille tourne contre eux, ils fileront comme le vent jusqu'à l'abri le plus proche, abandonnant les paysans à leur destin.

Warwick laissa glisser à terre son corps revêtu de sa pesante armure, et tira sa grande épée du fourreau accroché à l'arçon de sa selle. Il tendit les rênes de son destrier à son frère, disant :

— Nous nous battrons tous à pied, c'est mon ordre, transmets-le, John. Reconduis mon cheval et ceux des autres derrière nos lignes.

John s'éloigna au galop, suivi du destrier de Warwick dont les sabots acérés soulevaient des éclats de boue. Une nouvelle fois, Warwick passa en revue les trois imposantes phalanges d'hommes armés, puis, entouré des chevaliers de sa maison, il prit son commandement, juste derrière la division centrale de Montagu. Il scrutait le brouillard qui planait toujours, mouvant et dense au-dessus des troupes. Warwick ordonna que l'on fasse silence. Les mains sur la garde de sa noble épée, il tendit l'oreille, guettant des bruits dans l'opacité, au loin. N'entendant rien, il ferma les yeux et murmura une prière. Un page accourut l'informer qu'il n'était que huit heures du matin quand tout à coup il perçut, vague et étouffé, le son de l'ennemi en marche. Il ordonna que l'on déploie ses bannières de guerre, mais elles pendaient, molles et humides. D'un geste du menton, il alerta ses sonneurs de trompette, leva la main et hurla :

— Pour Dieu, le roi Henri et saint Georges !

Dans l'obscurité, les trompettes retentirent, stridentes, et les trois phalanges, archers et artilleurs, firent feu dans la muraille de brouillard. Les trompettes des yorkistes donnèrent en retour, stridentes aussi ; il y eut des cris, et le cœur de Warwick tressauta tandis que, émergeant du brouillard, les hommes cuirassés chargeaient par vagues successives.

— En avant ! hurla-t-il encore.

Moresby, le capitaine de sa garde, transmit l'ordre : les porteurs de bannière avancèrent, et, dans un fracas qui ébranla l'obscurité menaçante, les deux armées s'affrontèrent en une mêlée furieuse d'épées, de lances, de haches virevoltant en tous sens. Les hurlements d'horreur, les gémissements, les cris des mourants, les jurons, les suppliques montaient, assourdissants, tandis que les hommes se battaient dans le brouillard opaque, enfonçant jusqu'aux chevilles dans la terre détrempée de sang. Warwick essuya la sueur à son front, fouillait l'obscurité à la recherche de la bannière de son frère. A côté d'elle, le grand étendard bleu et or des York déployait un soleil en majesté. Des cris et hurlements s'élevèrent sur sa gauche, et Warwick pivota pour observer, horrifié, l'étendard blanc portant le sanglier rouge rampant surgir au-dessus de la crête, et les hommes d'Exeter reculer dans sa direction. Richard de Gloucester, frère d'Édouard d'York, essayait de les prendre à revers. Warwick lança des ordres brefs : que le gros de la troupe de réserve se porte au secours d'Exeter. Le sanglier rouge rampant disparut. Avec un soupir de soulagement, Warwick saisit l'Œil de Dieu et pria son saint patron, l'archange Michel, de lui venir en aide. Un hurlement s'éleva de la mêlée devant lui, et il distingua d'autres bannières yorkistes autour de son frère. Le roi Édouard lui-même conduisait sa troupe, se frayant un passage pour affronter Montagu. Warwick avança avec son petit détachement. En quelques minutes, il se fondait dans cette muraille de fer, tranchant, tailladant tout ce qui apparaissait devant la fente de son heaume dont la visière était rabattue. Les York reculaient. Warwick se retira, trempé de sueur. Son armure d'argent ciselé d'or, un présent du roi Louis XI en personne, s'était rougie sous les éclaboussures de sang et les esquilles d'os. Entouré de ses pages et de ses écuyers, Warwick enleva son heaume et se redressa, cherchant son souffle. Il se tourna vers l'écuyer à son côté et le saisit par l'épaule.

— Brandon, s'écria-t-il, Brandon, la victoire est à nous !

Soudain, à sa droite, Warwick perçut du mouvement dans le brouillard, et des cris retentirent : les archers partaient en débandade, visant des cavaliers qui surgissaient devant eux. On entendait crier : « Trahison ! Trahison ! »

— Au nom du Ciel, rugit Warwick, les hommes de Montagu attaquent Oxford !

Warwick traversa en courant le champ de bataille mais le mal était fait. Oxford, après avoir éloigné une troupe ennemie, était revenu sans crier gare. Les hommes de Montagu, prenant ses soldats pour des yorkistes, les avaient arrosés d'une volée de flèches. Les hommes d'Oxford, pensant à une félonie, criaient « Trahison ! » et fuyaient en désordre. Le cri était repris maintenant par les soldats de Montagu. La panique s'emparait des troupes, qui commençaient à se disperser, chacun cherchant à s'enfuir. Des messagers accoururent, hors d'haleine, l'œil brûlant : Montagu était à terre et John Neville mort ! Warwick poussa un gémissement, mais il n'avait pas le temps de prêter davantage l'oreille. Les fugitifs, d'abord isolés, devenaient légion. Les hommes, sans cesser de courir, jetaient leurs armes, arrachaient leur cuirasse.

— *Aidez-moi*[1] *!* cria le comte.

Sous sa bannière, entouré de quelques écuyers, il pointait son épée sur le front de bataille, pressant les derniers de sa maison à aller de l'avant. En vain. Les lignes de front, qui se disloquaient, cédèrent et ce fut le désordre. Même les chevaliers de la maison du comte hurlaient qu'on avait perdu. Warwick, la main sur l'Œil de Dieu, balaya du regard le champ de bataille, ouvrit la bouche pour crier mais aucun son n'en sortit. Une flèche siffla près de son visage : des soldats à pied aux couleurs des York venaient de surgir. Brandon, Moresby et les autres s'élancèrent. Warwick les imita, le souffle court, suffoquant. Son armure l'alourdissait, la perspective de la

1. En français dans le texte. *(N.d.T.)*

défaite et de la mort grouillait autour de lui comme des serpents.

— *Tout est perdu*[1] *!* murmura-t-il.

Les chevaux apparurent. Ô Dieu merci ! Brandon lui amenait sa monture, mais Warwick trébucha en glissant dans la boue. Il se releva et avança d'un pas lourd. Derrière lui, les yorkistes à pied bondissaient et hurlaient comme des chiens. Le comte rejoignit son cheval, le saisit par la bride, mais il n'avait plus la force de se mettre en selle.

— Monseigneur !

Moresby prit anxieusement la main du comte, tout en ordonnant d'un geste à Brandon de tenir les chevaux impatients.

— Vous devez fuir, Monseigneur !

Warwick arracha l'Œil de Dieu de son cou et le mit de force dans la main de Brandon.

— Prenez-le, dit-il en haletant, et allez auprès des moines de Cantorbéry. C'est mon dernier présent. Demandez-leur de prier pour mon âme.

Moresby et Brandon allaient protester, mais Warwick les repoussa. Ils enfourchèrent leurs montures à la hâte, au moment où un groupe d'ennemis arrivait sur Warwick. Le comte se tourna pour se défendre, mais on le poussa au sol, et sa visière remonta. Un soldat à pied s'assit sur sa poitrine et plongea un couteau dans sa gorge. Le comte eut un soubresaut, puis un second : sa vie et ses espoirs s'éteignaient, soufflés comme la flamme d'une bougie.

Brandon et les autres cavaliers s'éloignaient dans les ténèbres quand Colum Murtagh, le messager du roi, rejoignit les cupides soldats qui dépouillaient le corps de Warwick de sa splendide armure.

1. En français dans le texte. *(N.d.T.)*

— Il est mort ! rugit l'un d'eux. L'ennemi est mort ! Le grand Warwick n'est plus !

Il regarda Colum.

— Vous arrivez trop tard pour le butin. C'est la loi de la guerre : on l'a eu, on l'a tué, son armure est à nous !

— Je venais le sauver, marmonna Colum en abaissant un regard plein de pitié sur le corps pâle et sans vie de Warwick, nu maintenant à l'exception d'une culotte.

— Et ça, ça sert à quoi ? criait à tue-tête un autre soldat qui gambadait avec le somptueux heaume doré de Warwick au bout de sa lance.

Colum secoua la tête.

— A rien, dit-il, mais Sa Majesté le roi demande le pendentif avec son précieux saphir.

— Quel pendentif ? s'écrièrent les soldats. Nous le jurons devant Dieu, Maître, il n'y a ni croix, ni joyau !

Colum les obligea à vider leurs bourses et leurs besaces. Finalement convaincu de leur sincérité sinon de leur honnêteté, il regagna son cheval pour retourner auprès du roi lui annoncer que le comte de Warwick était mort, et que l'Œil de Dieu avait disparu.

La lune baignait la croisée des chemins, et dans sa sinistre clarté les chaînes du gibet luisaient comme de l'argent. Le cadavre pendait, inerte, à la corde pourrissante : on eût dit qu'il guettait quelque bruit montant de la lande désolée que traversait la route de Cantorbéry. Dans l'ombre, la femme demeurait tapie à grand mal. Elle s'humectait anxieusement les lèvres et sondait les ténèbres. Le message était très clair. Elle devait se trouver là avant minuit, et pourtant comme elle aurait aimé s'enfuir ! Elle repoussa ses cheveux rouges. La sueur coulait le long de ses joues.

— J'aurais pu refuser, bien sûr, murmura-t-elle.

Elle se mordit les lèvres. « Et alors ? Si je n'étais pas venue, eux seraient venus me chercher... » Un bruit étouffé de pas qui glissaient dans l'herbe s'éleva derrière elle, une ramille craqua. La femme se retourna vivement en portant la main à la dague coincée dans sa ceinture. Il n'y avait personne : seul un renard tacheté d'argent courait à travers la clairière qu'une haie de buisson séparait de la croisée des chemins. L'animal s'arrêta soudainement, oreilles dressés, une patte levée, et la regarda. Ses yeux scintillaient d'une terne lueur rougeâtre, et la femme gémit de terreur. Était-ce un animal ou quelque malveillant fantôme de la nuit ? Ou encore un démon ayant pris l'apparence d'une bête ? Le renard jeta un autre regard sur la femme, plissa le nez et reprit sa course. Fermant les yeux, la femme laissa échapper un profond soupir, puis se tourna vers le gibet. Elle réprima un cri d'effroi étranglé en découvrant la silhouette encapuchonnée qui se tenait maintenant auprès de l'échafaud. La femme se serait bien accroupie pour se cacher mais l'ombre savait qu'elle était là. Une main gantée se leva pour lui faire signe d'approcher. La femme se figea, la bouche sèche, son cœur battant sourdement comme un tambour.

— Viens ici, Megan, approche !

La femme se dressa. Ah ! si ses jambes cessaient de trembler ! Son sarrau était trempé de sueur froide, et l'air froid de la nuit la glaça plus encore.

— Tu ne veux pas venir ? reprit la voix, douce et grave. Tu n'as pas de raison d'avoir peur.

Megan se dégagea des buissons et avança lentement vers l'inconnu.

— Viens plus près, dit de nouveau la voix, avec le rien d'agacement dont userait un père qui perdrait patience avec un enfant rétif.

Megan approcha encore. Si elle n'endiguait pas sa panique, elle éclaterait en pitoyables sanglots, à moins qu'elle ne pousse des cris hystériques. Il ne le fallait pas, non, ou l'inconnu croirait qu'elle voulait l'attaquer ou lui tendre un piège. D'un autre côté, si elle partait en courant, il ferait en sorte que ce soit sa dernière nuit sur terre. S'humectant les lèvres, Megan, la tête haute, approcha si près que l'odeur de pourriture du gibet lui effleura les narines. Elle jeta un furtif regard à la tête du pendu. Son visage tordu d'un côté semblait porter sur elle un sourire grimaçant dans la pâleur du clair de lune. Le mystérieux inconnu s'était placé de sorte que son manteau à capuchon l'enveloppait complètement, et le masque qui dissimulait son visage ne laissait voir que ses dents acérées immaculées, et l'éclat malveillant de son unique œil valide.

— Me voilà, murmura Megan. Je suis venue comme vous l'avez demandé.

— Bien sûr.

La voix avait une pointe d'accent gaélique, à présent. L'inconnu empoigna soudain Megan par l'épaule, la serrant comme un étau de métal. Les yeux clos, la femme gémit d'effroi.

Il la secoua.

— Regarde alentour, Megan ! Regarde !

Il relâcha sa prise, et la femme s'exécuta : ses yeux se portèrent sur les grands arbres sombres de la forêt de Blean.

— C'est un lieu étrange, murmura l'homme. On

assure qu'ici des nécromants sans visage, vêtus de longues peaux, dépouilles d'animaux encore pourvues de queues immenses, invoquent Merderus, la Reine de la Nuit, pour qu'elle leur vienne en aide. Le crois-tu ? En Irlande, nous le croyons.

L'inconnu parlait avec un accent mélodieux, mais Megan, en vérité, le redoutait davantage qu'une cohorte de sorcières volant dans les ténèbres de la nuit vers quelque sinistre sabbat ou autre messe noire.

L'homme soupira avant de poursuivre sur le ton du bavardage :

— On dit que la guerre est finie, le savais-tu, ma fille ?

Il éclata d'un rire brusque.

— Bien sûr, tu le savais. Les cadavres des lancastriens s'amoncellent en tas hauts jusqu'à mi-corps, et les collines de Barnet et de Tewkesbury sont détrempées de leur sang. Le roi Édouard IV est revenu avec sa jolie poupée d'épouse et ses frères impitoyables, et chacun doit rentrer chez soi. Fini, le temps des tueries, nous avons la paix, jusqu'à la prochaine fois.

— Que voulez-vous ? balbutia Megan.

— Tu sais ce que je veux, répliqua l'homme. Édouard IV a réglé ses griefs avec Lancastre. A nous de régler les nôtres, et tu nous aideras, une fois l'heure venue. Lorsque le message te parviendra, tu feras ce que je t'ordonnerai, n'est-ce pas ? Nous sommes du même sang, tout comme le traître Colum Murtagh.

Megan, blême, le regarda, les yeux écarquillés d'effroi.

— Jure ! siffla l'étranger.

Prenant sa main, il la plaqua de force sur le gibet gluant.

— Jure-le devant moi, Padraig Fitzroy !
Megan ne maîtrisait plus sa terreur.
— Je jure, hurla-t-elle, oui, je jure, je jure !
Elle libéra sa main et tomba à genoux en sanglotant, ses longs cheveux s'éparpillant autour d'elle. Mais quand elle leva les yeux, l'inconnu avait disparu. La croisée des chemins était déserte, et seul le gibet qui grinçait dans le vent glacé soufflant du sud-ouest troublait le silence. Megan tapota ses cheveux rouges trempés de sueur et scruta la nuit. Elle était née irlandaise et connaissait les horreurs des règlements des clans : les Chiens d'Ulster étaient venus en Angleterre traquer son maître. Colum Murtagh était leur proie, et elle-même servirait d'appât.

CHAPITRE PREMIER

— Montrez-moi votre blessure.

Le soldat remonta la manche de son justaucorps en cuir, puis celle de sa chemise blanche crasseuse. Le bras apparut, bronzé, maigre et musclé, avec une longue entaille suppurante juste au-dessus du poignet. La femme se pencha pour la flairer sans hâte. Le pus gris-vert exhalait une vague odeur de putréfaction, et la vilaine cicatrice était boursouflée. Le poison que sécrétait la blessure enflammait son pourtour, et l'inflammation gagnait le reste du bras.

— Vous voulez me soigner ou me manger? demanda le soldat, railleur.

Kathryn Swinbrooke, médecin et apothicaire, le regarda sévèrement.

— La blessure est infectée, dit-elle d'un ton acerbe. Celui qui l'a nettoyée était un charlatan ignare.

— Eh bien, c'était moi, Maîtresse Swinbrooke!

Kathryn esquissa l'ombre d'un sourire.

— Tournez-vous, ordonna-t-elle.

Puis elle lança à sa servante, une femme rondelette au visage épanoui :

— Passe-moi le couteau, Thomasina.

Celle-ci tenait la lame d'un long couteau sur la

flamme d'une bougie. Sans qu'elle en sût la raison, Kathryn l'avait toujours exigé, comme avant elle son père, le pauvre docteur Swinbrooke qui reposait désormais sous les dalles glacées de l'église Sainte-Mildred, à Cantorbéry.

Thomasina se laissa aller à rêvasser. Si seulement, avec sa maîtresse, elles étaient de retour dans leur maison d'Ottemelle Lane, où elle pouvait houspiller Agnes, la fille de cuisine, et écouter babiller le jeune Wuf ! Thomasina se mordit les lèvres. Mais non ! A cause de ce maudit Colum Murtagh, elle-même, sa maîtresse et cet aventurier d'Irlandais se trouvaient à Londres, prêts à remonter le fleuve pour une audience avec le roi en personne. Murtagh n'avait pas fini de se préparer, et Kathryn examinait le poignet de ce capitaine de la garde, un homme aux traits durs qui était venu les escorter pour leur voyage sur la Tamise jusqu'à la Tour.

— Tu dors, Thomasina ?

La femme sursauta, levant les yeux, et, avec un sourire en guise d'excuse, tendit à sa maîtresse le couteau bien affûté à manche d'ivoire.

— Vous ne devriez pas le soigner quand vous portez votre plus belle robe en taffetas, Maîtresse, grommela-t-elle.

Elle examina d'un œil désapprobateur l'étoffe couleur fauve comme pour y chercher quelque tache ou salissure.

— Ce n'est qu'une coupure, Thomasina. Je vais la nettoyer, puis nous partirons.

Kathryn sourit au soldat.

— Je vais peut-être vous faire mal.

Le soldat aux cheveux tondus hocha la tête. Son visage dur et mal rasé était crispé. La gentillesse de cette dame qui sentait si bon l'embarrassait un peu.

Pendant qu'elle entreprenait d'ouvrir doucement la blessure, il l'observait. Elle n'avait pas des formes opulentes, non, quelques fils gris apparaissaient dans ses cheveux noir de jais, et son visage était un peu austère. L'homme n'en admirait pas moins dans son for intérieur le teint velouté, les sourcils finement arqués et le petit nez droit qui maintenant humait le pus qui commençait à sourdre de la plaie enflammée.

Kathryn leva les yeux.

— Comment vous êtes-vous fait cela ?

A mieux y réfléchir, pensait maintenant le soldat, cette femme était belle. Elle avait des lèvres pleines et des yeux d'un gris paisible comme la mer, avec un regard franc et honnête.

— Je vous ai posé une question, insista-t-elle.

L'homme détourna les yeux et marmonna :

— Je me suis coupé avec un morceau de cotte de mailles rouillé.

— Si cela vous arrive encore, lui dit Kathryn, nettoyez la plaie comme je vais le faire.

Elle avait parlé d'un ton sévère, mais l'éclair amusé dans ses yeux n'avait pas échappé au soldat.

Avant qu'il pût protester, Kathryn rapprocha les lèvres de la plaie, les pressant pour en exprimer le sang et le pus. Elle inonda ensuite la blessure avec le contenu d'un pichet d'eau chaude, et le soldat grimaça. Après quoi, avec des gestes très doux, elle enduisit la chair meurtrie d'un onguent. Puis elle prit dans un petit panier que tenait la redoutable Thomasina un rouleau de bandage semblable à de la gaze dont elle entoura étroitement le poignet de l'homme.

— Voilà, dit-elle en piquant dans le pansement une petite épingle. Ainsi il tiendra en place.

Le soldat recula en traînant des pieds, et Kathryn sourit : un peu de douceur vous changeait un homme. A son entrée dans l'auberge, le capitaine avait un air impitoyable avec son heaume conique sous son bras, sa veste en cuir bouilli, ses grosses bottes et ses bas de laine, et son ceinturon en bandoulière, duquel pendait son épée dégainée, outre les deux dagues qu'il arborait, accrochées par une courroie à sa taille. Il avait annoncé :

— Je viens escorter jusque devant le roi à la Tour Maître Murtagh, maréchal de la maison du roi et commissaire spécial du roi à Cantorbéry, ainsi que Maîtresse Swinbrooke, médecin de la même cité.

Colum, qui achevait à peine de manger, lui avait rétorqué sèchement qu'il devrait attendre, et pendant qu'il montait dans sa chambre, Kathryn avait remarqué que le capitaine évitait de se servir de son bras gauche. Elle en avait trouvé la raison et avait aussitôt tenu à soigner sa blessure.

— Combien vous dois-je, Maîtresse ? demandait maintenant l'homme.

Kathryn secoua la tête.

— Escortez-nous sains et saufs jusqu'à la Tour, et vous ne me devrez rien.

Le soldat toussota, marmonnant des remerciements, et sortit dans la cour pavée. Il cria des ordres à sa petite escorte d'archers royaux qui s'amusaient à lorgner les souillons et les servantes.

Dans l'auberge, Colum descendit l'escalier.

— Je suis prêt.

Il lança un baiser à Thomasina qui se contenta de le fusiller du regard. Puis il fit une révérence moqueuse devant Kathryn.

— Quel courtisan ! plaisanta-t-elle, le détaillant avec intérêt.

Il avait soigneusement coiffé ses cheveux noirs et rebelles, et rasé son visage hâlé auquel Kathryn trouvait un air de faucon chasseur. Bien qu'il eût festoyé toute la nuit avec un ami dans une taverne de Cheapside, ses yeux bleus étaient vifs et il souriait, l'air détendu. Il arborait ses meilleurs vêtements : une chemise de batiste blanche, un pourpoint frangé de laine de mouton qui lui tombait à mi-mollet, et des bas bigarrés. Il portait aussi son grand ceinturon de guerre avec sa dague pointue et son épée à large garde.

— Pouvez-vous porter vos armes ? demanda Kathryn. Vous m'aviez dit, je crois, qu'en présence du roi... ?

— Oh, je m'en débarrasserai, répliqua Colum en faisant sauter un grain de poussière du parement matelassé de son pourpoint. Mais nous sommes à Londres, et les rues grouillent de tous les coquins vivant sous le soleil. Partons, maintenant !

Il sortit. Dans la cour, les archers bondirent sur leurs pieds, et la petite troupe s'ébranla, le capitaine et trois archers ouvrant la marche, trois autres la fermant. Ils traversèrent Budge Row pour gagner Walbrook, d'où ils descendirent vers Steelyard, près de Dowgate. C'est là que les attendait la barge royale. Kathryn serrait le bras de Colum ; il faisait beau, et beaucoup de monde se pressait dehors, soit pour remonter jusqu'à Cheapside, soit, comme Colum et Kathryn, pour descendre vers le fleuve. De grandes bâtisses, aux murs d'un blanc éblouissant entre leurs colombages de bois sombre patiné, se dressaient au-dessus d'eux, dissimulant presque le pâle soleil du matin. Colum chuchota à Kathryn de prendre garde. Elle souleva le bas de sa jupe, plissant le nez en même temps qu'elle évitait les flaques et l'égout qui coulait à découvert au milieu de la chaussée. Néanmoins, l'animation des rues l'excitait : colporteurs et chaudronniers couraient en tous sens, vantant d'une forte voix leurs articles; des marchands, avec leurs belles toques de castor et leurs manteaux matelassés, bavardaient par petits groupes, échangeant les nouvelles sur les derniers bateaux arrivés et ce qu'ils apportaient. Une noce se frayait un chemin, remontant vers une église de Trinity : les jeunes gens, déjà enfiévrés par le vin, poussaient des petits rires. Des mendiants geignaient au coin des ruelles. Un pardonneur, entièrement recouvert d'infâmes haillons, s'escrimait à vendre des indulgences qui n'étaient que de mauvais bouts de parchemin. Des enfants harcelaient un chien, des ménagères bavardaient dans les sombres encoignures des portes. Deux moines encapuchonnés marchaient derrière un homme condamné pour faux à traîner un boulet énorme d'un bout à l'autre de la ville.

Kathryn ne savait plus où donner des yeux. Elle cessa de se préoccuper des immondices et serra davantage le bras de Colum qui avançait d'un pas décidé derrière les archers, sa main libre sur sa dague. Il scrutait la foule, s'efforçant d'ignorer le flot de questions de Thomasina qui soufflait et haletait derrière lui. Il était content que Kathryn le tienne si fermement. Elle avait tenu à venir à Londres pour y acheter des épices, et Colum en avait été ravi : il voulait la montrer à la cour, et aussi qu'elle comprenne combien les nobles seigneurs guerriers de la maison d'York qui l'attendaient à la Tour avaient confiance en lui. Mais il n'en était pas moins mal à l'aise. Né dans les vertes vallées sauvages d'Irlande, il était accoutumé aux grands espaces, aux écuries, aux chevaux, et redoutait les ruelles étroites de la ville, la foule malpropre, et les voleurs qui pullulaient comme des rats autour d'un tas d'ordures. Il jeta un regard de côté : oui, quelqu'un les suivait, un petit homme bossu avec des cheveux gris clairsemés, des yeux furtifs et un long nez pointu. Colum le fusilla du regard : il savait reconnaître un fripon quand il en voyait un. De façon évidente, celui-ci épiait Murtagh et son escorte, ou les passants qui s'arrêtaient pour observer ce couple bien vêtu protégé par une petite cohorte d'archers royaux. L'homme, cependant, ne constituait pas un vrai danger, et Colum détourna son regard. Il ne redoutait pas les bandits de Londres, mais les Chiens d'Ulster, c'était une autre affaire. Ceux-ci, qui l'avaient condamné comme traître, avaient juré d'avoir sa tête. Or une rue surpeuplée de Londres était l'endroit idéal pour qu'une flèche s'y égare, ou pour glisser subrepticement un couteau entre les côtes d'un homme.

— Savez-vous ce que le roi attend de vous, Colum ?

L'Irlandais fit la grimace.

— Dieu seul le sait, Maîtresse Kathryn. La lettre venait de son frère, Richard de Gloucester. Je dois rencontrer le roi dans sa chapelle privée à la Tour, le 25 juillet, jour de Saint-Jacques-l'Apôtre. Je n'en sais pas davantage.

Kathryn pressa son bras.

— Vous êtes inquiet, Colum ?

— « En plein cœur de la vie, la mort nous guette », cita-t-il.

Kathryn à son tour fit la grimace. Parfois elle regrettait d'avoir acheté un exemplaire de l'œuvre de Chaucer. Depuis, l'Irlandais, avide lecteur, ne cessait de citer des extraits des *Contes de Cantorbéry*.

— De quel conte vient cette citation ? demanda-t-elle, taquine.

Colum leva le doigt comme un maître d'école l'aurait fait pour réprimander un élève.

— La phrase n'est pas tirée de Chaucer, très savant médecin, mais de la propre histoire de Dieu, la Bible.

Il eut un large sourire.

— Cependant, comme le dit le Pardonneur de Chaucer : « Je guette partout la Mort, avec son visage pâle et flétri. »

Le sourire de Kathryn s'évanouit.

— Ici à Londres ? chuchota-t-elle. Malgré l'escorte d'archers royaux ?

— Oh, oui ! murmura Colum. Mes camarades, qui se sont proclamés les Chiens d'Ulster, ne respectent personne. Je suis davantage en danger ici que sur quelque route déserte.

La conversation s'arrêta là. Ils venaient d'arriver au bord du fleuve et descendirent les marches glissantes jusqu'à la péniche royale qui attendait. Elle était ventrue et spacieuse, avec des sièges confortables sous une tente en cuir pour Kathryn, Colum et Thomasina. Une fois les archers embarqués, le capitaine aboya ses ordres et quatre rameurs écartèrent l'embarcation de la berge pour gagner le milieu du courant. Malgré le changement de marée, le bateau semblait glisser sur l'eau en passant les arches du Pont de Londres où la rivière bouillonnait et grondait comme l'eau d'un chaudron. Un peu effrayée par la rapidité et la puissance du courant, Kathryn détourna les yeux, puis les ferma, révulsée à la vue de pieux immenses plantés sur le pont, sur lesquels étaient empalées les têtes de traîtres en train de pourrir. Colum, qui avait suivi son regard, voulut la distraire en lui indiquant les palais aux murs de pierre blanche, les élégantes flèches de plusieurs églises, et les bateaux que croisait la péniche : galères vénitiennes, gros navires marchands de la Baltique, et les grands deux-mâts de guerre du roi.

Ils arrivèrent enfin à la Tour. Malgré le soleil, la forteresse paraissait sombre et sinistre. Ils quittèrent le bateau pour emprunter le chemin caillouteux menant à la poterne du Lion que gardaient des soldats en armes portant la livrée royale, le sanglier rouge rampant de Gloucester ou le taureau doré de Clarence. On vérifia les mandats des nouveaux arrivants, puis on les escorta dans un dédale de voies étroites. Kathryn promenait autour d'elle un regard plein d'appréhension. C'était ici, n'est-ce pas, que naguère, quand les seigneurs yorkistes étaient revenus triomphants après leurs victoires à Barnet et Tewkesbury, le vieux roi Henri, que certains disaient un saint homme et d'autres un fou, avait été poignardé à mort ? Ils contournèrent un angle et traversèrent l'herbe pour se diriger vers le grand donjon blanc. Des soldats assis par terre nettoyaient leurs hauberts en les frottant avec de vieux chiffons et du sable sec.

L'escorte de Colum et des deux femmes prit son congé au pied de l'escalier du donjon. Le capitaine réitéra ses remerciements à Kathryn, et avant que Colum ait pu demander de quoi il s'agissait, un chambellan apparut, vêtu de bleu, de pourpre et d'or. Il les conduisit avec cérémonie à l'intérieur du donjon. Ils gravirent encore une volée de marches, jusqu'à la chapelle Saint-Jean. A la porte deux chevaliers bannerets, le visage dissimulé sous leurs lourds heaumes coniques pourvus d'un large nasal, montaient la garde, épée au clair. Colum ôta son ceinturon et le tendit à l'un d'eux, puis, avec Kathryn, il pénétra dans la chapelle.

Aussitôt Kathryn retint son souffle, éblouie par la splendeur du lieu. Les piliers étaient peints de couleurs vives, le sol était de pierre polie, et aux murs immaculés pendaient des étoffes tissées d'or. Mais ce fut la petite assemblée de personnages assis en haut de la nef, devant l'autel, qui retint son attention.

Tandis que le chambellan continuait à avancer, Colum baissa la tête et glissa à sa compagne :

— Sa Majesté le roi, et son épouse, Dame Élisabeth. Derrière eux sont assis les frères du roi : celui aux cheveux roux est Richard de Gloucester, et l'autre, George de Clarence. Le roi est digne de confiance, mais attention aux autres !

Kathryn examina le fond de la chapelle. Une odeur d'encens parfumait l'air et les bougies sur l'autel fumaient encore tandis qu'un moine tonsuré, en aube et étole, rangeait le saint calice et les vases sacrés, après une messe tardive. Kathryn dévisagea les personnages qui s'étaient regroupés pour discuter : le roi Édouard, majestueux dans son vêtement de satin bleu foncé, ses cheveux d'or ceints d'une couronne d'argent. Géant par la taille — il mesurait plus d'un mètre quatre-vingts —, il était aussi le plus courageux des guerriers, et, à en croire les scandales, un dangereux séducteur. Son épouse, Élisabeth Woodville, évoquait une reine des neiges avec ses magnifiques cheveux blanc argent, et elle avait un visage ravissant, n'eût été son air méprisant. Quant aux deux princes, ils étaient bons guerriers, mais, comme l'avait dit Colum, il fallait s'en méfier. Richard de Gloucester, avec ses cheveux roux, son visage blafard et pincé et ses yeux verts, évoquait pour Kathryn un chat qu'avait eu son père autrefois. Il se tourna pour chuchoter quelque chose à l'adresse de Clarence, qui leva les yeux. Ce dernier était beau. Trop beau, trouva Kathryn, presque féminin, avec ses boucles d'or et sa bouche boudeuse.

Le chambellan attendit que le roi le voie, et, mettant un genou en terre, murmura des mots très bas, indiquant de la tête Colum et Kathryn. Édouard redressa les épaules, rajusta sa couronne et adressa un clin d'œil malicieux à Kathryn en même temps que, d'un geste, il les invitait à approcher.

Ils obéirent, et tous deux mirent un genou en terre. Le roi les laissa dans cette position. Il regarda par-dessus son épaule pour s'assurer que le chambellan et le chapelain s'éclipsaient, puis il ordonna à Gloucester de vérifier que les portes étaient bien fermées. Kathryn retenait son souffle. Ah, si seulement Thomasina avait été autorisée à entrer ! Mais Colum avait bien insisté : seuls ceux nommément invités par le roi pouvaient se tenir en sa présence, or Thomasina n'avait pas été mentionnée.

— Redressez-vous, Colum.

Le roi avait une voix profonde et mélodieuse. Il abandonna sa cape doublée d'hermine et avança, son imposante main tendue.

— Soyez la bienvenue, Maîtresse Swinbrooke.

Kathryn fixa le beau visage bruni. Édouard avait vraiment l'air d'un roi, avec son nez légèrement busqué, sa moustache et sa barbe blondes taillées avec soin ; le regard de ses yeux bleu foncé était à la fois amical et taquin. Kathryn se souvint alors de ce que lui avait dit Colum : Édouard savait mettre à son aise le plus modeste des sujets du royaume.

— Soyez la bienvenue, Maîtresse Swinbrooke, répéta-t-il.

Kathryn, toute rougissante, balbutia des remerciements.

Le roi lui prit la main.

— Vous avez dit vrai, Colum.

Abandonnant la main de Kathryn, il se tourna pour frapper Colum sur l'épaule.

— Une femme belle et sage, un trésor rare, poursuivit-il.

Il adressa un clin d'œil de connivence à la reine, qui répondit par un sourire forcé avant de poser sur Kathryn un regard furieux. Gloucester vint alors se placer à côté du trône, et Clarence l'imita. Ils serrèrent la main de Colum avant de baiser courtoisement celle de sa compagne. Des dagues acérées dans des fourreaux de velours, voilà ce qu'ils étaient, songea Kathryn. Gloucester semblait assez amical avec son sourire en coin, mais Clarence lui déplut d'emblée à cause de ses airs sarcastiques et méprisants et de ses manières affectées. Il se moquait d'elle, à n'en pas douter, aussi Kathryn rengaina son sourire de circonstance. Par-dessus l'épaule de Clarence, elle surprit le regard d'Édouard : lui aussi fixait son frère d'un œil sombre.

— Clarence est un traître, avait expliqué Colum sur la route de Londres. Il s'est battu aux côtés de Warwick et des Lancastre et n'a changé de bord qu'avant Barnet. Un de ces jours, le petit frère George changera de camp trop lentement, et le roi aura sa tête.

Kathryn leva furtivement les yeux sur ces quatre puissants personnages qui tenaient entre leurs mains le sort du royaume. Elle tentait de dissimuler son malaise maintenant que le silence était revenu dans la chapelle. Le roi se pencha en avant et, frappant le sol d'un de ses cothurnes de fine peau ornée de pierreries, s'adressa à Colum.

— Eh bien, Irlandais, parlez-moi de mes écuries de Kingsmead.

— On reconstruit le manoir, Sire, on prépare les enclos ; quant aux écuries, elles sont enfin prêtes pour recevoir vos chevaux.

Le roi pianota sur le bras de son siège.

— Et la ville de Cantorbéry ?

— Elle vous est loyale, Sire.

Le roi esquissa une grimace, plissant les yeux.

— Qu'en est-il du traître Nicholas Faunte ?

Colum remua, mal à l'aise. Il n'était pas seulement Maître des écuries royales, mais aussi commissaire spécial à Cantorbéry. Pendant la récente guerre civile, la ville avait soutenu Warwick et les lancastriens, suivant ainsi son maire, Nicholas Faunte, aujourd'hui en fuite. Or Colum connaissait le roi. Quand il estimait qu'un homme devait mourir, fût-il prince ou pauvre hère, il fallait qu'il en soit ainsi. Édouard n'avait pas oublié que l'appui de Faunte aux Lancastre avait failli lui coûter le contrôle des grandes routes de Douvres.

— Vous ne l'avez donc pas encore capturé ? demanda Clarence en s'avançant pour se placer à côté du trône, les pouces dans sa superbe ceinture brodée.

— Non, je ne l'ai pas encore capturé, répliqua Colum, fixant toujours le roi. J'avais d'autres tâches, Monseigneur. Comme le sait Sa Majesté, la trahison est une mauvaise herbe dont les racines sont très profondes.

Clarence saisit l'allusion sarcastique et rougit.

Gloucester inclina la tête pour dissimuler un sourire grinçant, tandis que le roi gardait les yeux sur Colum.

— Faunte sera pris, dit-il lentement. Maître Murtagh a d'autres sujets de préoccupation.

Il regarda Kathryn.

— Et vous, Maîtresse Swinbrooke, vous avez donc pris cet Irlandais dans votre demeure ?

— Je le loge, Sire, répliqua vivement Kathryn. Je suis une veuve honorable. Mon père était médecin à Cantorbéry.

— Et feu votre mari ?

L'embarras de Kathryn s'accrut et elle baissa la tête. Le roi insista, se penchant en avant :

— Alexander Wyville, votre mari, qui exerçait la profession de marchand d'épices, a rejoint, je crois, les troupes de Faunte ?

Colum intervint :

— Ils furent nombreux, ceux qui épousèrent la cause de Lancastre, Sire, et ce n'est pas un crime à reprocher à Maîtresse Swinbrooke.

La reine intervint, sa voix douce comme le roucoulement d'une colombe :

— Nous n'avons pas dit cela.

Kathryn prit un air de défi.

— Mon mari a suivi son cœur, déclara-t-elle.

— Mais il est mort, n'est-ce pas ? interrogea Clarence.

Kathryn haussa les épaules.

— Pour moi, il l'est, Monseigneur. Cependant, Dieu seul sait s'il est mort ou vivant.

Cette fois, Kathryn jetait toute prudence aux orties. Elle avait du mal à croire qu'on l'ait convoquée ici pour l'interroger sur sa vie privée. Elle reprit :

— Alexander Wyville peut être avec Faunte ; il peut être en France ou encore au Ciel ou en Enfer. Il peut même se trouver parmi les membres de votre maison, Sire, ou dans votre ville. Après tout, comme l'a dit Maître Murtagh, ils sont nombreux, ceux qui ont soutenu les Lancastre et qui dorment maintenant entre des draps de soie.

Colum donna un discret coup de coude à Kathryn. Le roi, qui la fixait, frappa soudain dans ses mains, et, se rejetant en arrière, se mit à rire en cherchant le regard de son frère Richard.

— J'ai gagné mon pari ! s'exclama-t-il.

Il sourit à Kathryn et expliqua :

— Lorsque nous vous avons vue au fond de l'église, j'ai parié avec mon frère que nulle femme, même sage, ne savait complètement tenir sa langue.

— Je suis toujours prête à dire la vérité, répliqua sèchement Kathryn, furieuse d'avoir été l'objet d'un pari.

Le sourire d'Édouard s'accentua, et la reine elle-même parut se détendre. Richard se mordit les lèvres, un doigt pointé sur Colum. Seul Clarence regardait l'Irlandais avec aigreur. Enfin Édouard frappa de nouveau dans ses mains.

— Suffit ! Dites-moi, Maître Murtagh, comment allez-vous ?

— Bien, Sire.

Le roi ôta la couronne de sa tête et, se tournant sur son siège, croisa ses longues jambes en même temps qu'il jouait avec le diamant à son doigt.

— Dans ce cas, revenons à l'affaire qui me préoccupe. Vous souvenez-vous de la bataille de Barnet, Maître Murtagh ?

— Oui, Sire. Ce fut un combat sanglant.

Le roi agita la main.

— Je ne parle pas de cela. Vous rappelez-vous quand je vous ai demandé d'aller proposer à Warwick de se rendre avant que la bataille ne commence? Vous m'avez dit que le comte portait un pendentif avec un saphir magnifique serti d'or.

— Oui, Sire, j'ai vu le bijou comme je vous vois.

— Et après la bataille, lorsque vous êtes retourné voir si Warwick avait eu la vie sauve?

— Le pendentif avait disparu.

— En êtes-vous sûr? susurra Clarence, tel un chat, une main sur le dossier du siège du roi.

L'accusation déguisée n'avait pas échappé à Colum, qui retroussa les lèvres avec mépris.

— Ôte ta main de mon trône, mon frère, dit Édouard d'une voix sourde. Si le cadavre de Warwick avait porté le pendentif, Colum l'aurait.

Clarence recula sous la rebuffade. Kathryn se demandait pourquoi ce pendentif avait tant de valeur. Manifestement, Clarence s'y intéressait. La reine s'était penchée en avant, les mains serrées sur ses genoux, et écoutait avec attention. Quant à Gloucester, debout, les jambes écartées, une épaule légèrement plus haute que l'autre, il était tendu, les yeux réduits à deux fentes.

— Je veux ce pendentif, reprit Édouard, et c'est vous, Maître Murtagh, qui devrez le trouver. Vous me le devez, à moi et à mon père.

Il fixait Colum comme pour lui rappeler tacitement comment son père, Richard d'York, alors qu'il était lord lieutenant d'Irlande, l'avait autrefois capturé avec d'autres rebelles. Il avait fait preuve de mansuétude envers Colum à cause de son jeune âge, et l'avait pris au sein de sa maison pour lui apprendre le métier d'écuyer, et développer son talent pour dresser les chevaux.

— Que l'âme de votre père repose en paix, dit Colum.

— Oui, qu'il repose dans la paix de Dieu, répliqua Édouard en regardant vers le bas de la nef comme pour y appeler le fantôme de son père. Vous savez comment il est mort, Colum, pris au piège des sauvages friches enneigées de Wakefield. Les Lancastre le saisirent avec mon frère aîné Edmond, qui devrait occuper ce trône à ma place, aujourd'hui. Après les avoir décapités, ils affublèrent leurs têtes de couronnes en papier, et les exposèrent piquées à des pieux au-dessus de Micklegate Bar, à York, notre ville, pour que le peuple s'en moque et que les corbeaux s'en repaissent !

Édouard porta un poing crispé à sa bouche et se mordit les phalanges, puis il cligna des yeux comme pour conjurer les fantômes.

— Oui, ils sont morts, murmura-t-il, et ceux qui les ont tués ont rejoint les ténèbres, aussi violemment qu'ils avaient occis mon père. Vous en souvenez-vous, Colum ?

— Comment l'aurais-je oublié, Sire ? Moi aussi, j'ai été capturé à la bataille de Wakefield et n'ai conservé la vie que parce que j'étais un homme du peuple.

— Je sais, je sais.

Édouard se redressa sur son siège et reprit :

— Mon père acheta autrefois en Irlande un pendentif en or avec en son centre un saphir d'un éclat tel qu'il avait nom l'Œil de Dieu. Mon père le gardait toujours avec lui, bien qu'il le portât rarement car le joyau excitait la convoitise et aurait transformé en voleur l'homme le plus honnête. Comme vous le savez, en ce temps-là, Richard Neville, comte de Warwick, était le grand ami de mon père et son allié. C'était des jours heureux, Colum, avant que Warwick ne tourne à l'aigre.

Le roi eut un pâle sourire.

— Comme l'on dit, « le lis qui pourrit dégage une odeur plus fétide que la mauvaise herbe ».

Il s'humecta les lèvres et poursuivit :

— Avant la bataille de Wakefield, mon père et le comte de Warwick échangèrent de solennels serments. Mon père offrit alors le pendentif à Warwick comme gage de son amitié. De son côté, Warwick jura que si un jour il ne soutenait plus la maison d'York, le pendentif reviendrait à mon père ou à ses héritiers.

— Or, il a disparu, intervint Gloucester, qui s'était penché en avant et dont les yeux verts trahissaient la fureur. Tout d'abord, nous avons pensé, Sa Majesté et moi, que le joyau avait été volé pendant la bataille par un insignifiant soldat du rang.

Gloucester secoua la tête.

— Hélas, nous avons cherché partout. Des hommes à nous ont surveillé les marchés, nous avons alerté les cours étrangères, mais personne n'a vu l'Œil de Dieu.

Gloucester regarda son frère qui, d'un hochement de tête, lui intima de continuer.

— Nous avons interrogé les uns et les autres. Nous savons que Warwick portait le pendentif durant la bataille, lorsque ses troupes en fuite se sont dispersées. Cependant, quand il fut égorgé, l'Œil de Dieu avait disparu.

Gloucester étendit les mains devant lui.

— Pour abréger, Maître Murtagh, la solution semble évidente : Warwick aura remis le pendentif à quelqu'un.

Gloucester se tut et leva les yeux aux voûtes du plafond.

Kathryn l'observait. Le prince n'était pas très grand, mais il dégageait une force et une détermination que le roi lui-même ne possédait pas. Il avait le tour des yeux rouge et ne cessait de tripoter une bague à son doigt, ou le manche de sa petite dague. C'était un homme nerveux, qui s'emportait facilement, en conclut Kathryn, impatient et inquiet aussi, mais il n'en était pas moins dangereux : son visage perspicace et le regard aigu de ses yeux verts le disaient clairement. Était-il légèrement difforme ? Un peu bossu, peut-être ? Mais non. Ce n'était que la façon dont il bougeait, avec des gestes saccadés suivis de longs instants de silence, durant lesquels il se tenait presque aussi immobile qu'une statue. Il releva la tête et croisa le regard de Kathryn.

— Le roi et moi voulons que l'Œil de Dieu revienne dans la maison d'York, murmura-t-il.

Il frappa le sol de marbre de son pied botté.

— C'est Brandon qui l'a, déclara-t-il.

Colum lui lança un regard railleur.

— Brandon, répéta le roi.

Il se leva, s'étira et descendit doucement de son trône, tapotant du doigt le brocart tendu sur sa panse.

— Brandon était l'un des premiers écuyers de Warwick, reprit-il. Il s'est enfui après la bataille de Barnet, mais fut capturé tout près de Cantorbéry. Comme les survivants de l'armée de Warwick, on le jeta dans la geôle la plus proche, en l'occurrence, le château de Cantorbéry.

Le roi se mit à déambuler comme l'aurait fait un maître pour une importante séance d'enseignement.

— Brandon fut d'abord considéré comme un prisonnier ordinaire, poursuivit-il. Dans des circonstances normales, il aurait passé quelques mois en prison avant d'être relâché. Mon frère Gloucester, cependant, découvrit qu'il était sans doute le dernier à avoir vu Warwick vivant. S'il ne détenait pas le pendentif, il saurait au moins où il était.

Édouard fit entendre un rire sec.

— Mais voilà que la chance nous a joué un nouveau tour. L'enquête que nous avons menée au château de Cantorbéry nous a appris que Brandon est mort de la fièvre des geôles. Il a rejoint le royaume des ombres, emportant le secret de l'Œil de Dieu avec lui.

Le roi porta les yeux sur son frère cadet.

— Mais nous n'y croyons pas, n'est-ce pas, Richard ?

Gloucester secoua la tête, soutenant le regard de son aîné, qui avança pour poser un doigt sur la poitrine de Colum.

— Vous comprenez pourquoi nous avons besoin de vous, Colum. Allez au château de Cantorbéry et renseignez-vous sur les circonstances de la mort plutôt mystérieuse de Brandon.

— Mystérieuse, avez-vous dit, Sire ?

— Oui. Pourquoi un homme jeune, robuste et en bonne santé mourrait-il si vite ?

— Vous soupçonnez quelqu'un du château, Sire ?

— Pas forcément, mais Brandon aura certainement bavardé, et peut-être révélé quelque chose sur l'Œil de Dieu.

Colum jeta un regard à Kathryn.

— Je sais ce que vous pensez, Colum, poursuivit le roi. Brandon portait peut-être le joyau sur lui quand il a été pris.

— Qui l'a capturé, Sire ?

— Robard Fletcher, sous-gouverneur du château,

un homme dont la fidélité au roi est irréprochable, un soldat de la vieille école. Devant le Banc du Roi, il a solennellement juré sur nos saintes reliques que Brandon ne l'avait pas.

— Et le gouverneur, William Webster ? demanda Colum.

— Il ne sait rien, comme notre ami commun, le maître d'armes, Simon Gabele.

Colum baissa les yeux tandis que le roi riait doucement.

— Eh oui, Colum, votre vieil ami Simon, et Margotta, sa superbe fille aux cheveux de jais.

Il regagna son siège, s'y assit et leva les yeux au plafond.

— Je veux récupérer ce pendentif, murmura-t-il. Il appartient à la maison d'York.

Son regard se porta sur Kathryn et il demanda :

— Avez-vous des questions, Maîtresse Swinbrooke ?

Kathryn l'aurait bien interrogé sur Margotta, mais ce n'était ni le moment ni l'endroit pour le faire.

— Vous connaissez ma question, Sire, dit-elle à voix basse.

Le roi se pencha en avant.

— Voyons un peu. Pourquoi Sa Majesté le roi, sa reine et les princes du sang requerraient-ils les services de Maîtresse Kathryn Swinbrooke, médecin et apothicaire, peut-être veuve d'Alexander Wyville, un lancastrien ?

Le roi marqua une pause.

— Eh bien, permettez-moi de répondre, ma jolie, et ne rougissez pas. D'abord, Bourchier, l'archevêque de Cantorbéry, et Simon Luberon, son petit clerc que l'on voit partout, jurent que vous êtes honnête. Tout comme le jure mon commissaire ici présent, Colum Murtagh. Ensuite, vous avez rendu un fier service à la Couronne et à l'Église en piégeant cet empoisonneur qui tuait les pèlerins venus s'incliner sur le tombeau de Becket. Enfin, il nous faut des informations sur la mort de Brandon. Vous utiliserez donc vos talents à notre profit.

Édouard étendit les mains devant lui.

— Que dire de plus ? Ramenez-moi l'Œil de Dieu, Colum, remettez-le-moi et je ne vous oublierai jamais.

Il se retourna pour glisser un mot à la reine. Colum y vit le signal qu'il les congédiait. Avec Kathryn, ils s'inclinèrent et redescendirent la nef de la chapelle. Kathryn évoquerait toujours cette scène comme un tableau : Édouard dans ses atours de soie, brusque et chaleureux, ses yeux bleus pourtant froids et menaçants. Élisabeth, glaciale reine des neiges. Gloucester, tendu comme un lévrier tenu en laisse. Quant à Clarence, pourquoi arborait-il cet air de soumission ? Kathryn pressa la main de Colum.

— Vous leur avez vraiment dit que j'étais belle et sage ? fit-elle, gentiment taquine.

Colum rougit.

— Et vous avez cru tout le reste ? murmura-t-elle.

— Le jour où je le croirai, les cochons voleront.

— Dans ce cas, rétorqua doucement Kathryn, nous trouverons des cochons dans les arbres autour de Cantorbéry.

CHAPITRE II

En sortant de la chapelle, ils rejoignirent une Thomasina volubile qui avait abreuvé les gardes de propos hauts en couleur. Derrière le large nasal de leurs casques, les deux hommes semblaient s'amuser.

— Au revoir, douce Thomasina ! cria l'un d'eux en la voyant partir.

Parvenue devant l'escalier, la servante se retourna.

— Douce Thomasina ! singea-t-elle. Je vous attraperais volontiers tous les deux pour vous écrabouiller jusqu'à ce que la vie s'échappe de vous !

Avec le rire des soldats tintant à ses oreilles, Thomasina suivit sa maîtresse et Colum. Après avoir descendu l'escalier, ils sortirent de la Tour et foulèrent la cour herbeuse. La servante reporta alors son attention sur Kathryn qu'elle assaillit d'un flot furieux de questions.

— Comment est le roi, Maîtresse ? Aussi grand qu'on le dit ? Et beau aussi ? A-t-il des jambes puissantes ? Les bons amants ont toujours de fortes cuisses. Et la reine ? Est-elle belle comme elle en a la réputation ? Qu'ont-ils dit ? L'Irlandais a-t-il des ennuis ?

Thomasina avait posé cette dernière question avec une nuance d'espoir dans la voix. Sans répondre, Colum et Kathryn se contentaient d'avancer.

— Pourquoi n'ai-je pas été admise en présence de la famille royale ? demanda la servante. Pourquoi le roi ne recevrait-il pas une Anglaise, femme de bien, quand il accorde cette faveur à un vaurien d'Irlandais ?

Colum s'immobilisa et se retourna, le visage sévère.

— Comme le dirait Chaucer : « Oh, fleur à la patience d'épouse », tenez votre langue !

— Si je devais tenir la vôtre, il me faudrait un panier, riposta Thomasina. Mon père disait : « Ne donne jamais ta confiance à un Irlandais : leurs langues sont des dagues et ils sont plus menteurs que le Diable. »

Colum sourit.

— « Elle avait été une honnête femme toute sa vie ; des maris, au porche de l'église, elle en avait eu cinq... »

— Trois ! cria Thomasina, se rengorgeant derrière Kathryn qui, perdue dans ses pensées, essayait de ne pas prêter attention au persiflage auquel se livraient si souvent Colum et sa servante.

Elle allait lui répondre quand elle entendit appeler son nom et celui de son compagnon. Ils se retournèrent : Gloucester, la tête couverte d'une toque à plume, se hâtait dans leur direction.

Il ôta sa coiffure et reprit son souffle.

— Ne soyez pas si pressé, Irlandais. Sa Majesté, mon frère, est satisfaite de vous.

Il examina Colum et Kathryn de ses yeux verts perspicaces.

— Avez-vous cru tout ce qui vous a été dit? murmura-t-il.

— Le roi a dit la vérité, répliqua Kathryn.

— Mais... ? la poussa Gloucester.

— La vérité peut être multiple, dit Kathryn. Avez-vous autre chose à nous dire, Monseigneur ?

Gloucester soupira.

— Quand nous aurons retrouvé l'Œil de Dieu, alors ce que nous en ferons ne concernera que nous. Mais oui, je vais vous en dire un peu plus.

Il prit la tête du petit groupe, et, après avoir ordonné d'un geste de la main qu'on le suive, il traversa le domaine de la Tour pour en sortir par une poterne et se perdre dans les ruelles étroites de Petty Wales.

Kathryn interrogea Colum du regard. Il secoua la tête en silence, et, portant un doigt à ses lèvres, fit signe à sa compagne de regarder dans son dos. Elle le fit et faillit pousser un cri d'effroi en découvrant les quatre silhouettes emmitouflées dans de grandes capes, le capuchon tiré bas sur leur visage, qui marchaient derrière eux, tels des fantômes.

— Ce sont les chiens de Gloucester, murmura Colum. Ils le suivent où qu'il aille. Le frère du roi ne fait confiance à personne.

Ils traversèrent Poor Jewry, avec ses rues remplies d'immondices bordées de maisons délabrées à la peinture écaillée ; ils passèrent ensuite Mark Lane avant de descendre à Dunstan-in-the-East où Gloucester s'arrêta devant une grande maison en bois de quatre étages. Elle était entièrement peinte en noir brillant et ses fenêtres étaient garnies de vitres teintées, de sorte qu'à l'intérieur les gens pouvaient regarder dehors sans être vus. L'imposante porte d'entrée était de chêne massif renforcé de barres de fer et de clous de métal. Gloucester s'immobilisa, une main sur le heurtoir en forme de gant, et demanda à Colum :

— Êtes-vous déjà venu ici ?

L'Irlandais secoua la tête.

— Dans ce cas, bienvenue à la Maison des Secrets.

Sur ces mots, Gloucester cogna trois fois à la porte avec le heurtoir.

Un panneau grillagé en haut de la porte s'ouvrit.

— En quel nom ? demanda une voix très basse.

— Le Soleil en Majesté, répondit Gloucester.

On tira des verrous et la porte s'ouvrit. Le prince et sa suite pénétrèrent dans un couloir sombre, seulement éclairé par des bougies fixées dans le mur, dont la faible clarté semblait menaçante. Une odeur douceâtre régnait dans ce passage au sol poli et aux murs couverts de lambris de bois sombre. Kathryn frissonna. Des soldats vêtus comme des moines montaient la garde dans des petits renfoncements, le long du couloir : elle ne les aurait pas vus sans la lueur des bougies qui se reflétait sur la lame de leurs épées.

A la suite de Gloucester, les nouveaux arrivants traversèrent une entrée exiguë aux murs tendus d'étoffe pourpre aux reflets d'or. Des candélabres dispensaient une lumière vacillante sur la haute montée d'escalier dont le sommet disparaissait dans l'ombre, au-dessus d'eux.

— Où sommes-nous ? chuchota Kathryn.

Ses mots retentirent comme un gong dans la sombre demeure.

Colum porta la main à sa dague. Thomasina, d'habitude bavarde, jetait de furtifs regards autour d'elle comme une fillette apeurée.

Gloucester dut entendre Kathryn. Il revint sur ses pas, son visage blême plus inquiétant encore à la lueur mouvante des chandelles.

— Nous sommes dans la Maison des Secrets, murmura-t-il. C'est ici que les clercs du roi travaillent dans différentes chancelleries. Chaque salle en est une. Il y a la chancellerie de la Papauté, celle des Pays-Bas, celles de l'Empire, de la France, des royaumes de Castille et d'Aragon, de Bourgogne. Les clercs recueillent les informations, trient les bruits circulant dans les cours et ceux que colportent les marchands. Car nous avons des ennemis chez nous et à l'étranger, Maîtresse Kathryn, et ils doivent être anéantis.

Dans ses yeux apparut un éclat fanatique.

— François de Bretagne divertit à sa cour Henri Tudor, le comte d'Oxford et d'autres lancastriens déçus ; près de notre roi, certains jouent un double jeu. Mon devoir, Maîtresse, est d'arracher les mauvaises herbes en épargnant les fleurs. Suivez-moi, maintenant.

Il les conduisit par le grand escalier jusqu'à une galerie supérieure. Là, il frappa doucement à une porte. Un clerc au visage rubicond, une plume d'oie glissée derrière l'oreille, ouvrit, s'inclina et fit entrer tout le monde.

Kathryn promena son regard autour d'elle. La pièce bourdonnait d'activité. Contre les murs blanchis à la chaux étaient alignés de hauts bureaux avec des tabourets qu'occupaient des clercs. Ceux-ci étaient affairés à écrire sur des parchemins, leurs plumes d'oie grinçant sur la peau fraîchement apprêtée. Chaque bureau était pourvu de deux grosses bougies fixées par des pinces en fer, tandis qu'au centre de la pièce se trouvait une grande table couverte de rouleaux de vélin.

— Nous sommes dans la chancellerie d'Angleterre, annonça Gloucester, ou plus exactement celle des comtés au sud de la Trent.

Il tira un petit siège.

— Je vous accorde une faveur, Maîtresse. Asseyez-vous.

Kathryn le fit avec précaution, Thomasina et Colum debout derrière elle, tandis que Gloucester s'adossait à la table à côté d'elle. Il souriait à présent et, par son air plein de sollicitude et de prévenance, évoquait un frère aîné. Il lui effleura à peine la joue. Kathryn trouva ses doigts glacés, mais n'en demeura pas moins impassible.

— Vous êtes la veuve d'Alexander Wyville, commença-t-il. Un jeune homme qui vivait dans la paroisse de Sainte-Mildred, apothicaire de profession. Il lia son sort à celui des Lancastre et quitta probablement Cantorbéry au printemps de 1471, avec le maire rebelle, Nicholas Faunte. Est-ce la vérité ?

Kathryn hocha la tête.

— Est-ce la vérité ? répéta-t-il.

— Nous n'en avons pas la certitude, avoua lentement Kathryn. Alexander... Alexander pouvait perdre la tête quand il avait bu.

Elle baissa les yeux et saisit un fil qui pendait de l'ourlet de sa cape, puis poursuivit sans hésiter :

— Le bruit court qu'il s'est peut-être suicidé en se jetant dans la Stour. On a retrouvé son manteau sur la berge mais...

Elle n'acheva pas sa phrase, et Gloucester le fit pour elle :

— Mais vous ignorez s'il est vivant ou mort ?

Kathryn hocha la tête. Autour d'elle, les clercs s'activaient, et elle n'osait pas révéler qu'Alexander était un ivrogne qui battait sa femme, et comment son père, sur son lit de mort, lui avait avoué que, dégoûté par ce gendre dégénéré, il avait tenté de l'empoisonner. Quant à Kathryn, elle n'avait jamais pu savoir si Alexander s'était enfui, avait été empoisonné ou s'était suicidé. A ce jour, on n'avait pas retrouvé son corps, et elle n'avait reçu aucune nouvelle de lui.

Colum prit la parole à mi-voix.

— Maîtresse Swinbrooke dit vrai. Wyville peut être mort ou alors il se cache.

Sans relever l'intervention de l'Irlandais, Gloucester demanda à Kathryn :

— Est-il vrai, Maîtresse, que quelqu'un vous a accusée du meurtre de votre mari et vous a envoyé des messages anonymes à ce sujet afin de vous soumettre à un chantage ?

Kathryn se figea. Elle avait reçu des lettres, en effet, puis, tout aussi mystérieusement, ces missives avaient cessé de lui parvenir, aussi ne s'en était-elle plus préoccupée. Parfois elle se demandait si Colum et Thomasina en savaient davantage qu'ils ne lui avaient dit. Elle jeta un regard à sa servante pardessus son épaule, mais celle-ci affichait un visage impénétrable.

Thomasina s'était remise de la stupeur qui l'avait saisie en pénétrant dans la Maison des Secrets. A présent, elle couvait sa maîtresse d'un regard protecteur, se jurant que, pour une fois, elle tiendrait sa langue, quand bien même elle savait toute la vérité. Alexander Wyville n'était qu'un affreux bâtard qui s'était dissimulé sous un vernis de courtoisie et de bonnes manières. C'était un ivrogne qui battait sa femme. Et il avait vomi le poison que lui avait administré le docteur Swinbrooke. Il avait alors couru chercher secours chez son ancienne maîtresse, la grosse et lascive veuve Gumple, qui lui avait donné des vêtements et un peu d'argent pour qu'il s'enfuie de Cantorbéry. Oh, oui, Thomasina connaissait la vérité, mais elle ne désirait qu'une chose : que Gloucester, ce prince puissant et inquiétant, laisse sa maîtresse en paix !

Gloucester se redressa.

— Maîtresse, mon intention n'est pas d'être indiscret, mais de vous aider. Le roi est satisfait de vos services, et si je vous ai conduite ici, c'est — entre autres — pour vous donner des nouvelles de votre mari disparu depuis si longtemps.

En prononçant cette dernière phrase, le prince affichait un mince sourire. Kathryn, quant à elle, se glaça tandis que son estomac se nouait.

— Où est-il ? demanda-t-elle dans un souffle.

Gloucester fit claquer ses doigts et appela le clerc qui les avait introduits dans la pièce.

— Walter ! Apportez-moi le mémorandum sur Alexander Wyville.

Le clerc sourit et chercha dans les rouleaux de parchemin entassés sur les étagères qui couvraient les murs du sol au plafond. Il finit par en tirer un petit dont il défit le lien rouge avant de le tendre au prince.

— Voici les informations sur tous les traîtres qui ont suivi Faunte, Monseigneur.

Gloucester, après lui avoir ordonné d'approcher une chandelle, déroula le parchemin.

— Peu de noms sont cités, murmura-t-il, mais selon ce document, Alexander Wyville était à Leamington quand Warwick a rassemblé ses troupes. Il était avec le traître lorsqu'ils ont traversé le Hertfordshire pour se rendre à Barnet, mais on ne l'a pas vu depuis.

Le cœur de Kathryn fit un bond dans sa poitrine. Devait-elle se réjouir ou s'affliger de ce qu'elle venait d'apprendre ? Néanmoins, savoir que son père n'avait pas assassiné Alexander lui procurait un soulagement certain.

— Acceptez mes remerciements, Monseigneur, murmura-t-elle.

Gloucester haussa les épaules et s'assit sur la table, le parchemin sur les genoux.

— Remerciez plutôt votre bon ami, Maître Murtagh. C'est lui qui m'a demandé de faire des recherches sur votre mari.

Kathryn se mordit la lèvre. L'Irlandais avait agi dans son intérêt, elle le savait au fond de son cœur, mais il aurait pu éviter de se mêler de ses affaires.

— Si nous avons d'autres nouvelles, reprit Gloucester d'un ton léger, nous vous les communiquerons. Mais si Wyville est vivant et qu'il revient, que se passera-t-il, Maîtresse ?

Il tendit une main en avant.

— Si je puis me permettre cette question...

— J'y répondrai comme je l'ai fait quand d'autres me l'ont posée, répliqua Kathryn sans hésiter. J'ai épousé Alexander Wyville, croyant me marier à un certain homme ; mais il s'est révélé autre. Le père Cuthbert, prieur de l'hospice des Prêtres Indigents à Cantorbéry, et qui est mon confesseur, m'a dit que si Alexander revenait, je devrais demander au tribunal ecclésiastique d'annuler notre mariage.

Kathryn prit une inspiration avant d'ajouter :

— Il dit, Monseigneur, que si j'avais su ce qu'était réellement Alexander, je ne l'aurais pas épousé. Et je jurerai devant le tribunal de l'Église que c'est la vérité.

— Ainsi vous demanderez que notre sainte mère l'Église considère que votre mariage n'aurait jamais dû avoir lieu, et que les liens que vous avez contractés soient annulés ?

Kathryn hocha la tête, tirant un peu plus sur le fil de l'ourlet de sa cape.

— Ce sont des affaires d'âme et de conscience, murmura-t-elle. A présent, j'en ai dit suffisamment, Monseigneur.

— En effet, oui.

Gloucester se remit sur ses pieds d'un mouvement vif.

— Mais qui sait, votre mari est peut-être mort à Barnet ? Quatre mille simples soldats ont péri dans la bataille et gisent maintenant dans une fosse commune. Il est peut-être préférable qu'il soit mort là-bas.

La menace dans sa voix n'échappa pas à Kathryn. Elle se jura *in petto* d'avoir une discussion avec l'Irlandais car elle ne voulait pas que quelque sinistre homme de main joue les assassins pour lui rendre service.

— Passons à autre chose, disait maintenant Gloucester, qui donna une tape sur l'épaule de Murtagh tout en adressant un sourire réjoui à Thomasina. Pourquoi cet air sévère, madame ? Mon intention est d'aider votre maîtresse.

Sans laisser à Thomasina le temps de trouver une réponse adéquate, il entraîna la petite troupe hors de la salle puis dans un couloir, jusqu'à une autre pièce en tout point semblable à celle qu'ils venaient de quitter. Là, le prince prit Colum par le bras.

— Nous disposons de si peu d'informations sur Brandon, murmura-t-il. Pas plus, d'ailleurs, sur ceux de la suite de Warwick qui se sont enfuis de Barnet.

Il se mordit la lèvre.

— Ils ont sans doute pris la mer pour passer à l'étranger. Pourtant nous avons retrouvé le corps de l'un d'entre eux, Reginald Moresby, le capitaine de la garde de Warwick. Il gisait dans un fossé près de Rochester, et portait encore les couleurs de son chef. Nous l'avons identifié au sceau de sa bague, car son visage était méconnaissable.

En prononçant cette dernière phrase, Gloucester avait fait la grimace. Colum demanda :

— Qui l'a tué ?

Le prince haussa les épaules.

— Des voleurs de grand chemin, sans doute, des hors-la-loi.

Il soupira.

— Ah ! si nous avions retrouvé plus vite la trace de Brandon ! Hélas, avec la guerre, le chaos...

Il n'acheva pas sa phrase et baissa les yeux.

— Moresby détenait peut-être le pendentif, fit observer Kathryn.

— C'est peu probable. Les bandits qui l'ont dévalisé auraient essayé de le vendre, or il semble que nul n'ait vu le joyau.

— Si Moresby est mort et que les autres ont pris la fuite, intervint Colum, il semble bien que Brandon soit notre seul et dernier lien avec l'Œil de Dieu.

— C'est vrai, même s'il est mort dans d'assez étranges circonstances, convint Gloucester. Il vous faut donc découvrir la vérité, quelle qu'elle soit, ajouta-t-il avec un pâle sourire.

Il alla échanger quelques mots avec un clerc, puis revint. Ignorant Kathryn et Thomasina, il se plaça devant Colum en tripotant un rouleau de parchemin, tandis qu'il se mordillait la lèvre de ses dents immaculées.

— L'Œil de Dieu devrait vous intéresser à plusieurs égards, Maître Murtagh, déclara-t-il. Avec Brandon, vous êtes le dernier à l'avoir vu. Je vous révèle en confidence que mon père prit le joyau à la cathédrale Saint-Patrick de Dublin, lorsqu'il était lord lieutenant d'Irlande.

L'Irlandais réprima un hoquet de surprise qui n'échappa pas à Gloucester.

— Je sais, oui, on a beaucoup discuté pour savoir s'il l'avait pris ou si le pendentif lui avait été donné. Comme vous le savez sans doute, Irlandais, l'histoire de ce bijou est longue et compliquée.

Gloucester se tapota le menton de son doigt orné de bagues.

— La légende veut que ce pendentif ait été façonné dans de l'or qui appartenait aux Druides, et que l'Œil de Dieu lui-même vienne de la couronne des anciens rois d'Irlande.

Le prince haussa les épaules.

— Pour résumer la situation, sachez, Maître Murtagh, que certains de vos compatriotes irlandais veulent récupérer l'Œil de Dieu. Et ce sont les mêmes qui veulent votre tête.

— Les Chiens d'Ulster ! s'exclama Murtagh.

— Ceux-là mêmes ! Aussi vais-je vous livrer deux informations.

Gloucester abaissa les yeux sur le rouleau de parchemin qu'il tenait à la main.

— D'abord, des marchands de Bristol parlent d'un Irlandais avec une longue chevelure rousse et portant un bandeau sur l'œil. L'homme a interrogé l'un des orfèvres de la ville au sujet d'un pendentif en or. Ensuite, deux semaines plus tard, on retrouve ce même Irlandais à Londres, et il interroge semblablement les orfèvres de Cheapside. En outre, il fréquente les tavernes où se rendent les clercs de la chancellerie, et il leur demande s'ils savent ce qu'est devenu son vieux compagnon d'armes, Colum Murtagh.

L'Irlandais pâlit et fixa Gloucester d'un regard vide.

— Vous connaissez l'homme ? lui demanda anxieusement Kathryn.

— C'est Padraig Fitzroy, répondit lentement Colum. Autrefois, il y a de cela une éternité, nous étions deux gamins déchaînés, et nous courions ensemble les forêts obscures et les vertes prairies autour de Dublin. Nous étions les jeunes chiots des Chiens d'Ulster.

Gloucester jeta son parchemin sur la table.

— A présent, j'ai tenu ma promesse, déclara-t-il, je ne puis rien de plus.

Il les reconduisit dans le couloir et redescendit l'escalier avec eux. Dépassant les gardes muets, ils sortirent dans la rue. Là, le prince disparut sans prendre congé, et Colum, Kathryn et Thomasina demeurèrent quelques instants immobiles, perdus dans leurs pensées, insensibles au vacarme de la ville et aux cris des marchands. Puis, se secouant, Colum sortit de sa rêverie et prit le bras de Kathryn.

— Vous souvenez-vous du « Conte du Pardonneur » ? demanda-t-il à brûle-pourpoint.

— Oh non ! grogna Kathryn, exaspérée. Non, Colum, nous adorons *Les Contes de Cantorbéry*, mais je vous en prie, pas maintenant !

Colum ébaucha un faible sourire.

— C'est que quand Gloucester parlait, je me suis souvenu de ces trois joyeux convives qui étaient partis chercher la Mort et la trouvèrent dans un sac d'or. Cette fois, il s'agit d'un pendentif en or, un saphir scintillant magnifique, et ils sont plus de trois, ceux qui sont prêts à tuer pour ce bijou.

— De sombres pensées sur un estomac vide accroissent la mélancolie, grommela Thomasina.

— C'est Chaucer qui l'a dit ? demanda Colum.

— Certainement pas, mais c'est vrai quand même, rétorqua la servante.

L'Irlandais s'excusa en riant, et ils reprirent leur chemin. Ils bifurquèrent dans une venelle et se dirigèrent vers une taverne surmontée de son enseigne dorée. A l'intérieur de la vaste salle se pressait une foule de marchands, étameurs, chaudronniers et colporteurs en tout genre, tous affairés à manger un rapide morceau avant de reprendre leur commerce. Ils interpellaient et sifflaient trois culs-de-jatte qui se livraient à une étrange danse afin de remercier les clients qui leur envoyaient des piécettes. Kathryn posa un regard plein de commisération sur ces pauvres mendiants qu'un petit garçon aidait à danser en jouant sur sa flûte un air aigrelet, tandis qu'une vieille femme à l'œil éteint battait tristement sur un petit tambour.

— Quel lieu cruel que Londres ! fit observer Kathryn.

— Et bruyant aussi, renchérit Colum.

Il saisit un serveur par l'épaule. Le garçon le conduisit auprès du tenancier. Celui-ci lui donna une petite pièce au premier étage, avec une table et des tabourets. Une servante apporta un pichet de vin coupé d'eau ainsi qu'un pâté de bœuf dont la viande était encore bien fraîche, sa saveur pas trop masquée par des herbes et des épices.

Tous trois se restaurèrent d'abord en silence puis Colum écarta son tranchoir du pain dur comme du fer.

— Quel homme singulier que Gloucester ! dit-il. Lui et sa Maison des Secrets !

Il s'essuya la bouche du revers de la main et posa les yeux sur Kathryn, qui portait délicatement à ses lèvres sa coupe d'étain.

— Un jour, pendant la guerre, reprit-il, quand Édouard d'York avait dû fuir aux Pays-Bas, nous étions cantonnés dans le port de Dordrecht. Or, il se trouvait là une maison avec une galerie de glaces. La demeure appartenait à un verrier qui avait taillé ces grands miroirs pour le plaisir d'un noble fortuné. Et puis ce noble avait connu des revers, et le fabricant avait repris les miroirs pour les installer dans le hall de sa propre maison. Depuis, il faisait payer les visiteurs qui voulaient les voir. J'y suis allé car je n'avais rien à faire et je m'ennuyais ; la salle n'était pas très grande, mais tous les murs étaient couverts de miroirs, et les images qu'ils reflétaient étaient déformées.

Thomasina fit claquer sa langue avec mauvaise humeur.

— Que cherchez-vous à nous dire, Irlandais ? Ne pouvez-vous parler clairement ?

— Tais-toi, Thomasina ! intervint Kathryn. Colum ne dit que la vérité. Tout ce que nous avons appris ce matin est comme les images que réfléchissent ces miroirs : déformé et distordu. C'est bien cela, Colum ?

L'Irlandais fusilla Thomasina du regard, puis écarta sa coupe et planta ses coudes sur la table.

— Réfléchissons à ce que l'on nous a montré, aujourd'hui, dit-il. D'abord la noble famille de notre roi : Édouard infatué de sa reine qui, elle, déteste les deux frères de son mari, Clarence surtout, qui a déjà tenté de trahir la maison d'York. Ensuite, ce saphir, l'Œil de Dieu : pourquoi le roi y tient-il tellement ? Et pourquoi maintenant ? Troisièmement, Brandon l'avait-il en sa possession ? Et le cas échéant, où est-il à présent ? Quatrièmement, Gloucester nous a conduits à la Maison des Secrets. Pourquoi ? Enfin, nous savons maintenant, Kathryn, que votre mari a quitté Cantorbéry sur ses deux pieds et en bonne santé, mais est-il mort à Barnet avec les autres ?

Colum sourit à Kathryn.

— En tout cas, nous pouvons maintenant exorciser deux fantômes : votre père n'a pas assassiné Wyville, et ce dernier ne s'est pas donné la mort.

Colum abaissa les yeux sur la table devant lui.

— Quelqu'un à Cantorbéry savait peut-être déjà la vérité : voilà pourquoi les lettres de chantage ont cessé. Qu'en pensez-vous, Thomasina ?

La servante lui répondit par un regard impénétrable. Elle s'était juré de ne jamais révéler comment elle avait découvert que la veuve Gumple était l'auteur de ces messages, et comment elle-même avait menacé la prétentieuse garce des pires tourments si elle en envoyait d'autres.

Devant le silence de Thomasina, Colum haussa les épaules.

— Pour finir, nous avons les Chiens d'Ulster qui veulent non seulement ma tête mais aussi l'Œil de Dieu.

— Les avez-vous trahis ? voulut savoir Kathryn.

Colum fit rouler sa coupe de vin entre ses mains.

— Jamais, non ! J'ai été pris lorsque j'avais quinze ou seize ans. On m'a condamné à mort et je montais sur le gibet lorsque York m'a gracié.

L'Irlandais reposa sa coupe.

— Tous les autres, sauf un, ont été pendus, et parmi eux se trouvait le frère de Fitzroy. Lorsque mes anciens camarades ont appris ce qui était arrivé, ils ont mis la charrue avant les bœufs, ont cru que j'avais trahi et que j'étais responsable de l'arrestation et de l'exécution de tous mes anciens amis.

Colum eut un sourire amer.

— L'ennui, reprit-il, c'est que les apparences sont contre moi. Je ne puis clamer mon innocence, et si je le faisais, on ne me croirait pas. Le seul à savoir la vérité est John Tuam. Lui aussi a été gracié, parce qu'il avait deux ans de moins que moi.

— Où est-il maintenant ?

— Au couvent de Blackfriars, ici, à Londres, où il est frère convers. Avant de quitter la ville, je le préviendrai par un simple message : « Fitzroy nous pourchasse. » Au moins, il saura à quoi s'en tenir.

Peu après, ils quittèrent la taverne. Colum s'arrêta auprès d'un vendeur de parchemin. Là, après avoir écrit un court message, il donna une pièce à un apprenti pour qu'il l'apporte au frère John Tuam, au couvent de Blackfriars. Après quoi, avec Kathryn et Thomasina, ils redescendirent vers Queenshithe où Kathryn mena d'âpres mais fructueuses négociations avec différents vendeurs d'épices, qui lui procurèrent du safran, de la menthe, des graines d'angélique, de la calamine, des clous de girofle pilés, du basilic et du thym. Une fois pourvue, elle se rendit chez un transporteur et passa contrat avec un employé au regard fatigué pour la location de charrettes qui permettraient de rapporter ces épices jusque chez elle, à Ottemelle Lane, Cantorbéry. Il commençait à faire nuit quand elle en eut terminé, et Colum, qui voyait clairement par la pensée le visage de Fitzroy, insista pour que tous trois regagnent la taverne. Ils feraient leurs préparatifs afin de partir tôt pour Cantorbéry, le lendemain matin.

Au couvent de Blackfriars, le frère John Tuam avait reçu le message de Colum. Il le lut attentivement avant de le jeter au feu, puis s'en fut prier à la chapelle. Le message avait fait brutalement resurgir le passé. John Tuam avait laissé derrière lui la violence, le tintement des épées, les embuscades soudaines. Comme Colum, il s'était tenu dans la cour du château de Dublin avec la corde du bourreau autour du cou tandis que ses camarades, l'un après l'autre, montaient sous la menace les marches du gibet, pour se retrouver pendus à la potence comme des pantins désarticulés agités de soubresauts. Lui et Murtagh avaient été les seuls épargnés. Murtagh était entré au service de la famille York, mais John avait vu dans sa grâce un signe du Seigneur. Il avait donc rejoint l'ordre des Dominicains à Dublin. Quatre ans après, sur sa demande, on l'avait envoyé au couvent de Blackfriars, à Londres. Il leva les yeux sur l'énorme croix et la silhouette tourmentée du Christ crucifié.

— J'avais oublié le passé, murmura-t-il, mais, oh ! doux Seigneur, le passé ne m'a pas oublié. Je ne suis pas un traître, je ne suis pas Judas, et je n'ai pas de sang humain sur les mains.

Il priait encore avec ferveur quand le maître aumônier le frappa doucement sur l'épaule.

— Qu'est-ce qui te trouble, frère John ?

Tuam leva la tête et regarda le vieux moine.

— Rien, mon père, je me rappelais seulement mes méfaits d'autrefois, plaisanta-t-il.

L'aumônier de nouveau lui effleura gentiment l'épaule.

— Dieu ne s'intéresse pas au passé, fit-il observer, seulement au présent. Nos hôtes sont arrivés, John.

Tuam se releva en souriant. Il fit une génuflexion devant la bougie du sanctuaire et suivit l'aumônier de l'autre côté du cloître vers une vaste cour juste devant le portail principal. Il s'y pressait une foule de mendiants, pitoyables et pathétiques épaves de la vie citadine : les éclopés, les blessés, bref, tous ceux qui étaient incapables de lutter pour leur survie. Deux fois par jour, à l'aube et au crépuscule, ils envahissaient la cour du couvent pour y recevoir une miche de pain, un morceau de viande séchée et une coupe de bière. Sur de longues tables à tréteaux, les moines avaient déjà préparé la nourriture, et les pauvres hères sales, déguenillés, salivaient en en sentant l'odeur douce et savoureuse. John prit un panier de pain et déambula au milieu d'eux, s'efforçant de sourire aux visages défigurés : un homme avait un œil exorbité, un autre arborait un nez fendu en deux sur toute sa longueur. Une femme n'avait qu'une oreille, une autre avait les deux jambes coupées à la hauteur des genoux. Quant aux mains qui se tendaient sur son passage, elles étaient sales, noires de crasse.

— Que Dieu te bénisse, mon frère. Que Dieu te bénisse, ma sœur.

John répétait cette phrase comme il le faisait toujours quand il distribuait le pain. Il arriva au dernier rang des mendiants. Un homme y était recroquevillé. John vit les cheveux roux lorsqu'il écarta la couverture usée jusqu'à la corde qui recouvrait l'inconnu. Il le secoua et poussa une miche de pain sous son nez.

— Que Dieu ait pitié de toi, mon frère.

L'homme pivota brusquement, montrant un visage rebondi, alerte et déterminé. Il saisit la main de John de sa poigne d'acier et, avant que le moine puisse se dégager, plongea la longue lame dans sa poitrine.

— Que Dieu ait pitié de toi, Judas ! siffla Padraig Fitzroy entre ses dents.

Avant même que Tuam tombe affalé sur le sol, l'assassin avait fui comme une ombre par le portail ouvert.

CHAPITRE III

Kathryn et Colum s'assirent à la table de l'austère salle supérieure du château de Cantorbéry et attendirent que les autres prennent place. Par les fenêtres à meneaux, on voyait le ciel s'assombrir. Kathryn et Colum avaient regagné Cantorbéry le matin même, très tôt, et, sans attendre, Colum avait demandé audience au gouverneur du château et aux principaux membres de sa maison. Ceux-ci formaient maintenant un petit groupe dont les ombres s'étiraient sur les murs mal éclairés.

Sir William Webster, le gouverneur, au visage rubicond et l'air préoccupé, tapotait sans arrêt avec un mouchoir sale son crâne presque chauve, son front et ses bajoues tremblotantes. Fletcher, son adjoint, maigre et dégingandé, avait un visage blême, des yeux las sous d'abondants cheveux graisseux. Il portait une veste de cuir usée et, pardessous, une chemise blanche qui n'était pas bien propre. Gabele, le maître d'armes, était le type même du soldat : des cheveux coupés court, le visage buriné, maigre et ridé. Il avait revêtu son grand manteau militaire dont il resserrait les pans autour de lui. Le père Peter, chapelain de la prison, avait le teint grisâtre et faisait beaucoup de manières. A côté de lui se tenait le clerc Fitz-Steven, à l'air plus aigre que du vinaigre. Il avait des yeux globuleux et une bouche molle, et ses cheveux noirs et gras le rendaient encore plus déplaisant.

Les présentations furent rondement menées. Kathryn nota le regard méprisant du prêtre et du clerc à son endroit, mais elle le soutint, habituée qu'elle était à ce genre d'affront silencieux.

Comme Colum se livrait à quelques politesses préliminaires, Fitz-Steven le coupa brutalement :

— Quelle raison justifie la présence du docteur parmi nous ?

— Maître clerc, je suis ici à la demande de Sa Majesté le roi, répondit Kathryn.

Elle ignora le regard de mise en garde de Colum.

— Il est très préoccupé par la mort d'un prisonnier, l'écuyer Brandon. A quand remonte cette mort ? poursuivit-elle sans se démonter.

Les petits yeux chafouins de Webster parurent plus préoccupés encore et il humecta ses lèvres épaisses. Il redoutait clairement que le roi ne voie en lui le responsable de la disparition de Brandon.

— Quand est-il mort ? demanda à son tour Colum.

— Il y a un mois, la veille de la Saint-Jean, bredouilla le gouverneur. Mais nous n'y sommes pour rien. Le prisonnier était correctement logé et bien nourri. Il a succombé à la fièvre.

— Qui le soignait ? voulut savoir Kathryn.

Le chapelain prit la parole, regardant Kathryn avec un mince sourire.

— Moi. Il avait la fièvre, et nous ne pouvions pas grand-chose pour lui. Il est mort peu avant le crépuscule, la veille de la Saint-Jean. Nous l'avons mis en bière et enterré dans le petit cimetière, derrière les communs du château.

— A-t-il parlé d'un pendentif ou d'un saphir qui a pour nom l'Œil de Dieu ? demanda Kathryn.

Ils secouèrent tous la tête, visiblement désorientés.

— Comment le prisonnier avait-il été pris ? s'enquit Colum.

— On l'a trouvé sur la route, au nord de Cantorbéry, répondit Fletcher de sa petite voix grinçante, et comme il tendait son cou décharné, sa pomme d'Adam tressautait tel un bouchon sur l'eau. C'est moi qui l'ai capturé. Nous avions appris la victoire du roi à Barnet. Ses envoyés nous avaient déjà remis des mandats pour arrêter Nicholas Faunte et les autres traîtres. Avec quelques hommes à cheval, je suis parti en reconnaissance sur la grand-route. Nous avons trouvé le cheval de Brandon dans un champ, et l'écuyer dormait à côté de lui, paisible comme un bébé.

Fletcher eut un hochement de tête entendu.

— Il était clair que c'était un rebelle. Son cheval semblait épuisé, lui-même portait encore un haubert en mailles, et il était couvert de crasse et de boue de la tête aux pieds.

— Quand était-ce ? demanda Kathryn.

Fletcher pianota sur la table.

— C'était un dimanche... oui, le dimanche 28 avril.

Deux semaines après Barnet. Kathryn examina ces hommes assemblés. Ils formaient un groupe disparate, et l'on sentait chez eux à la fois le mépris et la crainte.

Kathryn réfléchit. Elle savait maintenant que Brandon avait été capturé le 28 avril 1471, et six jours plus tard, les derniers lancastriens étaient battus à Tewkesbury. Après cela, le royaume avait été plongé dans le chaos. Le temps que les York comprennent qu'ils ne retrouveraient jamais l'Œil de Dieu et commencent à soupçonner Brandon, celui-ci était mort dans une geôle du château le 23 juin.

— A-t-on transféré Brandon directement au château ? demanda Colum.

— Oui, répondit Webster. Je l'ai interrogé moi-même dans cette salle. Il n'a pas cherché à me leurrer sur son identité. Il était plutôt fier d'avoir été l'écuyer personnel de Richard Neville, le feu comte de Warwick. Je l'ai donc enfermé dans un cachot et j'ai écrit au chancelier à Londres. Cependant, la guerre civile se poursuivait, la reine Marguerite avait débarqué dans l'ouest du pays, puis il y eut la bataille sanglante de Tewkesbury et la confusion générale. La réponse de la chancellerie ne m'est parvenue qu'il y a deux semaines environ. Richard, duc de Gloucester, a envoyé un de ses écuyers pour interroger Brandon, mais ce dernier était déjà mort.

— Comment se comportait Brandon ? interrogea Kathryn.

Gabele prit la parole d'une voix bourrue, ignorant Kathryn pour s'adresser à son ancien camarade Murtagh.

— J'étais son geôlier. Nous l'avons sorti de la fosse — c'est-à-dire les cachots souterrains inférieurs — pour le consigner dans une cellule plus confortable, sous le donjon. C'était un soldat plutôt jovial et qui aimait parler, mais il ne disait rien mal à propos. Il semblait soulagé que la guerre s'achève, et si la mort du comte l'attristait, il espérait bien que le roi le gracierait.

— Pendant les six semaines qu'il a passées ici, Brandon a-t-il parlé de l'Œil de Dieu ? demanda Kathryn.

Gabele secoua la tête.

— De quoi s'agit-il ?

— D'un bijou qui appartenait à son maître, le comte de Warwick.

Gabele se redressa sur son siège.

— Non, non, il n'a rien dit de ce bijou. En revanche, il a parlé de Warwick, en particulier de sa mort.

— Répétez ce qu'il a dit, ordonna Colum.

— Eh bien, il a raconté la fin de la bataille de Barnet. Comment la ligne de front a cédé, puis la méprise lorsque Oxford est arrivé, et la fuite des hommes de Warwick dans les ténèbres. Brandon est retourné auprès des chevaux, et il a saisi la monture du comte, lui criant de le rejoindre. Mais l'armure de Warwick le ralentissait dans la boue du champ de bataille, et les soldats de York survenaient déjà. Warwick a dit à ses hommes de fuir, et il a ordonné à Brandon de partir. Brandon a obéi, fonçant dans l'obscurité, les cris et les hurlements triomphants des ennemis sonnant à ses oreilles. Il savait qu'ils avaient tué son maître et il avait honte de l'avoir abandonné. Mais qu'aurait-il pu faire ?

Colum hocha la tête. Il comprenait.

— Quoi d'autre ? demanda vivement Kathryn, mécontente des regards entendus qu'échangeaient l'Irlandais et Gabele.

Ce dernier remua, un peu mal à l'aise.

— Que voulez-vous dire, Maîtresse ?

Kathryn posa les mains à plat sur la table, et l'espace d'un instant son esprit vola vers Thomasina. La servante nettoyait-elle la table des soins, dans la maison d'Ottemelle Lane, en ce moment ? Demain matin, Kathryn attendait de nombreux patients. Elle se frotta les yeux, lasse soudain, et se promit de consigner par écrit tout ce qu'elle aurait appris durant cette réunion.

— Je veux dire, reprit-elle, que Brandon s'est enfui de Barnet aux petites heures du jour, le dimanche 14 avril, et qu'il n'a été pris que deux semaines plus tard. A-t-il parlé de ce qu'il avait fait pendant tout ce temps ?

Webster prit la parole.

— Bien sûr, oui. Il redoutait les pillards et les exactions qui ont généralement lieu après les batailles. Vous qui êtes soldat, vous savez bien ce qui se passe, Maître Murtagh. Certains vainqueurs prennent des prisonniers, d'autres trouvent plus facile de trancher la gorge des ennemis en déroute.

Kathryn interrompit froidement le gouverneur.

— Qu'a fait Brandon durant le temps qu'il était en fuite ?

— Il s'est caché dans la campagne, achetait de temps en temps de quoi se nourrir dans une ferme et tâchait d'échapper aux soldats du roi.

— Lui a-t-on demandé pourquoi il venait à Cantorbéry ?

Webster battit des paupières. Il regarda bien en face cette impressionnante jeune femme plutôt froide qui refusait de se laisser distraire des questions qu'elle posait. Puis le regard du gouverneur se porta sur Colum, qui hocha imperceptiblement la tête. Le mouvement n'échappa pas à Kathryn, qui insista :

— Pouvez-vous répondre à ma question ?

— Je le lui ai demandé, en effet, admit Webster, pesant ses mots. Pour parler net, Maîtresse Swinbrooke, Brandon a dit qu'il était fatigué, qu'il avait faim et froid. Il voulait gagner Cantorbéry pour chercher refuge au prieuré de Christchurch.

Colum allait poser une question mais Kathryn l'en retint en plaçant la main sur son bras.

— Sir William, demanda-t-elle, lorsqu'on a arrêté Brandon pour l'amener ici, vous saviez qu'il était un soldat fugitif, n'est-ce pas ?

Webster hocha la tête.

— Vous avez donc dû l'interroger longtemps. A-t-on consigné par écrit ces interrogatoires ?

— Bien sûr, nous l'avons fait, répondit aussitôt le clerc Fitz-Steven, qui semblait maintenant quelque peu impressionné par Kathryn, et paraissait désireux de la contenter. Dois-je aller chercher le dossier, Sir William ?

Webster lui donna son accord, et tout le monde attendit en silence que Fitz-Steven revienne, hors d'haleine, un parchemin dans une main et une chandelle dans l'autre. Il reprit place sur son tabouret et se mit à lire :

— « Robert Brandon. Soldat en fuite après la bataille de Barnet. Écuyer du traître défunt connu sous le nom de Richard Neville, comte de Warwick. Fait prisonnier par Fletcher, adjoint du gouverneur, dans le pré des Potiers, au nord de Cantorbéry. Il ne portait sur lui qu'une ceinture, une dague, une besace et une épée légèrement émoussée. »

Le clerc reprit son souffle.

— « Il a avoué avoir trahi et s'en est remis à la miséricorde du roi. Depuis Barnet, Brandon avait abandonné ses compagnons et se cachait dans la campagne, au nord de la ville. Il avait décidé de ne pas retourner sur son lieu de naissance, où il avait encore des amis et de la famille, c'est-à-dire la paroisse de Saint-Jacques-le-Mineur, à Maidstone. »

Fitz-Steven jeta le parchemin sur la table et haussa les épaules.

— C'est tout, Maîtresse.

— Il n'a donc pas parlé de ses compagnons ? demanda Colum.

Webster secoua la tête.

— Non. Brandon a assuré qu'après la bataille chacun s'est enfui de son côté malgré les adjurations de Reginald Moresby, le capitaine de la garde de Warwick, qui tentait d'imposer un semblant d'ordre.

— Moresby est mort, intervint Kathryn. On a retrouvé son corps mutilé dans un fossé à l'extérieur de Rochester.

Webster haussa les épaules.

— Quelle importance ? Brandon ne parlait pas de ses amis. Ceux-ci, à l'exception de Moresby, ont sans doute trouvé un refuge, puis ils seront passés à l'étranger.

— Le prisonnier s'est-il lié avec quelqu'un durant ses six semaines de captivité ?

Gabele secoua la tête.

— Pas vraiment, non. Ma fille Margotta est allée le voir à plusieurs reprises. Moi, je parlais avec lui, mais nous évoquions seulement la guerre, rien de plus. Cependant, il y avait un prisonnier dans la cellule jouxtant la sienne, et nous avons trouvé un trou minuscule dans le mur qui sépare les deux cachots. J'en ai conclu que Brandon et son voisin devaient souvent bavarder ensemble à voix basse.

— Qui était ce prisonnier ? voulut aussitôt savoir Colum.

— Nicholas Sparrow, un assassin, répliqua Webster. Il a été mêlé à une rixe de taverne et a égorgé un homme. Nous le gardions jusqu'à la prochaine tenue des assises.

— Où est Sparrow à présent ?

Webster baissa la tête, et tous les autres prirent un air déconfit.

Colum répéta sa question.

— Où se trouve Sparrow, maintenant ?

— Il s'est évadé, avoua Webster d'une voix âpre. Et, par tous les saints, il n'a pas eu de mal à le faire, Maître Murtagh. Comme le veut la coutume, lui et Brandon étaient autorisés à sortir une heure par jour sur le pré, devant le donjon.

Webster se mordilla les lèvres.

— Par les temps qui courent, nous avons peu de soldats en garnison ici. Certains ont suivi Faunte ; d'autres sont partis vers le sud pour rejoindre le roi. Une fois la guerre finie, le reste de la garnison servait à patrouiller les routes et les gués à la recherche d'ennemis en fuite. C'est ainsi que nous avons pris Brandon, d'ailleurs.

Pendant que le gouverneur parlait, Kathryn revoyait le château tel qu'il lui était apparu quand elle y était entrée : le haut donjon en pierre grise et mortier, le pré détrempé dans le jour déclinant, et, au-delà, les voûtes et les hauts murs des cours intérieure et extérieure.

— Comment diable a-t-il pu s'échapper ? demanda-t-elle. Il devait certainement savoir certaines choses sur Brandon.

Gabele la défia du regard avant de répondre :

— Tout ce que nous savons, c'est que Brandon est sorti prendre l'air pendant une heure, comme il y était autorisé. Puis il est rentré. Sparrow est sorti à son tour. On était en début de soirée et le soleil commençait à décliner. Le prisonnier était seul, mais nous n'y avons pas vu de risque car il avait des menottes et ses chevilles étaient entravées par des chaînes. D'une manière ou d'une autre, il a réussi à circonvenir le gardien, qui l'a autorisé à s'éloigner pour se soulager : il se trouve un petit recoin près du mur. Apparemment, Sparrow a passé sa chaîne autour du cou de l'homme, l'a étouffé, a pris ses clés et a ouvert ses menottes. Puis il a échangé ses vêtements contre ceux de sa victime et il est sorti du château par le portail pour se perdre dans Winchepe.

Webster poursuivit la lamentable histoire.

— Il s'est écoulé du temps avant que la nouvelle de l'évasion de Sparrow ne se sache. Tout le monde croyait qu'il avait été ramené dans sa cellule. On s'est aperçu de sa disparition lors de la distribution de nourriture.

Webster eut un soupir las.

— Nous avons fait un rapport au shérif ; un mandat d'arrêt a été lancé contre Sparrow, mais à l'heure qu'il est, il se trouve peut-être au pays de Galles ou en Écosse, à moins qu'il n'ait traversé la Manche ou la mer d'Irlande.

Kathryn regarda Colum. Partageait-il ses soupçons ? Sparrow avait-il réussi à obtenir des confidences de Brandon ? S'était-il enfui après lui avoir fait certaines promesses au sujet de l'Œil de Dieu ?

— Combien de temps s'est-il écoulé entre cette évasion et la fièvre de Brandon ?

— Oh, cinq jours seulement, répondit le chapelain. Au début, je n'ai pas pris la maladie du prisonnier au sérieux, mais la fièvre a empiré, troublant les humeurs du corps. J'ai administré les remèdes que je connaissais, hélas, l'homme est mort. Je lui ai donné les derniers sacrements et je l'ai oint avec les saintes huiles. J'ai chanté une messe à la chapelle du château, puis nous avons enterré le pauvre Brandon avec les autres prisonniers défunts, dans le vieux cimetière.

— Depuis, on n'a pas retrouvé trace de Sparrow ? demanda brusquement Colum.

Webster secoua la tête.

— Non.

Quelque part, sur les hauts murs du château, une sentinelle en appela une autre ; une cloche se fit entendre, signalant à la garnison de se rassembler pour la prière du soir avant le souper dans la grande salle. Autour de la table, les hommes montraient maintenant des signes d'impatience. Webster fixait avec insistance la flamme de la bougie des heures : elle attaquait un cercle rouge, indiquant qu'une nouvelle heure commençait.

— Y a-t-il d'autres questions ? murmura-t-il.

Colum se mit debout.

— Êtes-vous certains, vous tous ici présents, de votre fidélité au roi ? Êtes-vous sûrs aussi que Brandon n'a jamais parlé du pendentif ni de l'Œil de Dieu ?

Tous le jurèrent. Colum s'étira et regarda Webster.

— Brandon n'a rien dit d'autre ?

Le gouverneur secoua la tête, mais Kathryn ne comprenait pas pourquoi il paraissait si nerveux.

Colum fixa le prêtre.

— Vous avez dit, mon père, avoir oint Brandon des saintes huiles et avoir refermé le cercueil ?

— C'est ce que j'ai fait, oui.

Kathryn intervint.

— Je sais que vous êtes tenu par le secret, mais vous avez certainement confessé le prisonnier ?

Le chapelain hocha la tête, et Kathryn insista :

— Peut-être vous a-t-il parlé du pendentif en confession ?

Cette fois, le prêtre se contenta de la regarder fixement sans desserrer les lèvres. Il ne dirait rien.

— Très bien, dit-elle, changeant de tactique. Qui a soigné Brandon quand il avait la fièvre ?

— Ma fille, répondit sèchement Gabele. Parfois le père Peter aussi. Pourquoi cette question ?

Kathryn ouvrit de grands yeux faussement innocents.

— Vous qui êtes soldat, Maître Gabele, vous connaissez bien la fièvre des camps. Les hommes qui en sont atteints parlent parfois dans leur délire.

— Brandon ne l'a pas fait, rétorqua Gabele, et il n'a jamais déliré. Sous l'effet de la fièvre, il perdait simplement ses forces, avait chaud et transpirait.

Le soldat se tourna vers le gouverneur.

— Sir William, d'autres affaires nous attendent. Avez-vous encore des questions, Maître Murtagh ?

— Non, mais peut-être pourrions-nous visiter la cellule de Brandon et celle de Sparrow. Ah ! j'y pense, que sont devenus les effets personnels de Brandon ?

— Nous les gardons dans un sac scellé, dans la resserre du château.

— Nous aimerions les voir, dit Colum. Une dernière question : qui se trouvait au château au moment de la mort du prisonnier ?

Le gouverneur haussa les épaules.

— Une garnison réduite, des servantes et des garçons d'écurie.

— Ce n'est pas ce que je voulais dire. Qui a approché le prisonnier quand il était à l'agonie ?

— Ma fille Margotta, je l'ai déjà dit, répliqua Gabele. Ah oui, et puis aussi le Vertueux.

— Qui est-ce ? s'étonna Colum.

— C'est un homme qui s'est surnommé ainsi, un pardonneur bardé de reliques et d'indulgences qu'il a récoltées dans toute la Chrétienté, un bien singulier personnage, en vérité.

— Je l'ai autorisé à loger ici, interrompit Webster. L'homme disait que les auberges et les tavernes de Cantorbéry étaient trop onéreuses, et Dieu sait que nous avons ici plus de place qu'il nous en faut.

Kathryn en convenait. Cantorbéry attirait comme un aimant les vendeurs de reliques, les charlatans et les faussaires en religion, bref, toute la vermine humaine qui s'engraissait de la superstition des gens. L'été, les hôtelleries étaient remplies de pèlerins. On comprenait donc que le gouverneur, comme les propriétaires de maisons privées, soit toujours prêt à troquer un lit contre un peu d'argent.

— Il faut que nous voyions ce Vertueux, décréta Kathryn. En vérité, nous devrons voir tous ceux qui ont parlé au prisonnier Brandon.

Le gouverneur en convint et la réunion prit fin. Colum et Kathryn regardèrent leurs hôtes quitter la table. Presque tous grommelaient et leur jetaient de sombres regards, clairement vexés d'avoir été interrogés par une femme. Comme ils s'attroupaient près de la porte pour se concerter à voix basse, Colum dit à Kathryn :

— Vous êtes dure ! Vous les avez questionnés avec une telle insistance !

— Je n'ai pas de temps à perdre, rétorqua sèchement Kathryn. Pourquoi les gens ne répondent-ils pas quand on les interroge ?

Colum se pencha en avant pour la regarder dans les yeux.

— Quelle est votre idée ? demanda-t-il.

— Quelqu'un ment. Trois choses ne me paraissent pas normales. D'abord, la mort de Brandon. C'était un homme jeune et costaud, et il était dans une cellule confortable. Pourquoi a-t-il succombé à la fièvre des geôles, avec des symptômes aussi bizarres ? En général, les patients atteints de fièvre ont des accès de délire.

— Ensuite ? la pressa Colum.

— Je trouve étrange que Brandon n'ait jamais mentionné l'Œil de Dieu. Enfin, l'évasion de Sparrow me paraît bien extraordinaire. On dirait qu'il s'est littéralement envolé par-dessus les murs du château.

Colum tapota le pommeau de sa dague.

— Les évasions de ce genre sont fréquentes, fit-il valoir. Des bourgeois fortunés ont même déposé une liste de plaintes à soumettre au prochain parlement, déplorant que les prisonniers puissent quitter leur prison avec une grande facilité. Quant à la fièvre des geôles...

Colum n'acheva pas sa phrase car Gabele s'approchait, et, ignorant Kathryn, lui saisit la main.

— Je suis content de vous retrouver, Irlandais, s'exclama-t-il, et heureux de voir que le sort vous comble !

Gabele se tourna alors pour sourire de toutes ses dents à Kathryn, puis il déclara :

— Désolé de vous avoir répondu avec brusquerie, Maîtresse Swinbrooke, mais comme cet Irlandais vous le confirmera, je suis davantage rompu à la vie de camp qu'à celle de la cour.

Étonnée, Kathryn accepta les excuses plutôt gentiment tournées.

— Je n'avais pas l'intention de faire preuve d'autant d'insistance, balbutia-t-elle.

Gabele lui tendit la main.

— N'en parlons plus. Venez, je vais vous montrer ce que vous désirez voir.

Il les conduisit au rez-de-chaussée du donjon. Là,

il déverrouilla une porte cloutée de fer, et, prenant une torche de poix accrochée au mur, descendit avec eux jusqu'aux cachots. Il y en avait six : trois de chaque côté d'un couloir humide et chichement éclairé. Gabele ouvrit une cellule, assez vaste et bien aérée grâce à une grille placée haut dans le mur, qui laissait entrer un peu de lumière et l'air extérieur. La pièce, blanchie à la chaux, était meublée d'une table, d'un vieux tabouret et d'une paillasse. Au mur trônait un crucifix, et la paille à terre était étonnamment propre. Gabele indiqua les crochets en métal pour fixer les bougies ainsi que la lampe à huile sur la table.

— C'était la geôle de Brandon, expliqua-t-il.

Il alla s'étendre sur la paillasse et, du bout de sa dague, gratta le mur et ébranla une brique.

— On peut faire la même chose de l'autre côté du mur, dans la cellule voisine, annonça-t-il.

— Qui a descellé les briques ? Sparrow ou Brandon ? demanda Colum.

Gabele secoua la tête.

— Ni l'un ni l'autre. Probablement un prisonnier d'autrefois, oublié depuis longtemps.

Il remit la brique en place et se redressa, ajoutant avec un sourire :

— Nous devrions faire venir un maçon pour réparer le mur, mais le gouverneur est un brave homme. Peu de prisonniers réussissent à s'enfuir du château de Cantorbéry et c'est une grâce pour eux de pouvoir parfois communiquer.

— Qui est autorisé à descendre ici ? demanda Kathryn.

— Moi, bien sûr, et ceux qui se trouvaient avec nous, tout à l'heure. Nous ne sommes pas cruels, Maîtresse Swinbrooke. Le père Peter descend chaque fois qu'il faut administrer un sacrement à un prisonnier, Webster et Fletcher descendent aussi s'assurer que tout va bien, et ma fille Margotta apporte la nourriture aux détenus et leur fait un peu de conversation. Évidemment, lorsque les cellules sont occupées, il y a un garde dans le couloir.

Gabele les reconduisit au rez-de-chaussée du donjon, puis dans la grande salle sombre du château. On avait allumé un feu, mais la cheminée tirait mal, et la fumée refoulait dans la pièce et se mêlait à l'odeur de pain fraîchement cuit et à celle du poisson grillé. Fitz-Steven se leva de son siège et vint à la rencontre des nouveaux arrivants. Il tenait un sac de cuir fermé en son extrémité supérieure avec une corde et un sceau de cire. Mécontent qu'on le dérange pendant son repas, il tendit le sac à Gabele en un geste brusque.

— Ce sont les effets de Brandon, annonça-t-il. Nous les avons répertoriés avant de sceller le sac. Ils sont maintenant propriété de la Couronne, quelle que soit la valeur que celle-ci leur accorde.

Sur ces mots, Fitz-Steven pivota pour regagner la haute table.

Gabele fit un clin d'œil à Kathryn tandis que Colum tirait sa dague pour trancher la corde. Puis il vida le sac des pauvres effets de Brandon, qu'il posa sur le banc : un haut-de-chausses, une veste en cuir bouilli, une chemise en lin très sale, une ceinture de guerre avec une bourse et des fourreaux pour la dague et l'épée. Les indiquant, Gabele annonça :

— Les armes étaient de très bonne qualité, et nous les avons gardées pour notre armurerie.

La bourse contenait quelques pièces, des dés et un morceau de parchemin roulé que Colum tendit à Kathryn. Celle-ci s'approcha d'une torche et le déroula.

— Il ne porte rien d'important, prévint Gabele, seulement une prière.

— *Levate oculos ad montes*, « Lève les yeux vers les collines », traduisit Kathryn.

— Qu'est-ce ? demanda Colum.

— « Lève les yeux vers les collines, d'où vient mon Sauveur. » C'est tiré des psaumes. Il semble que les prisonniers aiment cette prière.

Elle se tut tandis qu'elle se remémorait le cachot qu'avait occupé Brandon, et Gabele lorsqu'il avait déplacé la brique du mur. Elle murmura :

— Brandon avait gravé ce verset dans le mur de sa cellule.

— Oui, approuva Gabele, juste au-dessus de sa paillasse. N'oubliez pas, Maîtresse, qu'il espérait obtenir son pardon et être rapidement libéré. Et puis tout soldat a sa prière.

Il sourit à Colum.

— Vous vous souvenez de la vôtre, Irlandais ?

Colum, qui examinait les effets sur le banc, parut décontenancé.

— Quelle était cette prière ? demanda Kathryn, intriguée.

— Dites-la-lui donc, Irlandais, fit Gabele, taquin.

Murtagh reposa la ceinture de guerre de Brandon, regarda Kathryn et ferma les yeux.

— O mon Dieu, traitez-moi aujourd'hui comme vous aimeriez que je vous traite si j'étais Dieu et vous Murtagh.

Kathryn sourit en frappant dans ses mains.

— J'ignorais que vous étiez théologien, Colum.

La plaisanterie en resta là car les gens attablés sur l'estrade au bout de la salle achevaient leur repas. Webster se leva, suivi de deux autres personnes. La première, une femme aux cheveux noir de jais, et vêtue d'un sarrau marron avec un col et des poignets blancs, s'avança d'un air déterminé vers Kathryn et Colum. Elle était petite, et deux grands yeux bruns éclairaient son visage frais à la bouche souriante. Comme Webster se retirait en marmonnant de vagues excuses, la femme embrassa Gabele sur la joue avant de s'emparer de la main de Colum en s'exclamant, ravie :

— Vous êtes revenu pour m'épouser, Irlandais ?

Colum, confus, se mit à rire. Il prit la femme par l'épaule et l'embrassa légèrement sur les deux joues.

— Vous êtes plus jolie que jamais, Margotta, dit-il avant de se tourner pour faire les présentations. Maîtresse Kathryn Swinbrooke, Margotta Gabele, une vraie coquine !

Kathryn sourit, se maudissant *in petto* pour le petit pincement de jalousie qui lui étreignait le cœur. Heureusement, l'homme qui accompagnait Margotta l'empêcha de s'appesantir sur ce sentiment, car il était l'un des individus les plus étonnants qu'elle ait jamais vus. Il était grand et bien bâti, avec un visage assez jeune qu'encadraient des cheveux teints en jaune sale, longs jusqu'aux épaules. Étrangement vêtu de la tête aux pieds de cuir noir usé et déchiré, il ne portait ni épée ni dague, mais une énorme ceinture à laquelle pendaient des petites bourses, et il arborait autour du cou, accrochés à une épaisse ficelle, ce qui ressemblait à des fragments d'os d'animaux. Il avança dans la lumière, repoussant ses cheveux comme l'aurait fait une femme, et Kathryn vit les pendants d'oreilles bon marché scintiller à la lueur des chandelles. Dressant une main gantée de noir vers le plafond, il annonça d'une voix creuse et sépulcrale :

— Je suis le Vertueux, le serviteur du Seigneur.

Pour la première fois de sa vie, Kathryn vit Colum complètement décontenancé. Il fixait des yeux incrédules sur cet homme aux cheveux teints et à l'allure de corbeau.

Gabele prit la parole, impassible :

— Maître Murtagh, Maîtresse Swinbrooke, je vous présente le Vertueux, un pèlerin qui nous vient d'Avignon, de Rome, de Jérusalem, de Compostelle...

L'homme l'interrompit :

— Et de bien d'autres lieux encore ! J'ai vu le Grand Cham de Tartarie, et les Hordes d'Or de Kublai Khan, et les pâturages glacés de l'Indus Kush !

Kathryn se mordit les lèvres pour ne pas éclater de rire. Ce pardonneur connaissait toutes les ruses de son commerce : son étrange accoutrement, sa voix singulière et les lieux lointains qu'il évoquait ! De tous les fripons de son espèce, il était certainement l'un des plus doués. Il esquissa un geste de bénédiction devant Kathryn, avant de prendre la main de Colum.

— Frère dans le Seigneur, lança-t-il sur le ton de la psalmodie, nous voilà réunis. Vous souhaitiez m'entretenir d'un homme nommé Brandon, un prisonnier dans le Christ, dont l'âme se trouve maintenant en présence de Dieu. Prions qu'il n'endure que les feux du Purgatoire et non pas ceux de l'Enfer. Car, comme on peut le lire dans la sainte Bible : « Qu'est-il de plus terrible pour l'âme humaine que de tomber entre les mains du Dieu vivant ? »

Kathryn glissa un regard à Margotta. Celle-ci, les yeux fixés sur le sol, était secouée de rire. Qu'est-ce qui l'amusait autant ? La surprise ahurie de Colum ou les bouffonneries du Vertueux? Comment savoir?

— C'est vrai, c'est vrai, dit Colum qui semblait revenu de sa stupeur.

Il poussa les effets de Brandon qu'il avait dispersés sur le banc et invita l'homme à s'asseoir.

Le pardonneur leva de nouveau sa main vers le plafond.

— Non, je reste toujours debout quand je m'entretiens avec un frère. Comme dit la sainte Bible : « Le juste se tient debout, le visage toujours levé vers le Seigneur. »

— Quel est votre vrai nom? aboya alors Colum, que ces drôleries commençaient à agacer.

— Qu'est-ce qu'un nom? répliqua le pardonneur.

Il indiqua la paille sur le sol.

— L'herbe est toujours de l'herbe, quel que soit le nom que vous lui donnez, et nous sommes comme l'herbe des prés : vivants aujourd'hui, morts demain. Je n'ai pas de nom, pas de passé, je vis seulement dans la Vertu en présence de mon Seigneur.

Colum repoussa la paille d'un coup de pied brutal.

— Moi, je suis commissaire du roi à Cantorbéry, marmonna-t-il d'une voix chargée de menace. Vous, vous êtes un sujet du roi. Vous habitez le château et vous vous êtes entretenu avec un prisonnier du roi, le dénommé Brandon. Je suis dans mon droit quand je vous demande qui vous êtes et d'où vous venez.

Le pardonneur renversa la tête en arrière comme un oiseau en colère et il fixa Colum.

— Je m'appelle le Vertueux, répéta-t-il.

Puis comme il voyait l'irritation croissante de l'Irlandais, il ouvrit sa besace pour en sortir une poignée de parchemins graisseux qu'il mit dans la main de Murtagh.

— Voici des lettres et des autorisations de voyage.

Colum passa les documents à Kathryn qui les lut rapidement.

— Ils sont authentiques, déclara-t-elle, signés par des agents portuaires, des baillis et des shérifs, et ils attestent que celui qui se fait appeler le Vertueux est un pardonneur libre d'exercer son commerce où il veut. Certains documents portent un sceau, ce qui prouve que ce ne sont pas des faux.

Elle rendit les parchemins au pardonneur, qui la remercia d'un sourire.

Colum reprit son interrogatoire.

— Que faites-vous à Cantorbéry ?

Le pardonneur tapota sa besace.

— J'ai ici des indulgences et des bulles de Rome, des lettres de pardon et des reliques des saints et des saintes qui nous ont montré le chemin de la vertu.

Il indiqua d'un geste les petits os blancs autour de son cou.

— Je puis vous vendre pour un prix raisonnable un os du petit doigt de l'une des sept mille vierges de Cologne. Et regardez — il indiquait maintenant un autre os —, ceci provient d'une côte du bon Samaritain.

— Taisez-vous ! rugit Colum.

D'un regard, Kathryn mit en garde le pardonneur, qui avala sa salive et adressa un timide sourire à l'irascible Irlandais.

— Je vous ai posé une question ! reprit Colum.

— Eh bien, je vais vous répondre : je suis ici pour exercer mon commerce avec les pèlerins. Vous pouvez le vérifier, et sans doute le ferez-vous : j'ai présenté mes documents au Guildhall et à la cathédrale. J'ai aussi cherché un lit et un logement propre aux *Échiquiers*, au *Tabard*, au *Soleil en Majesté*. Je me suis même présenté à l'hospice des Prêtres Indigents. Hélas, à l'instar de notre bon Seigneur, je n'ai pas trouvé de chambre en ces lieux. Alors je me suis présenté au château, et contre un peu d'argent, je couche dans un lit propre, et je prends mon repas du matin et du soir dans la grande salle.

— C'est bien, souffla Colum. A présent, parlez-moi de Maître Brandon.

Le pardonneur étendit les mains devant lui en une attitude théâtrale.

— Il était prisonnier, et je pensais qu'il serait peut-être intéressé par une de mes reliques, ou, si les choses allaient plus mal pour lui, par une bulle papale ou une lettre d'indulgence.

— S'est-il montré intéressé ?

— Hélas, non, son cœur était épris de liberté.

— Lui avez-vous parlé souvent ?

— Une fois seulement.

— Et Sparrow, l'autre prisonnier ?

— Oh, lui n'était qu'un suppôt de Satan ! Brandon était courtois, mais l'autre était un démon sorti de l'Enfer. Il m'a jeté hors de sa cellule après m'avoir traité de fripon.

Devant l'air sincèrement outragé du pardonneur, Colum se tourna vers Margotta. Celle-ci s'efforçait toujours de contenir son hilarité.

— Et vous, Margotta, dit l'Irlandais, quelle est votre opinion sur Brandon ?

La femme adressa à Colum son plus beau sourire et l'on eût dit qu'elle flirtait avec lui avec ses yeux.

— Brandon était très beau, dit-elle, et il était également bon et courtois.

— Quoi d'autre ? insista Colum avec un rien d'agacement.

— Il était aussi très seul et attendrissant. Il parlait de sa jeunesse à Maidstone et de la mort de Warwick.

— Parlait-il d'autre chose ?

— De quoi, par exemple ?

— D'un pendentif en or orné d'un magnifique saphir appelé l'Œil de Dieu ?

— Quelle idée, Colum ! Bien sûr que non ! Comment un pauvre écuyer comme lui aurait-il parlé d'un pareil joyau ?

Kathryn avait perçu la lueur d'avidité dans le regard du pardonneur, qui marmonna :

— Un pendentif en or avec un magnifique saphir. Brandon aurait-il possédé un tel bijou ?

— C'est possible, répondit Kathryn.

L'homme siffla doucement dans sa barbe et sourit.

— Je comprends maintenant pourquoi vous vous intéressez à lui, murmura-t-il.

— Maîtresse Gabele, reprit Kathryn, vous êtes-vous entretenue avec Sparrow ?

— Certes non ! Ce n'était qu'un misérable, un coquin !

Colum poussa un soupir.

— Eh bien, merci d'être venus nous parler, dit-il.

Margotta lui sourit et l'embrassa gentiment sur la joue.

— J'ai été heureuse de vous revoir, Colum, murmura-t-elle.

Et elle s'éloigna à pas lents avec le pardonneur.

Kathryn attendit qu'ils ne puissent plus l'entendre.

— Quel troubadour vous faites, Irlandais ! Dites-moi, vous avez une fille dans chaque ville ?

Colum lui adressa un clin d'œil.

— Eh oui, dans chaque ville et dans chaque camp. J'ai combattu au côté de Gabele depuis le pays de Galles jusqu'à la frontière écossaise. Margotta a toujours été une friponne.

Il détourna les yeux, troublé.

— Elle a toujours su faire parler les hommes, et je trouve étrange que ni elle ni personne dans ce château n'ait entendu Brandon mentionner l'Œil de Dieu.

— Et si c'était Moresby et non Brandon qui avait détenu le joyau ? suggéra Kathryn. Dans ce cas, l'Œil de Dieu est peut-être toujours en possession des bandits qui l'ont tué.

Colum envoya un coup de pied nerveux dans la paille sur le sol.

— Non, Warwick n'aurait pas remis ce bijou à un garde du corps, fût-il le chef de sa garde personnelle.

Il jeta un coup d'œil à Kathryn avant de poursuivre :

— J'ai moi-même été maréchal de la maison du roi, et, à ce titre, j'ai eu l'honneur discutable d'interroger de nombreux voleurs. Si un bandit se trouvait en possession d'un joyau pareil, il n'aurait de cesse de le vendre au plus vite pour ne pas risquer de se le faire dérober.

Colum se mordit le gras du pouce.

— Je me demande comment est mort Moresby, murmura-t-il. A-t-il été pris par des brigands de grand chemin ou par quelqu'un d'autre ? Je crains que seul Brandon ait pu répondre à cette question. Mais partons, maintenant. Nous en avons terminé ici.

Ils reprirent leurs capes et firent leurs adieux, avant de traverser les cours intérieure et extérieure et sortir dans Winchepe par une poterne. Ils hâtèrent le pas dans les ruelles sombres, puis s'engagèrent dans Wistraet. Au petit guichet qui gardait la rue, un homme surgit de l'ombre. Colum porta aussitôt la main à son épée.

— Paix, Maître !

Holbech, le lieutenant de Colum à Kingsmead, un homme solidement bâti, apparut dans la chiche lumière du flambeau fixé au guichet. Il s'inclina devant Kathryn.

— Bonsoir, Maîtresse. Je me suis rendu chez vous, à Ottemelle Lane. Thomasina, après m'avoir un peu rabroué, m'a dit que vous étiez au château avec Murtagh. Alors j'ai attendu ici.

— Que se passe-t-il ? demanda Colum.

— Maître, un messager de Monseigneur le duc de Gloucester est arrivé pour vous informer que votre ami, John Tuam, un frère dominicain du couvent de Blackfriars, a été mystérieusement poignardé à mort. Le messager du prince a dit que vous sauriez ce que cela signifie.

— Oh, mon Dieu ! souffla Colum.

Il avança de quelques pas et s'appuya au mur d'une taverne. Il regarda les rais de lumière qui passaient par les étroites fenêtres, écoutant sans les entendre les bruits et les cris des joyeux convives avinés à l'intérieur.

— Pauvre John, murmura-t-il.

Il revoyait par la pensée le garçon sauvage qui courait le long du flanc verdoyant d'une colline, criant et sautant comme un jeune daim. Puis son regard se fixa sur la ruelle sombre.

— Il est mort ! Oh, Christ, prenez soin de son âme !

Kathryn s'approcha de lui.

— Ils sont ici, n'est-ce pas ? demanda-t-elle tandis qu'un brusque accès de peur l'étreignait.

En dépit de ses manières brutales et de son caractère vif, cet étrange Irlandais lui devenait chaque jour plus proche, avec ses sautes d'humeur et son sourire sardonique.

— Vous êtes en danger, Colum.

Il lui prit la main et la serra doucement.

— Je l'ai toujours été, Kathryn, mais oui, c'est exact, les chiens se sont rapprochés.

Kathryn retira sa main et s'éloigna un peu. Colum l'appela à mi-voix :

— Femme, vous n'avez pas peur pour moi, tout de même ? Pas vous, Kathryn Swinbrooke ?

— Je ne suis pas votre femme, Colum, répliqua Kathryn, n'osant se retourner et montrer son visage. Quoi que vous ayez dit à vos maîtres, à Londres.

— Dans ce cas, qu'êtes-vous pour moi ?

Kathryn ne répondit pas. Elle se posait cette question depuis le jour où elle avait rencontré l'Irlandais et n'avait toujours pas trouvé de réponse.

Colum reprit, insistant :

— Et que suis-je pour vous ? Suis-je comme Wuf, un orphelin que vous avez pris sous votre aile ?

Kathryn lui sourit par-dessus son épaule.

— Je suis la mère de Wuf, désormais, fit-elle, taquine. Quant à vous, Irlandais, soyez satisfait que je vous serve d'ange gardien, pour le moment !

CHAPITRE IV

— Laissez-moi entrer ! Vous n'avez pas le droit de m'en empêcher !

Kathryn Swinbrooke se trouvait dans Jewry Lane, une rue de la paroisse de Sainte-Mary-Redman, et, écumant de fureur, elle fusillait du regard les deux ramasseurs de corps à l'air brutal qui barraient l'entrée de la petite maison sur laquelle on avait barbouillé en rouge la croix de la peste. Les hommes, deux frères au visage tavelé, affreux, massifs comme des dogues, faisaient obstinément obstruction devant la porte, et, les pouces glissés dans leur ceinture, ils secouaient la tête.

— Vous connaissez la loi, Maîtresse, déclara l'un d'eux. Quand la peste frappe un logis, on doit en fermer toutes les portes et les fenêtres, et le marquer de la croix rouge. Les occupants du lieu n'ont pas le droit de sortir, et personne n'est autorisé à entrer.

Kathryn avança, l'air menaçant.

— Je suis médecin, insista-t-elle, et dans cette maison vivent deux vieilles dames, deux sœurs, Maîtresse Maude et Maîtresse Eleanor Venables. Certes, leur servante est morte de la peste, et elle a été enterrée, mais les dames sont en bonne santé. Je veux leur parler.

Le plus laid des deux hommes rétorqua :

— C'est la paroisse qui nous a recrutés pour faire respecter la loi. Les vieilles mourront et on emmènera leurs corps pour les jeter dans une fosse hors des murs de la ville.

Il sortit les pouces de sa ceinture.

Thomasina et le jeune Wuf, qui se tenaient derrière Kathryn, bougèrent d'un même mouvement. Wuf bondit pour flanquer un bon coup de pied dans le tibia de l'homme, qui rugit de douleur. Son frère voulut saisir Wuf, mais le garçon se cacha derrière les jupes de Kathryn.

Thomasina s'avança, sa grande cape tourbillonnant autour d'elle, et elle brandit le panier de pommades et d'onguents de sa maîtresse comme elle l'aurait fait d'une hache de guerre.

— Infâmes voleurs poltrons, rugit-elle tandis que son large visage s'empourprait et que ses petits yeux sombres scintillaient de colère, gare à vous si vous touchez à ma maîtresse !

Les hommes reculèrent pour chercher refuge derrière leur charrette souillée de graisse.

Thomasina reprit :

— Kathryn Swinbrooke connaît personnellement Richard, duc de Gloucester, et elle est médecin au service de la ville de Cantorbéry. Enfin, elle est la bonne amie du commissaire du roi en personne, Lord Colum Murtagh !

Kathryn se mordit les lèvres pour ne pas sourire : brusquement, par la bouche de Thomasina, l'Irlandais avait pris du galon. La servante regarda le petit attroupement qui s'était formé dans la ruelle. Elle prit les gens à partie, criant :

— Vous allez laisser ces deux coquins s'opposer à un acte de charité ?

Thomasina avança d'un pas, pointant un doigt vers les ramasseurs de corps.

— Sales voleurs, rugit-elle, je sais ce que vous cherchez ! Vous enlevez les morts, et vous prenez tous les objets de valeur que vous trouvez dans leur logis. Or ces deux vieilles dames possèdent beaucoup de choses, et vous le savez.

Un murmure d'approbation courut parmi les badauds.

L'un des ramasseurs cria :

— Si on laisse entrer quelqu'un, la peste risque de se propager !

Les gens approuvèrent avec plus de conviction, cette fois.

Kathryn leva les yeux : un petit volet dans la porte venait de s'ouvrir mais fut refermé presque aussitôt. Ne sachant plus à quel saint se vouer, elle jeta un nouveau regard à la croix peinte en rouge. Si elle s'avouait vaincue et repartait, Maude et Eleanor se croiraient abandonnées. Et si elles ne mouraient pas de la peste, elles périraient de faim et de désespoir.

— J'entrerai dans cette maison ! déclara Kathryn.

L'un des deux frères avança pour lui bloquer le chemin.

— Cela suffit, à présent !

C'est un petit homme chauve au visage rond qui avait parlé en sortant de la foule, en direction des deux ramasseurs. Il marchait en se dandinant, et son long manteau de drap vert doublé de fourrure d'écureuil, sa corpulence et son torse bombé lui donnaient la dignité d'un oiseau outragé. Néanmoins, Simon Luberon, clerc de Sa Grandeur l'archevêque de Cantorbéry et membre du Conseil de la ville, connaissait ses droits. Il se tourna et adressa un clin d'œil à Kathryn.

— Qui êtes-vous, petit insecte ? demanda l'un des ramasseurs de corps en ricanant méchamment.

Simon Luberon le remit vite à sa place.

— Je suis officier de la cité, déclara-t-il assez haut pour être entendu de tous. Et vous, vous pourriez bien perdre votre travail à vous entêter ainsi !

— Nous ne faisons que notre devoir, protesta l'autre.

Évitant soigneusement le regard de Kathryn, Luberon prit un air outragé et s'écria :

— Votre devoir ! Je vous pose solennellement la question : quelqu'un dans cette maison est-il malade de la peste ?

Il indiqua d'un doigt qui tremblait un peu la demeure marquée d'une croix rouge.

— Quelqu'un en a souffert.

— Ce n'est pas la question que je vous ai posée, protesta Luberon. Aux termes de la réglementation 738 de cette ville, du Codex Medicus et bien entendu de la Clause 4 de la Loi du Parlement votée la troisième année du règne du bon roi Henri IV, une maison où quelqu'un est mort de la peste doit être isolée. Néanmoins, s'il s'y trouve des gens en bonne santé, ils ont le droit de recevoir les soins d'un médecin.

Les deux ramasseurs de corps, maintenant confondus par ce rappel de la loi exhaustif sinon parfaitement exact de Luberon, décidèrent d'abandonner la partie. Ils reprirent leur charrette et s'en furent, grommelant que les vieilles chipies ne tarderaient pas à mourir de toute façon.

Le petit attroupement se dispersa. Kathryn prit la

main de Luberon et fixa ses yeux bleu clair à l'expression presque enfantine.

— Vous avez été épatant, Simon, murmura-t-elle.

Le petit homme se tortilla, confus.

— Ce n'était rien, voyons. Ce matin, j'ai rencontré Maître Murtagh alors qu'il se rendait à Kingsmead. Il m'a dit que vous étiez allée à Londres avec lui et que vous étiez maintenant de retour à Cantorbéry, chargée de certaines affaires par le roi.

Kathryn hocha la tête et, devant le regard plein d'expectative de Luberon, déclara :

— Si nous avons besoin de votre aide, Simon, nous vous le dirons, n'ayez crainte.

Luberon sourit.

— Plus important, poursuivit Kathryn, savez-vous où en est ma demande d'autorisation d'ouvrir un commerce d'épices ?

Luberon étendit les mains devant lui.

— Dans ces temps troublés, Maîtresse, le roi a suspendu le Conseil de la ville, si bien que la guilde des vendeurs d'épices ne s'est pas réunie. Certains dans la profession s'opposeront certainement à votre demande.

— Pourquoi ? Parce que je suis une femme ?

— Non, parce que vous réussissez dans votre métier.

Luberon sourit.

— Si c'était le contraire, ils seraient trop contents de vous voir vous ridiculiser !

Il tapota le poignet de Kathryn pour la rassurer.

— Je ferai tout mon possible pour que vous obteniez votre licence. A présent, dites-moi, connaissez-vous la nouvelle ?

Kathryn secoua la tête. En quittant Ottemelle

Lane, Rawnose, le mendiant, avait essayé d'attirer son attention, mais elle avait filé avant que le bavard ne puisse la retarder.

— On a aperçu le traître Faunte qui rôdait à l'orée de la forêt de Blean, annonça Luberon d'une voix théâtrale. On dit qu'il n'était pas seul.

Kathryn se mordit la lèvre. Elle avait confié à Luberon les craintes que lui inspirait son mari, Alexander, et l'industrieux petit clerc avait promis de tout mettre en œuvre pour obtenir des renseignements à son sujet. Comme Kathryn, il savait qu'il y avait une chance pour qu'Alexander se trouve avec le maire et d'autres traîtres en fuite qui se cachaient dans les forêts au nord de Cantorbéry.

De nouveau, Luberon tapota le poignet de Kathryn, et après lui avoir promis de la tenir au courant, il s'éloigna d'un pas rapide.

— Cet homme sait tout ce qu'il y a à savoir, murmura Thomasina.

— Il est plein de bonnes intentions, répliqua Kathryn avant de frapper à la porte marquée d'une croix rouge.

Elle abaissa les yeux sur le visage angélique de Wuf et caressa doucement ses cheveux blonds.

— Tu t'es montré très courageux, Wuf, dit-elle, mais ça aurait pu être dangereux de s'en prendre à ce ramasseur de corps.

L'orphelin eut un large sourire en même temps qu'il regardait, plein d'admiration, cette femme peu bavarde mais très bonne, grâce à qui il avait maintenant une maison, un foyer et un lit.

— Promets-moi de ne pas recommencer, reprit Kathryn.

Le gamin jura solennellement, et comme Kathryn se retournait pour frapper de nouveau à la porte, il tira la langue à Thomasina, dont les yeux aussitôt scintillèrent de courroux.

Tous deux se seraient chamaillés, mais la porte venait de s'ouvrir sur les deux vieilles dames, serrées l'une contre l'autre, et dans leur visage ridé, leurs yeux étaient remplis d'angoisse.

— Oh, nous vous avons entendue, Maîtresse, dit Eleanor. Ces hommes étaient affreux !

— N'ayez crainte, tout ira bien à présent, répliqua Kathryn en pénétrant dans la maison.

Les deux sœurs l'introduisirent, ainsi que Wuf et Thomasina, dans une petite pièce que Kathryn inspecta avec un regard approbateur. La jonchée sur le sol était fraîche et propre, les murs avaient été lavés avec de l'eau mélangée à de la chaux, tandis que dans l'âtre brûlait un feu qui répandait sa chaleur sans rendre l'atmosphère étouffante.

— Nous avons suivi toutes vos instructions, assura Maude. Nous n'avons pas vu de rats. Nous tuons les mouches, mais il n'y en a plus guère, maintenant. Nous vidons nos eaux usées au loin et ne buvons que l'eau fraîche du puits. Hélas, nos baquets sont vides, à présent.

— Thomasina y remédiera, assura Kathryn, et nous reviendrons un peu plus tard dans la journée. Mais parlons des choses importantes : vous ne mangez que du pain bien frais ?

Les vieilles dames hochèrent solennellement la tête.

Kathryn envoya Thomasina inspecter le lavoir, la cuisine et les garde-robes, tandis qu'elle s'asseyait en compagnie des deux sœurs. A côté d'elle, Wuf suçait son pouce, dévisageant avec curiosité leurs hôtesses. Kathryn lui avait maintes fois expliqué ainsi qu'à Thomasina qu'ils ne risquaient rien à venir dans cette maison. Elle le répéta pour le bénéfice des vieilles dames.

— Votre servante Miriam n'est peut-être pas morte de la peste. Ce mal, comme me l'a enseigné mon père, présente les mêmes symptômes qu'une autre maladie, la pellagre.

— Vous voulez dire le mal de Saint-Antoine ? bredouilla Maude.

— En effet. Ceux qui souffrent de ce mal ont des rougeurs, et leur peau est sèche et se fendille. Parfois, ils ont des pustules, des furoncles, des boutons, accompagnés d'une forte fièvre, et ils ont aussi du sang dans les urines, et des fèces infectées, quand ils n'ont pas la diarrhée.

— Miriam avait tous ces symptômes, confirma Maude.

— Et nous en avons eu certains, renchérit Eleanor, mais ils ont disparu.

— Je vois, dit Kathryn d'une voix apaisante. Cependant, faites bien attention au pain que vous mangez ou à toute nourriture confectionnée avec du froment. Le pain en particulier. Si vous absorbez des céréales infectées, vous serez de nouveau malades. C'est pourquoi il est très important que vous mangiez du bon pain bien frais, et que vous chassiez de votre corps ces humeurs mauvaises en buvant de l'eau de source fraîche. Ainsi, vous guérirez. Et gardez aussi vos mains et vos ongles propres. Tenez la maison très propre également, et changez la jonchée tous les deux jours.

Les vieilles femmes hochèrent la tête.

— Brûlez les jonchées que vous jetez, ajouta Kathryn.

— C'est ce que nous faisons, et, dans le jardin,

nous en avons des fraîches qu'il nous suffit de cueiliir.

— Et les remèdes, Maîtresse ? demanda Maude.

— Bien sûr.

Kathryn souleva le panier qu'avait apporté Thomasina et en sortit quatre miches de pain frais, un torchon dans lequel se trouvaient des tranches de viande séchée, un petit flacon de vin et un pichet de décoction qu'elle avait préparée. Indiquant cette dernière, elle ordonna :

— Buvez-en une cuillerée chacune tous les soirs avant de vous coucher.

— Pourquoi ? Pour nous donner des forces ?

— Certes, répondit Kathryn sans préciser que la potion contenait un peu de substance opiacée qui calmerait l'agitation des deux sœurs.

Thomasina reparut : les tonneaux étaient maintenant remplis d'eau, et tout était en ordre dans la cuisine et le lavoir. Après avoir rassuré une nouvelle fois les vieilles dames, Kathryn accepta les pièces qu'elles lui offraient, puis, suivie de Wuf et de la servante, sortit dans Jewry Lane.

Elle descendit jusqu'au coin de la rue et s'arrêta, frappant du pied.

— Au nom du Ciel, murmura-t-elle à l'adresse de Thomasina, il suffit que quelqu'un ait la fièvre, des pustules ou du sang dans les urines pour que l'on crie à la peste ! Je me dis souvent que davantage de gens meurent de la crainte de la maladie que du mal lui-même.

— Pourquoi leur avez-vous dit de boire de l'eau fraîche ? demanda Wuf en sautillant d'un pied sur l'autre.

Kathryn lui tapota la joue.

— Dieu m'est témoin que je ne le sais pas vraiment, mon garçon, mais un très célèbre médecin de Salerne...

— Où est-ce ? interrompit le garçonnet.

— En Italie, et avant que tu ne me poses la question, Wuf, l'Italie est un pays au bord de la mer du Milieu, à mi-chemin de Jérusalem.

L'enfant ouvrit encore la bouche pour parler, mais Kathryn posa un doigt sur ses lèvres et poursuivit :

— Ce médecin donc a découvert comment l'infection se répand par l'eau qui n'est pas fraîche ou qui a croupi. L'homme a écrit un traité célèbre que mon père a étudié. Et voilà que, lorsque nous sommes venus à Cantorbéry, mon père — que Dieu ait son âme — remarqua que les moines du prieuré de Christchurch étaient rarement malades. Il mit leur bonne santé sur le compte de deux éléments.

— Leur façon de se nourrir et l'eau qu'ils boivent, révéla Thomasina, triomphante.

— Exactement, approuva Kathryn. Les moines se nourrissent de viande et de fruits frais, et leur eau, qui provient de sources pures, est acheminée jusqu'au prieuré par des conduits en bois d'aulne.

— Les prêtres vivent toujours plus vieux, fit observer Wuf. Quand je suivais le camp, les soldats disaient que s'ils devaient refaire leur vie, ils seraient prêtres pour vivre plus longtemps.

Kathryn sourit.

— C'est peut-être vrai, mais j'ai noté le même phénomène chez certains de mes patients. Te souviens-tu de Mollyns, le meunier ?

— Oui, et il pue.

— Certes, cependant il souffre rarement d'infection. Je lui ai demandé comment il se nourrissait. Eh bien, il mange beaucoup de pommes et ne boit que l'eau d'une source proche de son moulin.

Kathryn jeta un coup d'œil par-dessus son épaule, vers le bout de Jewry Lane.

— Espérons que ces deux vieilles dames se porteront bien. Quant aux ramasseurs de corps, quels...

Thomasina lui coupa la parole, s'exclamant :

— Ce sont d'infâmes malfaisants !

— C'est bien vrai.

Kathryn sortit de Jewry Lane, passa devant l'hospice des Prêtres Indigents de Sainte-Mary, avant de redescendre vers Ottemelle Lane. De chaque côté de la rue partaient d'étroites venelles qui serpentaient en direction de Burgate ou redescendaient vers le château. Kathryn marchait avec précaution car le ruisseau qui servait d'égout, au milieu de la chaussée, avait débordé, gonflé par la pluie du petit matin, et les immondices envahissaient la rue. En outre, elle gardait l'œil aux aguets car les maisons bordant Stour Street avaient presque toutes deux ou trois niveaux, et comme il était encore tôt, les servantes et les souillons pouvaient bien déverser les seaux d'eaux usées par la fenêtre, espérant arroser les piétons.

Plus bas, le petit marché battait maintenant son plein : des fermiers vendaient du beurre, des œufs, du froment, de la laine, des légumes ou des volailles plumées, le tout entassé sur leurs petites charrettes à bras. Les colporteurs sillonnaient la foule avec leurs plateaux de rubans de soie, dentelle, boutons et boucles.

Derrière le marché se trouvaient les échoppes des marchands de chandelles, tanneurs, merciers, tailleurs, vitriers et bien d'autres. Kathryn s'arrêta pour examiner les beaux gants en cuir sur un étalage. Wuf s'éloigna en claquant des lèvres afin d'aller observer des apprentis vêtus de justaucorps en toile et cuir, qui pétrissaient la pâte dans les boutiques de boulangers. Kathryn le rattrapa et lui acheta un bonhomme en pain d'épice. Le gamin mordit dans la pâtisserie sucrée, et Kathryn allait reprendre son chemin quand, tout à coup, des mendiants se frayèrent un chemin dans la foule. Ils étaient conduits par un bougre en haillons qui, balançant un bâton devant lui, traversa la rue pour gagner le vieux calvaire en pierre dont il gravit les marches. Ses amis se groupèrent autour de lui et il appela ensuite les passants à la pitié, expliquant comment ses compagnons et lui avaient combattu aux côtés du bon roi Édouard, et comment ils étaient maintenant rejetés de tous avec, pour seules possessions, ce qu'ils avaient sur le dos.

— Le pauvre, murmura Wuf, entre deux bouchées de pain d'épice.

— Mais non, persifla Thomasina, c'est un simulateur !

— Un quoi ?

— Un malin menteur, un escroc. Je parie qu'il n'a jamais touché une épée de sa vie.

Tout à coup, l'un des mendiants qui escortaient le simulateur, un homme dépenaillé, bondit sur ses pieds, gémissant et criant, puis il s'effondra sur le sol en se contorsionnant. Une petite foule s'attroupa aussitôt, et Kathryn vit le simulateur couper vivement la bourse de l'un des badauds, tandis que les autres mendiants s'égaillaient dans la foule, qui pour prendre une besace, qui pour vider une poche.

— C'est assez ! lança Kathryn en avançant.

Le simulateur et ses complices disparurent à la hâte, et Kathryn se fraya un chemin dans la foule pour s'agenouiller auprès de l'homme qui se contorsionnait toujours. Il avait les bras et les jambes agités de soubresauts, ses yeux roulaient, exorbités, et de sa bouche s'écoulait une bave épaisse, semblable à de l'écume.

— C'est une attaque de mal ! cria un badaud.

— Pas du tout ! L'homme est en aussi bonne santé que vous et moi, répliqua Kathryn.

Soudain elle frappa le mendiant au visage. Ses contorsions s'arrêtèrent, il cessa de gémir, et de surprise ouvrit grand la bouche. Kathryn y plongea les doigts. L'homme tenta de résister, mais Kathryn lui pinça les narines, puis elle sortit de sa bouche quelque chose de blanc qu'elle montra à la foule.

— Vous voyez, cria-t-elle, c'est un morceau de savon ! Cet homme est un simulateur, et ceux qui l'escortent sont des voleurs.

Kathryn jeta le morceau de savon sur le sol. Les gardes du marché s'emparèrent du mendiant encore mal revenu de sa surprise, tandis que les badauds faisaient le compte de ce qui leur avait été dérobé. Kathryn reprit alors sa route pour tourner dans Ottemelle Lane, et là, elle faillit se cogner à la veuve Gumple, la corpulente matrone qui régnait avec arrogance sur le conseil de la paroisse de Sainte-Mildred.

Ces dernières semaines, la Gumple avait témoigné beaucoup de déférence à Kathryn. Le visage blafard et boursouflé de la veuve s'éclaira d'un sourire soumis.

— Pardonnez-moi, Maîtresse, fit-elle, haletante, je suis désolée.

— Bonjour, Veuve Gumple. Votre santé est-elle bonne ?

— Très bonne, oui, murmura la femme.

Son visage s'empourpra. Elle releva l'ourlet de sa robe et passa rapidement son chemin.

Kathryn la regarda s'éloigner.

— Au nom du Ciel, qu'est-ce qui tourmente cette femme ? souffla-t-elle.

Thomasina dissimula un sourire. Elle garderait son secret, et la veuve Gumple resterait à sa place. Elle n'enverrait plus de méchantes missives anonymes sur les agissements d'Alexander Wyville.

Kathryn levait un sourcil étonné quand elle sursauta de surprise sans chercher à masquer sa contrariété : un homme jeune avec des cheveux blonds frisés et un visage gras et luisant de transpiration venait de surgir d'un renfoncement de porte.

— Bonjour, Maîtresse Swinbrooke.

C'était le clerc Goldere, et il poursuivait Kathryn de ses assiduités. Aujourd'hui, il était plus ridicule encore qu'à l'ordinaire avec son justaucorps brun très ajusté, ses bas jaunes et ses souliers pointus.

— Vous portez-vous bien, Maître Goldere ? demanda Kathryn.

L'homme cligna ses yeux larmoyants et porta la main à sa braguette.

— Je souffre d'un léger mal, Maîtresse, une démangeaison...

Kathryn poussa un soupir agacé. Goldere se plaignait toujours. Sans l'écouter davantage, elle passa son chemin.

— Allez voir votre médecin, murmura-t-elle.

Goldere aurait certainement tenté de l'importuner encore, mais comme il pivotait pour lui emboîter le pas, Thomasina le bouscula et l'envoya voler de l'autre côté de la rue. Avant qu'il eût repris ses esprits, Kathryn, sa servante et Wuf s'étaient engouffrés dans la maison.

Le clerc se grattait le crâne quand le visage de Wuf apparut par la porte, et l'enfant tendit la main en un geste obscène. Il aurait recommencé sans Kathryn qui le saisit par la peau du cou pour le tirer à l'intérieur de la maison.

— Ne fais pas cela, siffla-t-elle, Goldere mérite notre pitié, pas des insultes.

Wuf se libéra de la poigne de Kathryn et s'enfuit dans le jardin en hurlant de rire. Au passage, il bouscula Agnes, la fille de cuisine, qui arrivait tout excitée pour annoncer que des visiteurs attendaient Kathryn. Celle-ci lui tendit son manteau avant d'entrer dans la salle paisible dont les grandes fenêtres donnaient sur la rue. Elle promena son regard sur les étagères et les placards, contre les murs. Tout était vide et poussiéreux, songea-t-elle... comme ses rêves de jadis, lorsque Alexander Wyville, apothicaire bien fait de sa personne, lui faisait la cour. Ils avaient projeté de faire de cette pièce une échoppe d'herboristerie. Ils y auraient vendu les herbes poussées dans le jardin, et d'autres aussi qu'ils auraient importées de l'étranger. Kathryn lissa sa jupe. Hélas, en moins d'un an, ces rêves avaient tourné au cauchemar. Alexander s'était révélé un homme double : d'une part l'apothicaire sobre qu'il paraissait, et d'autre part le mari ivrogne et violent que seule Kathryn connaissait. Entre les deux, le fossé était devenu un gouffre infranchissable.

— Ah, si seulement... murmura-t-elle.

— Maîtresse !

Kathryn sursauta : Thomasina se tenait dans l'encadrement de la porte.

— Maîtresse, répéta-t-elle, j'ai fait sortir vos patients dans le jardin. Quelqu'un de spécial désire vous voir.

— Qui donc ?

— Le docteur Roger Chaddedon.

Kathryn ne savait pas si cette visite devait la réjouir ou s'il fallait la déplorer. Elle suivit Thomasina dans la vaste cuisine. Chaddedon se leva à son entrée, repoussant la chaise qu'il occupait en haut de la table. Son visage lisse et généralement sombre rayonnait du plaisir de voir Kathryn. Celle-ci nota comme il avait soigneusement peigné ses cheveux, et il portait une coûteuse robe bleue doublée d'hermine que serrait à la taille une luxueuse ceinture en cuir brillant.

Il saisit les deux mains de la jeune femme, s'exclamant :

— Avez-vous reçu mon message, Kathryn ?

— Oui, balbutia-t-elle.

Chaddedon haussa les épaules.

— Ma proposition vous embarrasse ?

— Je la trouve singulière, répliqua Kathryn, écoutant d'une oreille Wuf qui dans le jardin s'entretenait avec les patients.

Comme Chaddedon semblait ne pas comprendre, elle s'exclama :

— Par Dieu ! Songez à la situation, Roger ! Vous appartenez à un collège d'importants médecins à Queningate. Comment accepterais-je votre invitation quand c'est moi qui ai fait condamner et exécuter pour empoisonnement le beau-père d'un des médecins de ce collège ?

— Cela ne me regarde pas, rétorqua Chaddedon.

— Cependant cela me regarde, moi, Roger. J'ai mes patients, mon travail. Mon mari est parti...

— Et vous avez l'Irlandais, ajouta Chaddedon.

— Certes, Roger, il y a l'Irlandais.

— Il vit ici ?

— Non. Il loge ici parce que le manoir de Kingsmead n'est pas habitable. Mais cela est mon affaire, ajouta doucement Kathryn.

Le médecin détourna les yeux.

— Il vous faut être prudente, murmura-t-il.

— Ne vous inquiétez pas pour cela ! s'exclama Thomasina qui rentrait du jardin. Tant que je suis ici, Maîtresse Swinbrooke n'a rien à craindre du roi lui-même !

Comprenant que l'entrevue risquait de ne pas tourner comme il le voulait, Chaddedon prit un petit paquet qu'il avait posé au pied de la table et le tendit à Kathryn en souriant.

— Vous avez dit que cet ouvrage vous intéressait. C'est l'*Herbarium* de John Ardene.

Kathryn effleura le paquet de la main. Chaddedon attendrait qu'elle le lui rapporte, elle le savait.

— Merci, dit-elle légèrement, je le lirai attentivement et ferai en sorte qu'il vous soit restitué.

Chaddedon reprit son manteau.

— Ne me dites pas que je devrai attendre jusque-là pour vous revoir !

Kathryn se contenta de sourire et le raccompagna à la porte, qu'elle ferma soigneusement sur lui.

— C'est un brave garçon, cria Thomasina depuis la cuisine. Et il est veuf et bon médecin.

— Oh, tais-toi donc, Thomasina ! marmonna Kathryn en se frottant la joue.

Elle aimait bien Chaddedon, mais...

— Mais quoi ? murmura-t-elle dans le couloir désert.

La pensée de l'Irlandais s'imposa à son esprit, et elle comprit ce qui n'allait pas avec Chaddedon : l'homme était sûr, rassurant, il était bien établi dans sa pratique et appartenait à un collège important. Colum était différent : Kathryn en avait un peu peur, mais avec lui, sa vie, elle le savait, ne serait jamais plus la même.

Thomasina apparut dans le couloir.

— Vous ne devriez pas montrer tant d'ingratitude ! lança-t-elle.

— Attention, Thomasina ! la mit en garde Kathryn.

La servante prit la voix d'une petite fille mutine.

— Je suppose que Chaddedon a raison : il y a cet Irlandais.

Sans répondre, Kathryn gagna la cuisine, s'efforçant de ne pas entendre les cris et les rires de Wuf dans le jardin.

— Qui est dehors avec lui ? demanda-t-elle à la servante.

— Rawnose, avec Henry, le fabricant de sacs.

— De quoi souffre Henry ?

— Il s'est piqué le doigt avec une aiguille sale.

— Qui d'autre ?

— Edith, la fille de Fulke, le tanneur, répliqua Thomasina. Rien de grave. Seulement des petites plaies.

— Dans ce cas, préparons les bandages, un pichet d'eau chaude, les paniers de baumes et d'herbes, ainsi que la chandelle.

Kathryn prit le livre que lui avait apporté Chaddedon.

— Qui sait, Thomasina, nous trouverons peut-être dans cet ouvrage un remède pour faire taire Rawnose !

CHAPITRE V

Kathryn soigna rapidement les patients venus la consulter. Henry, le fabricant de sacs, présentait une petite plaie qu'elle commença par cautériser avant de la nettoyer avec du vin, puis elle l'enduisit d'un onguent confectionné avec des primevères séchées. Edith, la fille de Fulke le tanneur, fut introduite ensuite. Blanche comme la neige, elle tenait sa robe d'une main crispée et expliqua, affolée, que du sang coulait de son ventre. Kathryn, craignant quelque blessure interne, l'examina avec soin, après quoi, elle eut du mal à garder son sérieux, car Edith avait seulement ses menstrues pour la première fois. Elle fit asseoir sa jeune patiente et lui expliqua dans le détail ce que cela signifiait, et comme il était important qu'elle se lave régulièrement et qu'elle utilise des linges propres quand elle saignerait. Elle lui promit de les lui fournir.

Edith, cependant, ne semblait pas satisfaite.

— J'ai mal, murmura-t-elle, ses yeux sombres tout angoissés. J'ai mal au ventre et au dos.

Kathryn lui donna un petit flacon d'eau de rose contenant de l'angélique écrasée.

— Cela te soulagera, assura-t-elle, et la jeune fille s'en fut, contente.

Entra ensuite Clem, le cordonnier, qui se plaignait de tousser.

— Ma toux est plus forte le soir, expliqua-t-il.

Kathryn l'ausculta longuement, songeant au jour où son père l'avait conduite dans l'atelier très poussiéreux du cordonnier.

— Savez-vous ce que vous devriez faire, Clem ? dit-elle, son examen terminé. Vous deviez nettoyer votre atelier plus régulièrement, et bien l'aérer.

— C'est tout ? s'exclama l'homme.

Kathryn lui tendit un petit pot que Thomasina avait préparé. La mine du cordonnier s'allongea aussitôt.

— Qu'est-ce ? Et combien cela coûte-t-il ?

Kathryn feignit de le menacer du doigt.

— Allons, Clem, vous avez un négoce, et moi aussi. Vous êtes l'un des meilleurs cordonniers de Cantorbéry. Je le sais, je porte une paire de vos chaussures. Je ne vous ferai pas payer plus de deux shillings.

Le visage du patient s'éclaira.

— Il a un oursin dans la poche, marmonna Thomasina.

Le cordonnier l'entendit et en fut piqué.

— Ne parlons pas d'argent, dit-il d'un ton dégagé. Je vous ferai une paire de bottes, Maîtresse, ainsi que des bonnes sandales en cuir pour le gamin.

— Marché conclu, sourit Kathryn en serrant la main de l'homme.

— Et moi ? intervint Thomasina.

— Je n'ai pas de pièce de cuir assez grande pour faire le tour de vos chevilles, rétorqua Clem.

Il esquiva vivement le coup que lui portait la servante et s'empara du pot sur la table.

— Qu'est-ce qu'il contient ?

— Un mélange de sauge des bois, de rue, de cumin et de poivre. Faites bouillir le tout avec du miel, expliqua Kathryn, et prenez-en une cuillerée matin et soir. Dans une semaine, vous devriez aller mieux. Sinon, revenez me voir.

Kathryn reçut encore de nombreux patients, et le dernier fut Rawnose, le plus grand bavard de Cantorbéry. Il avait un pauvre visage défiguré, avec son nez fendu et la cicatrice qui remplaçait l'oreille qui lui avait été coupée. Comme il commençait à jacasser, Kathryn s'adjura à la patience avant de l'interrompre :

— Dites-moi d'abord ce qui vous amène, Rawnose.

— On a vu Faunte dans la forêt de Blean, annonça l'homme. Et vous savez que l'on a assassiné le prêtre à Rye ? Trois de ses paroissiens, animés des plus viles pensées, ont manigancé ce complot cruel. Le saint homme se préparait à entrer dans l'église pour célébrer la messe quand ces suppôts de Satan, aiguillonnés par une haine folle, ont pénétré dans la sacristie pour l'entraîner dans le cimetière. Là, ils lui ont passé une corde autour du cou et...

— Rawnose ! s'exclama Kathryn.

Le mendiant cligna des yeux.

— On a vu des fantômes, poursuivit-il, changeant brusquement de sujet, et une effrayante lumière verte, devant le prieuré de Saint-Grégoire, une lueur de près de deux mètres de haut !

— Rawnose ! le mit en garde Thomasina.

— Un tailleur de Chatham a joué aux dés avec le Diable. Ils se sont rencontrés au cimetière...

— Tais-toi, Rawnose ! rugit Thomasina.

— Oh ! et j'ai rencontré un Irlandais qui demandait après vous, Maîtresse.

— Vous dites des bêtises, rétorqua Kathryn. Pourquoi Colum vous parlerait-il de moi ?

— C'est qu'il s'agit d'un autre Irlandais, Maîtresse, un homme aux cheveux roux avec un bandeau sur l'œil.

A présent, Rawnose avait capté l'attention de Kathryn et il en jouissait pleinement. Il ajouta :

— L'homme était grand et fort.

Kathryn se pencha et demanda :

— Que vous a dit cet inconnu, Rawnose ?

— Il voulait s'enquérir de vous et de Maître Murtagh. Il m'a demandé où habitait l'Irlandais et ce qu'il faisait.

— Lui avez-vous dit ce que vous saviez ?

— Bien sûr, Maîtresse, il m'a donné six pence !

Kathryn se redressa et s'adossa à la porte de la cuisine. Elle porta la main à sa gorge, essayant de maîtriser la terreur qui la faisait trembler. Les Chiens d'Ulster étaient à Cantorbéry, et ils pourchassaient Colum !

— Oh ! jacassait Rawnose, heureux de son effet sur Maîtresse Kathryn. On a vu des spectres autour de Cantorbéry, et des voix désincarnées ont retenti près de la potence, à la croisée des chemins, où une sorcière aux cheveux rouges est apparue.

— Chut ! souffla Kathryn en revenant à la table. Dites-moi plutôt la raison de votre visite. De quoi souffrez-vous ?

— J'ai un peu de fièvre et du froid dans la tête.

En soupirant, Kathryn demanda à Thomasina du génépi, de la camomille et du thym ainsi qu'un peu de miel et une petite cuillerée de moutarde. Après avoir mélangé tous ces ingrédients avec de l'eau, elle les mit à bouillir sur le feu dans un petit récipient, puis dit à Rawnose de revenir chercher sa potion quand elle serait prête. Généreusement, elle refusa la pièce qu'il voulait lui donner et le reconduisit dehors.

A son retour dans la cuisine, Thomasina, penchée sur le feu, demanda sans se retourner :

— L'Irlandais est en danger, n'est-ce pas, Maîtresse ?

— Oui, il l'est, Thomasina, et il faut que je réfléchisse.

Kathryn se lava les mains dans une cuvette d'eau de rose et les essuya à un torchon avant de gagner son cabinet d'écriture. Là, elle s'assit au bureau de son père, fixant le mur nu devant elle. Les pensées se bousculaient dans sa tête, et elle sentait la panique la gagner.

— Allons, femme, ressaisis-toi, marmonna-t-elle à mi-voix.

Elle saisit un rouleau de vélin et l'aplatit, cherchant à se calmer. Puis elle affûta une plume d'oie et en éprouva la pointe du bout du doigt.

— Je vais tout consigner par écrit, murmura-t-elle.

Elle ferma les yeux et s'efforça de se remémorer tout ce que Colum et elle avaient appris.

Ce que lui avait dit Rawnose l'alarmait toujours, mais si elle écrivait et se tenait occupée, elle se contrôlerait mieux, au moins jusqu'à ce que Colum revienne de Kingsmead.

Primo — [Elle écrivit d'une grande écriture décidée, puis recula pour regarder l'encre bleu-vert sécher rapidement sur le parchemin.] Richard Neville, comte de Warwick, fut tué le 14 avril 1471, à Barnet. Quand Colum le vit vivant pour la dernière fois, le comte portait un pendentif en or orné d'un saphir, l'Œil de Dieu. Néanmoins, après la bataille et la mort de Neville, le pendentif au saphir avait disparu.

Secundo — Le pendentif est d'origine celte. Il fut sans doute pris à la cathédrale de Dublin par le père du roi actuel, Richard, duc d'York, qui le donna à Neville en gage d'amitié.

Tertio — Neville remit probablement le pendentif à son écuyer Brandon, qui fut capturé au nord de Cantorbéry le 28 avril. Mais on n'a pas retrouvé le saphir sur lui. Où était Brandon entre la bataille de Barnet et le jour de sa capture ? Que sont devenus ses compagnons ? Dans quelles conditions fut tué Moresby, capitaine de la garde de Neville ? Pourquoi Brandon n'a-t-il rien dit à ses geôliers du château de Cantorbéry ? A-t-il fait des révélations à Sparrow ? Comment est mort Brandon ? L'évasion du meurtrier Sparrow a-t-elle un rapport avec l'Œil de Dieu ?

Quarto — Où est l'Œil de Dieu ? Brandon portait-il le joyau sur lui, ou l'avait-il dissimulé quelque part ? Les Chiens d'Ulster cherchent-ils à le récupérer en même temps qu'ils veulent tuer Colum ?

Quinto — Le pendentif et l'Œil de Dieu ont certainement une grande valeur. Cependant, pourquoi pareille insistance de la part du roi pour les récupérer ?

Kathryn se remémora la rencontre avec le roi, à la Tour, et le silence macabre de la Maison des Secrets.

Sexto — Quelqu'un à Cantorbéry connaît-il l'existence de l'Œil de Dieu ? Webster semblait nerveux. Quant à cet étrange pardonneur, le Vertueux, a-t-il joué un rôle dans cette affaire ?

Septimo — Quels sont mes problèmes ?

Alexander Wyville s'est enfui de Cantorbéry, c'est une certitude, maintenant, mais est-il encore en vie ?

Octavo — Colum Murtagh. Quelle est ma réelle opinion de lui ?

Kathryn raya cette dernière question d'un coup de plume pour revenir aux précédentes et y réfléchir.

Thomasina apporta une cruche de bière avec une assiette de pain et de fromage. Sa maîtresse l'en remercia, puis mangea et but la tête ailleurs. Elle laissait son esprit chevaucher d'un sujet à l'autre, s'arrêtant aux faits, sans s'appesantir sur les questions auxquelles elle ne pouvait répondre. Elle finit par tirer une conclusion certaine : la mort de Brandon était mystérieuse et la coïncidence trop bizarre. Qui pouvait sérieusement croire qu'un écuyer jeune, robuste, bien soigné, meure de façon soudaine de fièvre des geôles ? Kathryn imagina rapidement toutes les possibilités. Brandon avait-il été assassiné ? Était-il vraiment mort ? Et que fallait-il penser de l'étrange évasion de l'assassin Sparrow ?

Kathryn s'effleura la joue de la queue de sa plume. Elle éprouvait avec plaisir le contact doux et duveteux sur sa peau quand un coup frappé à la porte la fit sursauter. Elle roula rapidement le parchemin, remit la plume sur son support et referma l'encrier de corne. Des voix s'élevaient maintenant dans la cuisine, coupées par les répliques vives de Thomasina. Kathryn lissa le devant de sa robe et sortit dans le couloir. A la cuisine, elle découvrit Gabele et Fletcher qui arboraient des mines de chiens battus.

— Qu'y a-t-il ? demanda-t-elle en allant fermer la porte du jardin.

— Sir William Webster est mort, Maîtresse !

répondit Fletcher. Il s'est rompu le cou en tombant du belvédère du donjon.

— Quand ?

— Très tôt ce matin, juste avant l'aube, expliqua Gabele. Un garde l'a vu faire son habituelle promenade du matin en haut de la tour. Le gouverneur aimait regarder le soleil se lever. Il disait que le spectacle lui clarifiait les idées.

— Était-il seul ?

— Comme à l'accoutumée, oui. Sir William y tenait. Les sentinelles, sur le chemin de ronde au-dessous, le voyaient en haut de la tour tous les matins, qu'il pleuve ou qu'il vente.

— Que s'est-il passé ?

— Comme je l'ai dit, il était là-haut, et la minute suivante, le garde l'a entendu hurler. Il s'est retourné et a vu son corps qui tombait.

— Par les dents du Diable ! souffla Fletcher. Quels dégâts ! Sir William n'est presque plus reconnaissable.

— Comment l'accident a-t-il pu se produire ? demanda Kathryn, qui revoyait par la pensée les murs crénelés en haut de la tour. Sir William n'a pas pu glisser, et il n'aurait pas eu l'imprudence d'avancer entre les créneaux.

Fletcher baissa la tête.

— Il s'est peut-être suicidé, Maîtresse, dit Gabele.

— Pourquoi aurait-il fait une chose pareille ?

— Il était très affecté par l'évasion de Sparrow et la mort de Brandon. Surtout depuis qu'il avait appris que Brandon détenait un secret qui intéressait fort le roi.

Kathryn se détourna des deux hommes et fixa le petit sac d'oignons suspendu à un chevron du plafond, à côté d'un morceau de lard. Webster se serait suicidé ? Non ! Il s'agissait d'un meurtre ! Trop de morts, au château de Cantorbéry, trop de secrets, et trop de coïncidences mystérieuses.

Elle se retourna vers ses visiteurs.

— Comment était Sir William, hier, Maître Gabele ?

— Un peu préoccupé et plutôt nerveux, mais il s'est employé à remplir toutes ses tâches au château.

— Êtes-vous sûrs qu'il était seul en haut de la tour ?

Gabele s'humecta les lèvres.

— Oui, Maîtresse Swinbrooke, nous en sommes certains. On accède au sommet de la tour par une trappe que Sir William verrouillait toujours derrière lui.

— Vous n'êtes pas encore montés là-haut, tous les deux ?

— Non. Nous avons pensé qu'il valait mieux que Maître Murtagh donne l'ordre d'ouvrir cette trappe. Je sais ce que vous pensez, Maîtresse : la mort du gouverneur est peut-être un crime, et non pas un accident ou un suicide, et on le saura lorsque quelqu'un sera monté en haut de la tour.

Comme Kathryn allait poser une question, d'un geste de la main, Gabele lui demanda le silence et continua :

— Sir William était prudent. Le haut de la tour est en pierre très lisse, glissante comme un étang gelé. Il l'avait fait recouvrir de cinq centimètres de sable fin.

Gabele toussota.

— Quant à nous, nous avons posté un garde devant l'escalier de la tour.

Kathryn hocha la tête et s'apprêtait à poser

d'autres questions quand la porte donnant sur le jardin s'ouvrit brutalement, et Wuf se précipita dans la cuisine.

— J'ai attrapé une limace, Thomasina, regarde ! s'exclama l'enfant.

Il courut vers la servante qui, près de l'âtre, surveillait la marmite sans pour autant quitter des yeux les deux visiteurs de Kathryn. Elle caressa gentiment la tête du garçonnet, en même temps qu'elle refoulait ses larmes. L'apparition du gamin avait fait resurgir le passé. La vie pouvait-elle recommencer ? Thomasina se le demandait. Autrefois, durant le temps du premier de ses trois mariages, Thomas, son propre petit garçon, avait couru vers elle pour lui montrer un escargot. Deux semaines plus tard, il mourait de la maladie de la sueur.

Thomasina se mordit la lèvre et s'accroupit près de l'enfant, sans plus penser à sa maîtresse ni aux visiteurs. « Je dois vieillir », se dit-elle, et elle maudit en silence les larmes qui lui piquaient les yeux.

— Viens, Wuf, dit-elle.

Elle prit le garçonnet par la main pour l'entraîner voir s'il se trouvait d'autres limaces dans le jardin.

Étonnés de la voir partir si brusquement, les deux visiteurs de Kathryn, que ses questions directes avaient un peu désarçonnés, sautillaient d'un pied sur l'autre.

— Je vous ai dit ce que nous savons, Maîtresse, dit Gabele. Nous avons déjà mis en bière le corps de Webster, et nous pensons qu'il faut avertir Maître Murtagh.

— Il est à Kingsmead, déclara Kathryn en traversant la pièce pour prendre sa cape suspendue au portemanteau. Je vais vous y conduire.

Elle sortit dans le jardin dire à Thomasina où elle

se rendait. La servante, assise sur un petit banc en bois, regardait Wuf et se contenta de hocher la tête sans relever son visage, pour que Kathryn ne voie pas les larmes qui brillaient dans ses yeux.

— Thomasina, qu'est-ce qui ne va pas ?

— Rien, Maîtresse.

Thomasina s'obligea à sourire et indiqua Wuf de la main.

— Rien qu'un rayon de soleil surgi du passé.

Kathryn, escortée de Gabele et de Fletcher, arriva au domaine de Kingsmead. Ils chevauchèrent sur le chemin boueux qui serpentait entre les vastes enclos et les prairies jusqu'au manoir et à ses dépendances nichés dans un bosquet d'arbres. En approchant, Kathryn entendait déjà le bruit des scies et des marteaux des ouvriers, et les champs que traversait le chemin témoignaient des travaux entrepris par Colum. On avait érigé de nouvelles clôtures avec des portillons neufs, taillé les haies, et récuré les fossés.

Quand les trois cavaliers arrivèrent sous les arbres, Kathryn immobilisa sa monture pour regarder le vieux manoir, toujours inhabitable, mais en pleine reconstruction. Des maçons et des tailleurs de pierre s'affairaient à remonter les murs. La charpente du toit avait été mise à nu, et des charpentiers remplaçaient les poutres et les solives, tandis qu'un couvreur et son apprenti déchargeaient d'une charrette des tuiles rouges pour les disposer soigneusement sur des planchettes de bois. Il régnait en ces lieux une activité bourdonnante comme une ruche en plein été.

Les soldats qu'avait recrutés Holbech s'entraînaient au tir à l'arc dans un pré devant le manoir.

Plus bas, autour de leurs tentes et cabanes de cantonnement, les femmes des soldats s'activaient à cuisiner sur des feux de bois tandis que des enfants au visage crasseux couraient en glapissant, s'amusant avec des chiens galeux qui aboyaient pour accroître encore le tumulte.

Kathryn et ses compagnons descendirent de cheval. Un palefrenier, reconnaissant Kathryn, courut pour lui tenir ses rênes, puis le sergent Holbech apparut, sa femme Megan, une Irlandaise aux cheveux rouges, pendue à son bras comme une sangsue. Le massif soldat avança et s'inclina.

— Vous avez un ennui, Maîtresse ? demanda-t-il de sa voix gutturale à l'accent du Yorkshire.

Il regarda à peine Fletcher, mais examina attentivement Gabele avant de lui demander qui il était, pointant sur lui un doigt court et épais.

— Je m'appelle Simon Gabele, maître d'armes au château de Cantorbéry, lui fut-il répondu.

Holbech sourit et lui tendit la main.

— Mon nom est Holbech, et nous avons combattu ensemble à Towton.

— Bataille fichtrement sanglante, Maître Holbech.

— Certes, et nous y avons perdu de bons soldats.

Holbech se tourna vers Kathryn.

— Maître Murtagh se trouve dans les écuries, Maîtresse Swinbrooke.

Kathryn dévisageait avec une sorte de fascination la femme aux cheveux fous. Jamais elle n'en avait vu de plus beaux, de plus opulents, et ils retombaient jusqu'à la taille de Megan, encadrant un visage remarquable par son teint d'albâtre et ses yeux verts légèrement étirés. *In petto*, Kathryn admirait son air fier et farouche, ainsi que ses manières sauvages, bien qu'elle ait un jour entendu Colum grommeler à son sujet :

— Megan est une diablesse bien encombrante ! Un jour elle est amoureuse d'un homme à en perdre la tête, et puis un autre attire son attention, et elle lâche le premier comme un brandon qui lui brûlerait les doigts pour courir après l'autre.

« A-t-elle jamais jeté son dévolu sur Colum ? » se prit à s'interroger Kathryn tandis que Holbech les conduisait vers les écuries.

— Ma bague vous plaît-elle, Maîtresse? demanda Megan.

Elle se pencha en avant pour montrer un anneau d'argent que surmontait une perle de nacre, glissé sur un gracieux doigt blanc.

— Elle est superbe, murmura Kathryn, et elle vous va très bien, Megan.

— Je l'ai gagnée ! s'exclama la fille, qui, d'un mouvement de la tête, fit voler autour d'elle ses cheveux rouges tout en serrant le bras de son compagnon. C'est vrai, n'est-ce pas, Holbech ?

Le sergent détourna la tête pour dissimuler son embarras, et cria le nom de Colum avant même que la petite troupe ait pénétré dans l'écurie.

Colum apparut, tenant un cheval aubère superbe. L'animal semblait souffrir de la jambe antérieure droite, sur laquelle il ne pouvait s'appuyer, si bien qu'il boitait.

— Kathryn !

Colum tendit les rênes du cheval à Holbech, et son sourire s'évanouit lorsqu'il vit Fletcher et Gabele.

— Que s'est-il passé ?

Gabele l'informa en quelques phrases sèches et précises de ce qui était arrivé. Colum hocha la tête et posa les mêmes questions que Kathryn, un peu plus tôt. Il allait poursuivre quand il remarqua que Megan, toujours accrochée au bras de Holbech, écoutait intensément.

— Holbech, dit-il à mi-voix, peux-tu aller surveiller les ouvriers ? L'un des charpentiers me paraît pris de boisson.

Il attendit que le couple se soit éloigné pour reprendre, jouant avec les rênes de son cheval :

— Ainsi Sir Webster est mort.

Il caressa le rouan, lui murmurant des mots doux, avant de poursuivre :

— Eh bien, je vais retourner à Cantorbéry avec vous. Seulement...

Il flatta le flanc du cheval.

— Seulement, Pulcher souffre beaucoup.

Kathryn regarda les yeux très doux, insondables, de l'animal.

— De quoi souffre-t-il ?

— Je ne sais pas. Il a été ferré hier, et depuis il a mal.

— Je vais examiner sa jambe.

Colum, en murmurant des mots doux en gaélique à Pulcher, lui souleva sa jambe douloureuse. Kathryn s'accroupit et vit que le pied était enflé audessus du sabot.

— Un clou a été trop enfoncé, expliqua Colum, et ça l'a blessé, mais il ne devrait pas souffrir autant.

— En vérité, dit Kathryn, je crois que le sabot était déjà enflammé avant qu'on le ferre, et le clou n'a rien arrangé.

— Je vais faire enlever les fers.

Colum se mordilla les lèvres, furieux. De telles blessures pouvaient handicaper un cheval à vie.

— Peut-on faire autre chose pour le soulager ?

— Préparez un cataplasme avec de la mousse fraîche bien mouillée, et enveloppez-en son sabot. Recommencez deux fois par jour.

— Vous êtes sûre que cela le guérira ? demanda Colum.

Kathryn sourit en se redressant.

— Si ça ne le calme pas, j'accepterai que vous me citiez Chaucer toute la journée.

Colum regarda encore une fois le sabot mal ferré du cheval.

— Le maréchal-ferrant aurait dû voir ça, marmonna-t-il.

Il s'éloigna, le visage blême de fureur. Parvenu à l'entrée de l'enclos, il cria :

— Holbech ! Holbech ! Où es-tu passé ?

Son maître d'armes arriva en courant, Megan dans son sillage, ses cheveux rouges volant derrière elle comme un voile.

— Va trouver ce maudit maréchal-ferrant, et botte-lui les fesses ! ordonna Colum. Qu'il soit privé de vin tout le mois ! C'est à cause de lui que Pulcher boite. Il faut qu'il le déferre et qu'il lui applique des cataplasmes de mousse deux fois par jour. Dis-lui que si le cheval n'est pas remis d'ici une semaine, je le pendrai, le salopard !

L'Irlandais s'en fut se laver au puits. Ensuite, il sella un cheval et rejoignit Kathryn et ses compagnons. Ils quittèrent Kingsmead au galop.

Gabele et Fletcher chevauchaient derrière, craignant la mauvaise humeur de Colum. Kathryn le laissa jurer tout son soûl, en gaélique d'abord puis en anglais, maudir le maréchal-ferrant et le vouer aux gémonies.

Ils coupèrent à travers champs, longèrent les tanneries puantes de North Lane, puis traversèrent Saint Dunstan's Street. En passant Westgate, ils virent les flèches de l'église de la Sainte-Croix dressées vers le ciel, et bientôt prirent à gauche pour franchir la Porte de Londres et pénétrer dans la cité de Cantorbéry.

Colum était encore contrarié et n'écoutait que d'une oreille les suppositions de Kathryn sur la mort de Webster. Puis, juste avant de s'engager dans Castle Row, Kathryn tira sur ses rênes et sa monture s'immobilisa. La jeune femme regarda la foule qui déambulait entre les étals et les échoppes du petit marché, et, se penchant, elle saisit Colum par la main.

— J'ai une autre nouvelle, Irlandais.

Colum ne l'écoutait toujours que distraitement.

— Irlandais, insista Kathryn, les Chiens d'Ulster sont à Cantorbéry. Fitzroy a demandé après vous.

Colum porta aussitôt la main à son épée, suspendue à sa selle.

— Comment le savez-vous ?

Kathryn répéta ce que Rawnose lui avait dit, et Colum marmonna :

— Padraig Fitzroy ! Le bâtard est enfin sorti de l'ombre.

— Avez-vous peur de lui ?

— Oui et non. Face à face dans un pré avec une épée et un bouclier, je pourrais avoir la tête de Fitzroy.

Colum promena son regard alentour, scrutant la foule des mendiants, des moines encapuchonnés, des marchands avec leurs toques de castor, les riches et les puissants s'efforçant d'éviter les voleurs et les gredins. Tant de gens se pressaient là, et partout : aux portes des tavernes, aux coins des rues, et parmi la foule déambulaient des pèlerins, tous étrangers à la ville, et vêtus de costumes étranges ou de hardes de fortune...

Colum murmura :

— Fitzroy ne m'affrontera pas dans un champ. C'est un assassin. Il rôde peut-être dans la foule devant nous et nous observe. Non, s'il frappe, ce sera comme un voleur : la nuit, brusquement et sans que rien le laisse prévoir.

L'Irlandais sentit un frisson courir entre ses omoplates et talonna son cheval.

— Kathryn, avertit-il, je vous parlerai sans détour. N'ouvrez votre porte à aucun étranger. Fitzroy ne respecte personne.

CHAPITRE VI

Arrivés au château, Gabele et Fletcher conduisirent Kathryn et Colum à travers un dédale de couloirs jusqu'à une montée d'escaliers qu'ils empruntèrent pour se rendre à la petite chapelle. Un cercueil en bois ciré était dressé sur des tréteaux devant l'autel en pierre nue, entouré de bougies de couleur pourpre, et Kathryn sentit tout de suite l'odeur de décomposition.

Gabele souleva le couvercle du cercueil, et, lançant un rapide regard à Kathryn, expliqua :

— Je ne l'ai pas cloué, j'ai pensé que vous aimeriez voir le corps.

Kathryn y jeta un coup d'œil et se détourna.

Le cadavre de Webster n'avait pas été apprêté pour être enseveli, il portait encore ses vêtements, et la partie supérieure du corps semblait contrefaite, la tête enfoncée entre les épaules.

Avalant sa salive, Kathryn se pencha pour examiner le corps de plus près. Ce faisant, elle se remémorait les paroles de son père : « Ne te laisse pas impressionner par un cadavre, Kathryn, ce n'est qu'une enveloppe d'où l'âme et l'esprit se sont envolés. Sois douce et patiente, et souviens-toi que tu n'as rien à craindre. »

Elle demanda à Gabele d'enlever complètement le couvercle du cercueil, et prit entre ses mains la tête de Webster pour la tourner.

— Elle est meurtrie et mutilée d'un côté, déclara-t-elle d'une voix détachée. Webster est tombé de très haut, le cou et les épaules sont brisés.

Elle indiqua ensuite le côté gauche du visage.

— C'est ce côté-là qui a heurté le sol.

Puis, regardant les trois hommes qui l'entouraient, elle s'exclama :

— Bon sang ! On dirait que vous n'avez jamais vu de cadavre de votre vie !

Colum avança d'un pas.

— S'il vous plaît, lui dit Kathryn, retournez le corps.

Il obéit, et Kathryn examina attentivement le crâne défoncé du défunt. Elle allait retirer sa main mais palpa à nouveau l'os derrière l'oreille droite, puis recula.

— C'est étrange, murmura-t-elle.

— Qu'est-ce qui vous trouble ? demanda Gabele.

— Eh bien, Sir William est tombé du haut du belvédère, et son corps, dans la chute, a tourné comme ceci — en parlant, elle mimait de la main le mouvement de rotation du corps — pour s'écraser au sol sur le côté gauche, ce qui explique les dégâts que l'on observe sur ce côté-là de son visage et de son crâne. Il n'a pas heurté le mur en tombant, si bien que le côté droit de sa tête est à peu près indemne.

— Et alors ? demanda Colum.

— Je me demande pourquoi il se trouve une bosse derrière l'oreille droite du défunt, répliqua Kathryn. En d'autres termes, je pense qu'avant de tomber du haut de la tour Sir William a été frappé derrière la tête.

— Cela signifierait qu'il n'était pas seul sur le belvédère, fit aussitôt valoir Fletcher.

— Il semblerait en effet que non.

— C'est impossible ! s'exclama Gabele. Sir William fermait toujours à clé la trappe derrière lui, et les gardes, depuis le chemin de ronde, n'ont vu que lui, ce matin.

— Quelqu'un l'attendait peut-être en haut de la tour, dit Colum.

— Non, ce n'est pas possible, répliqua Gabele. Il n'est pas d'endroit où se dissimuler, là-haut. En outre, Sir William déambulait depuis un moment lorsqu'il est tombé. Si quelqu'un s'était trouvé là, il l'aurait donc vu et aurait donné l'alarme.

— Inutile de nous perdre en conjectures, intervint Kathryn. Vous avez dit, Maître Gabele, que l'accès au sommet de la tour est toujours fermé à clé ?

— Oui.

— Eh bien, il est temps que nous y grimpions.

Gabele envoya chercher les sentinelles qui avaient monté la garde sur le chemin de ronde en bas de la tour au moment de la chute de Webster. C'était trois gaillards de la campagne, et ils confirmèrent avoir vu Sir William sur le belvédère.

— Pardi, s'exclama l'un d'eux, qui avait la bouche édentée, que Dieu ait son âme ! Il y montait tous les matins, enveloppé dans sa grande cape militaire, et coiffé de son chapeau de castor. Je lui faisais un signe de la main, et il me répondait.

— Avez-vous vu quelqu'un d'autre là-haut, ce matin ?

— N'oubliez pas, Maîtresse, que nous faisons le guet sur le chemin de ronde, près de vingt mètres plus bas. Mais non, nous n'avons vu personne d'autre. Nous avons seulement aperçu les flammes du feu que Sir William allumait toujours pour avoir un peu de chaleur.

— Vous avez vu le feu ce matin aussi ?

— Bien sûr.

— Comment vous a paru Sir William ?

— Comme je vous l'ai dit, répondit l'homme édenté, je lui ai fait un signe de la main, et il m'a répondu en me criant un salut. J'étais trop loin pour entendre exactement ce qu'il me disait.

— Aucun de vous trois n'a rien remarqué d'anormal ?

— Non, répondirent en chœur les sentinelles.

— Et vous avez vu Sir William tomber ?

— Nous faisions notre ronde, Maîtresse, et surveillions les murs d'enceinte du château, du côté de la ville. Voilà des heures que nous étions là, et tout à coup j'entends un hurlement. Je me retourne et j'aperçois quelque chose de coloré qui tourbillonne. Et puis j'entends un bruit sourd, et quand j'abaisse les yeux, je vois le corps de Sir William écrasé sur l'herbe.

— Vous avez entendu hurler ? insista Colum.

— C'est ce que j'ai dit.

Colum hocha la tête, ne sachant que penser. Puis il plaça une pièce de monnaie sur la table, déclarant :

— Maître Gabele, voilà de quoi offrir un verre à ces vétérans, mais pas avant que nous ayons ouvert la trappe donnant accès au belvédère.

Les trois soldats, Gabele et Fletcher passèrent devant, conduisant Kathryn et Colum le long d'étroits corridors. Ils montèrent un sombre escalier en spirale qui grimpait au sommet de la tour. Les marches en étaient raides et étroites, et ils durent s'arrêter un instant pour reprendre leur souffle.

L'escalier de pierre s'arrêtait devant une grande trappe en bois qui ouvrait sur le belvédère, en haut de la tour. Kathryn vit alors à sa droite une fenêtre assez large pour laisser le passage à un homme, que des volets fermaient hermétiquement, maintenus par une lourde barre de bois.

— Cette ouverture donne juste au-dessous du belvédère, n'est-ce pas ? fit-elle observer.

— En effet, Maîtresse.

— A quoi sert-elle ?

— C'est une porte de sortie, expliqua Colum. En cas d'attaque du château, si les assaillants apportaient des échelles et des tours de siège, les défenseurs ouvriraient cette porte et pourraient repousser les échelles ou mettre le feu aux tours.

— Les assaillants ne pourraient-ils pas s'introduire dans le donjon par cette ouverture ? demanda Kathryn.

Gabele sourit.

— Non, elle serait renforcée et gardée par deux bons archers.

Kathryn considéra les deux volets en bois tandis que Fletcher demandait, railleur :

— Qu'est-ce qui vous tracasse, Maîtresse ? Vous n'imaginez pas que quelqu'un a poussé Sir William par cette issue, tout de même !

Il vit l'éclair de colère dans le regard de Kathryn et rougit.

— Je veux dire que le gouverneur se trouvait sur le belvédère, dont la trappe d'accès était verrouillée de l'extérieur.

Pour détendre l'atmosphère, Colum ordonna aux soldats de forcer la trappe au moyen du gros madrier qu'ils avaient monté depuis la cour. Suant et jurant, les hommes commencèrent à cogner contre la porte, qui céda enfin avec un craquement. Colum demanda aux hommes de reculer, il poussa la trappe et sortit sur le belvédère, suivi de Kathryn. Le vent, qui soufflait fort à cette hauteur, coupa le souffle à la jeune femme et la décoiffa. Elle nota les crochets et les cadenas à l'intérieur comme à l'extérieur de la trappe. D'une démarche malhabile, elle avança jusqu'aux créneaux pour regarder en bas et se détourna vivement : le vide lui faisait tourner la tête.

Le visage de Gabele apparut par la trappe, mais Colum lui dit de ne pas sortir, pendant qu'il examinait les lieux. A une extrémité se trouvaient les cendres du feu allumé par le gouverneur. Colum s'agenouilla pour étudier avec soin les empreintes de pas sur la fine couche de sable qui recouvrait le sol.

— Par les dents de Satan, murmura-t-il, Kathryn, venez voir !

Elle le rejoignit avec précaution. Colum lui montra les empreintes.

— Ce sont celles de Webster, et on les retrouve partout. En revanche, je ne vois aucun indice d'une autre personne qui se serait trouvée sur le belvédère avec lui.

Il regarda autour de lui en se frottant les mains pour les débarrasser du sable.

— Maîtresse, êtes-vous sûre que Webster a été frappé derrière la tête ? Car si c'est le cas, alors nous nous trouvons confrontés à un vrai mystère. En effet, voilà un homme qui monte sur le belvédère et verrouille la trappe derrière lui. Il reste ici un petit moment, les sentinelles l'ont vu. Le sable ne révèle la présence de personne qui se serait caché, et d'ailleurs il n'y a ici aucun endroit où se dissimuler.

Dans ces conditions, comment le meurtrier aurait-il franchi la trappe et rejoint sa victime sans laisser d'empreintes sur le sable ? Comment a-t-il saisi le gouverneur, pour le frapper à la tête puis le jeter en bas de la tour, sans se faire voir des sentinelles ? Et comment a-t-il quitté la tour, et, d'une manière ou d'une autre, verrouillé la trappe de l'extérieur ?

Kathryn secoua la tête avec irritation et avança vers les créneaux. Là, elle regarda en bas. Directement sous la tour, il y avait la cour entourée de son mur d'enceinte que couronnait le chemin de ronde arpenté par les sentinelles. De nouveau, la jeune femme secoua la tête et rejoignit Colum.

— J'en ai assez vu, marmonna-t-elle.

Ceux qui étaient restés dans l'escalier s'écartèrent pour permettre à l'Irlandais et à sa compagne de passer, et tout le monde redescendit. On congédia les gardes, puis Gabele envoya chercher Peter, le chapelain, ainsi que Fitz-Steven, le clerc. Ils se regroupèrent dans la grande salle sombre, inconfortablement assis sur des bancs, sous le dais. Colum prit la parole.

— Nous sommes confrontés à un mystère, déclara-t-il.

Il n'alla pas plus loin : Margotta venait de pénétrer dans la salle et lui adressait un sourire malicieux. Elle prit place à côté de Gabele, son père.

Kathryn leva la main.

— Maître Murtagh, il manque ce pardonneur qui se fait appeler le Vertueux.

— L'homme est parti en ville, expliqua Peter le chapelain. La saison des pèlerins bat son plein et il tente sans doute de gagner un peu d'argent.

— Se trouvait-il au château quand Webster a été tué ? voulut savoir Kathryn.

— Assurément, répondit Fitz-Steven. Il est parti juste avant votre arrivée. Mais pourquoi parler de meurtre ? Je croyais que Sir William était tombé, à moins qu'il ne se soit volontairement donné la mort.

— C'est ce que nous pensions aussi, murmura Fletcher, mais Maîtresse Swinbrooke ici présente estime que Sir William a sans doute été frappé à la tête avant d'être poussé dans le vide.

— Stupide ! rétorqua Fitz-Steven avec assurance. Qui aurait tué Sir William et pourquoi ?

Il toisa Kathryn avec mépris.

— Quelle preuve avez-vous de ce que vous avancez ? Sir William était un solitaire, un homme tranquille qui n'avait pas d'ennemi.

— Je ne puis répondre à vos questions, Maître clerc, rétorqua Kathryn. Si je le pouvais, c'est que je serais capable de résoudre tous les mystères du monde. Et je n'ai pas dit non plus que Sir William avait des ennemis. Peut-être se doutait-il de certaines choses.

— Quoi, par exemple ?

— Peut-être soupçonnait-il la vérité sur l'évasion de Sparrow. Ou sur la mort de Brandon. Ou encore entrevoyait-il ce qu'il était advenu de l'Œil de Dieu.

— Sottises ! s'exclama le chapelain.

— Sottises peut-être, rétorqua Kathryn avec force, mais Sir William a été frappé derrière l'oreille droite, et cela n'est pas une sottise ! Et maintenant je vous pose une question à tous : l'un d'entre vous a-t-il rejoint le gouverneur sur le belvédère ?

Fitz-Steven bondit sur ses pieds.

— Je ne répondrai à aucune question posée par une femme !

— Je suis pourtant faite comme votre mère ! riposta sèchement Kathryn.

Le clerc approcha son visage sale et transpirant de celui de la jeune femme pour persifler, un méchant sourire aux lèvres :

— Oh, je vous connais, Swinbrooke, vous et vos grands airs, votre savoir, et la charge que vous a confiée le Conseil de la ville ou ce qu'il en reste !

Déjà Colum s'était levé pour saisir Fitz-Steven par l'épaule.

— Et moi, me connaissez-vous ? grinça-t-il d'une voix contenue. Croyez-moi, monsieur, je ne suis réputé ni pour mon physique avantageux ni pour ma patience, or vous mettez cette dernière à rude épreuve. Sachez que je suis commissaire du roi, dans cette affaire, et si vous ne faites pas attention, je vous apprendrai rapidement les bonnes manières envers une dame.

Fitz-Steven ouvrait la bouche pour lancer des insultes quand Kathryn leva la main.

— Je vous en prie, monsieur, reprenez place.

Elle eut un sourire forcé.

— Je posais mes questions sans mauvaise intention.

Le clerc se laissa tomber sur le banc.

— Dans ce cas, Maîtresse, sachez que je n'ai pas approché de la tour, ce matin, et je n'ai rien remarqué d'anormal chez le gouverneur.

Il toussota.

— Je dirais qu'il était peut-être un peu réservé, préoccupé aussi parce qu'il croyait avoir trahi la confiance du roi, mais rien d'autre.

Tous les autres approuvèrent en chœur.

— En êtes-vous sûrs ? insista Colum.

— Non, je ne dirais pas tout à fait la même chose, intervint Peter le chapelain. Si quelque chose préoccupait le gouverneur, Maître Murtagh, ce n'était pas la mort de Brandon, car il y voyait la main de Dieu.

Le prêtre se mordit la lèvre.

— Il était très troublé par l'évasion de Sparrow. Hier soir, juste avant le crépuscule, il m'a demandé de le rejoindre dans le pré, devant le donjon. Et là, il m'a fait jouer à un jeu étrange : je devais prétendre être Sparrow tandis que lui était la pauvre sentinelle qu'a tuée l'assassin.

— Pourquoi vous avoir demandé une mascarade pareille ?

— Je l'ignore. Il m'a dit de me placer au centre du pré et...

— Ah oui, le coupa Gabele, je me demandais ce que vous faisiez là.

— Je faisais ce que me demandait Sir William. Lui feignait d'être le gardien, et nous avons tenté de reconstituer les circonstances de l'évasion de Sparrow. Je suis allé dans un coin, Sir William m'y a suivi, puis, tout à coup, il a secoué la tête et s'en est allé. C'est tout.

— Hier soir, je l'ai trouvé très silencieux, dit alors Margotta. A table, il n'a presque rien mangé et il s'est retiré tôt. Il a marmonné quelque chose à votre sujet, Colum, disant qu'il devait vous voir.

— L'un d'entre vous a-t-il encore quelque chose à dire ? demanda doucement Kathryn.

Tous secouèrent la tête, et Colum déclara qu'il en avait terminé. Gabele lui proposa un rafraîchissement, mais il déclina l'offre et refusa aussi qu'on le raccompagne avec Kathryn pour sortir du château. Ils trouveraient leur chemin seuls, assura-t-il. Il attendit cependant que tout le monde ait quitté la salle.

— Êtes-vous sûre que quelqu'un a frappé Webster derrière la tête? demanda-t-il à Kathryn dès qu'ils furent seuls.

— Oui, et savez-vous, Colum, je pense que le hurlement qu'ont entendu les sentinelles n'était pas un cri de Webster. Beaucoup de choses me conduisent à penser que le pauvre gouverneur était inconscient lorsqu'on l'a envoyé tourbillonner dans l'éternité. Il a été assassiné parce qu'il savait quelque chose en rapport avec l'évasion de Sparrow.

Ils n'en dirent pas plus et quittèrent la salle. Ils s'arrêtèrent quelques instants dans le petit pré, puis gagnèrent l'ombre du mur d'enceinte où s'étaient sinistrement colletés Sparrow et l'infortuné gardien. Là, Colum secoua la tête.

— Dieu seul sait ce que Webster espérait découvrir. Peut-être avec le temps le découvrirons-nous à notre tour.

Ils retrouvèrent leurs montures et regagnèrent la ville. Colum accepta d'accompagner Kathryn pour sa visite à l'hospice des Prêtres Indigents, aussi tournèrent-ils dans Bullock Lane, puis dans Steward Street. Avec le beau temps, beaucoup de gens étaient sortis, et les pèlerins quittaient leurs hostelleries pour aller s'incliner devant le tombeau de Becket, dans la grande cathédrale. Une foule si dense et si bruyante avait envahi les rues que les deux cavaliers durent sauter de leurs montures. Ils remontaient Crocchere's Lane quand Kathryn entendit quelqu'un crier son nom. Elle étouffa un gémissement en reconnaissant Joscelyn, son parent, et son acariâtre épouse, qui se frayaient un chemin dans la foule pour la rejoindre.

— Bonjour, Kathryn, et bonjour à vous aussi, Maître Murtagh, dit Joscelyn, en même temps qu'un sourire fourbe se dessinait sur son visage allongé.

« Quel cagot pompeux ! » songea Kathryn. Elle regarda attentivement le visage compassé de son cousin et s'efforça d'ignorer l'air méprisant de sa femme.

Joscelyn était le cousin de son père, vendeur d'épices de son métier. Malgré son apparente bonhomie, il n'aimait pas Kathryn. Pendant qu'ils échangeaient quelques politesses, la femme de Joscelyn ne quittait pas des yeux Colum, l'air odieusement dédaigneux. Finalement, l'Irlandais l'effraya en la toisant avec son expression la plus redoutable.

— J'ai à faire, dit Kathryn en reprenant les rênes de son cheval. Il faut que je passe à l'hospice.

— Bien sûr, bien sûr, ma chère cousine, et où en est votre demande de licence ?

— Elle doit passer devant la guilde, mais je me constitue déjà des stocks. Richard de Swinforfield, un marchand de Londres, m'a promis de m'envoyer des clous de girofle, de la muscade, du safran, du sucre, de la cannelle, du gingembre, ainsi que de la coriandre, de l'anis étoilé et du sarrasin, et j'ai aussi demandé que l'on me fasse parvenir de l'étranger des gousses de cassier, du jonc odorant et de l'aloès.

— Vous allez vendre tout ça dans votre herboristerie ? s'exclama Joscelyn, dont la fausse bonhomie avait disparu, remplacée par une angoisse authentique.

— Bien sûr, rétorqua Kathryn, à présent que la guerre est finie, la demande est forte. Les gens achètent surtout de la rue, pour garder les jonchées propres et fraîches.

Kathryn s'amusait, maintenant. Elle haussa les épaules.

— Comme vous le savez, Joscelyn, les herbes et les épices me sont aussi indispensables pour la confection de mes remèdes. Vous avez lu Théophraste, n'est-ce pas ?

Joscelyn secoua la tête d'un air morne.

— D'après lui, reprit Kathryn, les épices sont d'un grand secours en médecine. Comme le dit plus clairement Hippocrate : « Que nos aliments soient nos médicaments, et que nos médicaments soient nos aliments. »

— Oui, oui, je comprends bien...

Joscelyn recula.

— Dans ce cas, cousine, je souhaite que votre demande soit retenue.

Puis prenant sa femme maussade par le bras, il disparut dans la foule. Kathryn laissa libre cours à son hilarité.

— Il ne vous aime pas, fit observer Colum, et vous ne l'aimez pas non plus. Pourquoi êtes-vous si joyeuse ?

Kathryn, qui pleurait de rire, s'essuya les yeux.

— Oh, Colum, si vous saviez ! s'exclama-t-elle. Cousin Joscelyn aurait voulu que j'épouse quelque marchand ennuyeux afin que je reste à ma place. Au lieu de quoi j'exerce le métier de médecin, et j'ai maintenant l'intention de vendre des épices, si bien que je lui ferai de la concurrence. Il n'en est pas très content. Ce que le vieux Chaucer a dit du docteur vaut pour cousin Joscelyn.

Elle sourit malicieusement.

— Et pour moi aussi, peut-être. « Car si l'or en médecine est un cordial, alors il aimait l'or d'une façon spéciale. »

— Je ne le pense pas, murmura Colum.

— Qu'est-ce que vous ne pensez pas ? Et parlez clairement au lieu de marmonner !

— Je ne crois pas que vous aimiez l'argent.

CHAPITRE VII

Luberon ramena Kathryn et Colum dans la Grand-Rue. En remontant celle-ci, le clerc leur expliqua la situation : le cadavre que l'on avait repêché était décapité, et on l'avait transporté à la morgue de la paroisse de Tous-les-Saints, une bâtisse basse et délabrée à l'extrémité d'un cimetière envahi de mauvaises herbes. Lorsqu'ils y arrivèrent, Luberon s'immobilisa, la main sur la poignée de la porte, pour expliquer :

— J'ai pensé que vous voudriez voir le corps, et d'ailleurs quelqu'un doit faire le constat, c'est le règlement de la ville. D'autre part, et je trouve cela singulier, personne n'a été porté disparu, or le cadavre est celui d'un homme fort, robuste et bien nourri.

Le clerc sourit à Colum.

— Enfin, je me demande si cette affaire a un lien avec les désordres actuels qui font suite à la guerre.

Tout en parlant, il conduisit ses compagnons à l'intérieur du bâtiment. Il y faisait très sombre, et cela sentait fort le poisson et l'eau croupie. Luberon alluma une torche qu'il approcha d'un cercueil de fortune dont il souleva le couvercle.

Kathryn se garda de regarder l'endroit où la tête

avait été sectionnée. Elle s'efforçait de réprimer une étrange impression macabre qui lui donnait des frissons, et un vague vertige l'obligea à s'accrocher à la table sur laquelle était posé le cercueil.

— Le cadavre a séjourné dans l'eau pas mal de temps, fit observer Colum.

Kathryn observa attentivement la chair détrempée, gonflée et bleuâtre. Le corps portait aussi des marques de morsures, là où un poisson l'avait grignoté ; à l'endroit où la tête avait été tranchée, le sang était durci et séché.

— Où l'a-t-on trouvé ? demanda Kathryn.

— Il flottait sous l'une des arches du vieux mur de la ville, à l'endroit où il enjambe la rivière. Deux gamins qui jouaient là l'ont vu, accroché dans une touffe de joncs. Les gardes ont été alertés et le corps a été amené ici. Quand des étrangers meurent à Cantorbéry et que personne ne réclame leur dépouille, on les enterre toujours à la paroisse de Tous-les-Saints.

Colum saisit la torche pour l'abaisser sur le corps, et des gouttes de poix en fusion tombèrent sur la chair détrempée avec un bruit de grésillement.

— Qu'en pensez-vous, Kathryn ?

Celle-ci, qui avait réussi à surmonter sa nausée, se sentait un peu mieux.

— Il s'agit d'un homme jeune, déclara-t-elle, jeune, fort et bien bâti.

— Pensez-vous que cette affaire ait un rapport avec les événements du château ?

— Vous voulez dire Sparrow ?

— Oui. Ce cadavre pourrait être le sien : après tout, il était étranger à Cantorbéry, et sa mort pouvait passer inaperçue.

— Si c'était le cas, rétorqua Kathryn, pourquoi

l'aurait-on décapité ? C'est un meurtre, à n'en pas douter !

Elle indiqua du doigt le cou du cadavre.

— La plaie n'est pas récente. La tête de cet homme a été tranchée avec une hache ou par un coup d'épée. Il ne l'a pas perdue dans la rivière.

Kathryn eut un mince sourire à l'adresse de Luberon.

— Maître clerc, je crois que nous en avons vu suffisamment.

Luberon abaissa le couvercle, et Kathryn ne se fit pas prier pour sortir de la morgue et respirer à l'air libre.

Luberon les rejoignit et demanda :

— Qu'est-il arrivé au château ? J'ai entendu dire que Webster était tombé du belvédère ?

Kathryn interrogea du regard Colum, qui inclina la tête.

— Notre ami Luberon est clerc de la municipalité, commenta Colum en tapotant l'épaule du petit homme rondouillard. Et si nous ne le mettons pas au courant de ce que nous savons, il va mourir de curiosité.

Ils quittèrent la paroisse de Tous-les-Saints pour gagner une taverne dans Best Lane. Là, Kathryn fit jurer à Luberon de tenir sa langue et lui narra les événements du château.

— Si j'ai bien compris, souffla Luberon, les faits sont les suivants : nous avons un prisonnier qui meurt de façon inattendue, un autre qui s'échappe d'une manière tout aussi suprenante, et enfin le gouverneur que l'on assomme d'un coup derrière la tête avant de le jeter en bas du belvédère du donjon.

Le clerc avala une gorgée de vin.

— Hélas, Maîtresse Kathryn, vous n'avez guère

d'indices pour mener votre enquête. Brandon est décédé, quant à la mort de Webster, elle constitue un mystère complet. Je connais le belvédère du château de Cantorbéry, et je savais que le gouverneur aimait y monter seul, le matin. Enfin, il y a ce cadavre décapité : pourquoi serait-il celui de Sparrow ? Il passait pour un homme violent, il ne se serait pas fait reprendre si vite après s'être évadé... Et pourquoi l'aurait-on décapité ?

Kathryn passa un doigt sur le pourtour de sa coupe, le regard fixé sur une tablée de camelots qui jouaient aux dés avec acharnement.

— Rien ne dit que ce noyé soit Sparrow, dit-elle. Le cadavre, tel que je l'ai vu, est celui d'un homme bien nourri, pas celui d'un prisonnier réduit à la portion congrue depuis quelque temps au château de Cantorbéry. Cependant, Maître Luberon, vous pouvez peut-être nous aider : les prisonniers ont bien les poignets et les chevilles entravés ?

— Certes, Maîtresse, et une chaîne très ajustée relie les fers entre les poignets et les chevilles.

— Pourtant le corps que nous avons vu ne portait pas de traces de fer, où que ce soit. Je vous conseille donc, Maître clerc, de déclarer que le cadavre repêché est celui d'un étranger, et de vous arranger pour qu'on l'enterre décemment.

Colum vida le fond de sa coupe et remarqua d'un ton sec :

— Si l'on retrouve la tête, faites-le-nous savoir.

Comme il se levait, Luberon lui fit signe de se rasseoir.

— Attendez ! Ce Brandon détenait peut-être un précieux pendentif et il a été capturé au nord-ouest de la ville, n'est-ce pas ?

— C'est ce que l'on nous a assuré. Pourquoi ?

— Réfléchissez, Maître Murtagh : le comte de Warwick savait qu'il allait mourir ; il savait aussi que le pendentif était sacré.

Luberon se frotta le menton.

— Si vous vous étiez trouvé à sa place, Maître Murtagh, ou vous, Maîtresse Swinbrooke, qu'auriez-vous fait de ce bijou, sachant qu'il ne vous restait que quelques minutes à vivre ?

Kathryn sourit, se pencha pour embrasser Luberon sur le front. Le clerc rougit de confusion jusqu'aux oreilles.

— Bien sûr, s'exclama la jeune femme, vous êtes fin et perspicace, Luberon ! Si j'avais été dans la position de Warwick, j'aurais remis le joyau à une église ou à un sanctuaire. Or le plus grand sanctuaire d'Angleterre est celui de saint Thomas de Cantorbéry !

Colum frappa la table de sa main.

— Brandon a peut-être été pris non pas quand il allait à Cantorbéry mais en en repartant ? Mais s'il leur avait remis le pendentif, les moines de Christchurch en auraient informé le roi, non ?

— Pas forcément, répliqua Luberon. Nos moines sont malins. Ils peuvent avoir gardé le bijou avec l'intention de révéler qu'ils le détiennent dans quelques années seulement.

Le clerc finit son vin et se leva.

— Vous avez à faire à Cantorbéry ? demanda-t-il.

— Nous cherchons un pardonneur.

— Un individu avec les cheveux teints en jaune, tout habillé de noir, et qui se fait appeler le Vertueux ?

Kathryn hocha la tête.

— Il est au Bullstake, près de Buttermarket.

Luberon regarda la bougie des heures sur son support de fer.

— Écoutez, allez voir votre pardonneur, et on se retrouve dans une heure devant la tombe du Prince Noir, dans la cathédrale. Entre-temps, je me serai renseigné. Si nos bons moines détiennent le pendentif, ils me le diront.

Luberon partit avec un air affairé. Colum et Kathryn quittèrent à leur tour la taverne pour descendre Best Lane et rejoindre la Grand-Rue. Les rues étaient encombrées de pèlerins, marchands, colporteurs et camelots, qui jouaient des coudes pour avancer plus vite. Dans Burgate, il y avait un grand attroupement devant l'*Auberge du Soleil*, et les badauds regardaient un bateleur vêtu de vert criard, de rouge et de mauve. L'homme, monté sur un cheval d'allure paisible, promettait une pièce d'argent à quiconque réussirait à chevaucher l'animal sans tomber. Si le cheval au contraire se débarrassait de son cavalier, ce dernier devrait lui donner un sou de six pence, à lui, Saladin, ancien gardien des écuries impériales de Cologne. La foule riait et huait le saltimbanque, et déjà des mains se dressaient pour relever le défi. Kathryn regarda le paisible animal : il avait des hanches larges, un museau tout humide de salive et de bons yeux bruns.

— Il a l'air tranquille, murmura-t-elle.

Colum secoua la tête avec un sourire.

— Je connais ce farceur, Kathryn. Regardez ce qui va se passer.

Saladin venait de sauter à terre, et les clochettes d'argent cousues à sa tunique tintaient joyeusement. Un jeune marchand arborant un air très assuré enfourcha le cheval et le fit doucement avancer. Dans la foule les rires redoublèrent. L'animal avançait comme une rosse fatiguée, et bientôt le marchand, lâchant les rênes, chevaucha les mains tendues devant lui. Le bateleur cria alors :

— *Flectamus genua!* On plie le genou!

Aussitôt le cheval s'agenouilla sur ses quatre jambes, et le marchand tomba par terre, tandis que la foule cessait brusquement de rire.

— *Levate et vade!* Lève-toi et viens! cria le bateleur.

Le cheval se releva, fit demi-tour et rejoignit son maître, qui le récompensa avec une pomme sucrée. Le jeune marchand avait son bel habit couvert de boue et de poussière quand il se remit sur ses pieds, écumant de fureur. Mais la foule, d'humeur changeante, soutenait maintenant le bateleur, et hua le jeune homme jusqu'à ce qu'il consente de mauvaise grâce à payer son dû.

Colum prit Kathryn par le coude et ils s'éloignèrent.

— J'ai vu ce farceur jouer son tour dans plus d'une ville, déclara l'Irlandais, mais même quand ils le connaissent, les gens croient toujours qu'ils ne se feront pas duper.

Kathryn jeta un regard par-dessus son épaule car la foule hurlait de nouveau, tandis qu'un nouvel infortuné relevait le défi du bateleur. Mais Colum l'entraînait, et, se frayant un chemin à travers la cohue, ils arrivèrent bientôt à Buttermarket où la jeune femme repéra tout de suite le Vertueux.

Il se tenait sur la marche la plus haute de la croix surplombant le marché, et, d'une voix grêle, invitait les gens à l'écouter.

— Mes amis, frères dans le Christ, criait-il, posant sur la foule son regard alerte, j'ai couru les terres et les mers, et j'ai souffert bien des tourments en œuvrant pour le Christ, afin de vous rapporter ceci !

Il tendit un rouleau de parchemin portant un sceau de cire violette.

— Regardez, reprit-il, ce sceau est celui de notre Saint-Père de Rome, en personne. Et cette bulle, cette lettre du pape, vous absoudra de tous vos péchés, ou, si vous venez seulement de vous confesser, elle vous épargnera des milliers d'années de Purgatoire ! Et j'ai aussi...

L'homme montra ses fontes de selle renflées.

— J'ai de saintes reliques authentifiées par l'archevêque de Bordeaux, l'évêque de Clermont et le cardinal Hubert de Sainte-Priscilla-Hors-les-Murs : un morceau de bois de la barque de saint Pierre, un maillet qui servit au très saint Joseph, un fragment du voile de Marie, et un bout de la canne qu'utilisa Aaron pour confondre les magiciens de Pharaon.

A l'écart derrière la foule, Kathryn et Colum avaient du mal à imaginer que les badauds soient assez crédules pour prêter foi aux boniments du pardonneur. Or plusieurs personnes tendaient déjà leur bourse, prêtes à acheter une fausse relique.

— Par le Ciel, souffla Kathryn, cet homme est un gredin et un charlatan.

— « Ce pardonneur avait les cheveux jaunes comme de la cire, déclama Colum, et ils tombaient aussi moelleux qu'écheveau de lin... »

Et il poursuivit :

— « Sa valise était devant lui dans son giron, bondée d'indulgences venues de Rome toutes chaudes. » Comme c'est étrange, murmura-t-il.

— Quoi donc ?

— Toutes ces similitudes entre ce charlatan et le Pardonneur de Chaucer.

Le Vertueux acheva enfin sa grotesque harangue. La foule se dispersa, et il ramassa ses fontes de selle pour se diriger vers Kathryn et Colum. Kathryn savait qu'il les avait repérés pendant son discours. De près, il était plus horrible encore qu'il ne lui avait paru au château, avec ses cheveux teints en jaune cru et son visage si blafard que Kathryn le soupçonna de l'avoir poudré.

— Accordez-nous un moment, Maître, mais oubliez vos reliques.

Le Vertueux sourit.

— Je me demandais quand vous viendriez. Je connais les nouvelles. Webster est mort, son âme s'est envolée, et non, Maître Murtagh, je ne sais ni pourquoi ni comment.

— Voilà qui est dit sans détour, répliqua Colum. Comptez-vous demeurer longtemps à Cantorbéry ?

— Sait-on combien est longue la ficelle d'une pelote ? répliqua l'homme qui, soulevant ses sacs, fit mine de s'éloigner.

— Maître pardonneur, vos allées et venues dans cette ville vous regardent. Mais si vous quittez Cantorbéry sans mon autorisation, je vous déclarerai hors-la-loi.

Le pardonneur se contenta d'esquisser un geste de bénédiction et s'éloigna, ignorant la mise en garde de Colum.

— Hâtons-nous de nous rendre à la cathédrale, dit Kathryn, Luberon va nous attendre.

Colum regardait le charlatan qui s'éloignait.

— Deux choses sont singulières, murmura-t-il. D'abord, pourquoi notre pardonneur ressemble-t-il tant à celui de Chaucer ? Et ensuite, que Dieu me soit témoin, pourquoi s'est-il installé au château de Cantorbéry ?

— Ne serait-il pas un des Chiens d'Ulster ? demanda Kathryn. Car si l'assassin frappe, Colum, il le fera soit en cachette, soit sous l'apparence de quelqu'un qu'il n'est pas.

— Non, non. Occupons-nous de Luberon, à présent.

Ils passèrent devant l'*Auberge du Soleil*, puis franchirent la porte de Christchurch et pénétrèrent dans l'immense cathédrale par l'entrée sud. La nef était envahie de pèlerins qui bavardaient tranquillement en attendant d'être autorisés à entrer dans le sanctuaire. Colum et Kathryn se frayèrent un chemin au milieu d'eux jusqu'à l'un des transepts. Ils rejoignirent Luberon devant la tombe du Prince Noir.

— Voilà un moment que j'attends, dit le clerc avec humeur.

Kathryn lui exprima ses excuses.

— Oh, ce n'est pas très grave, se récusa Luberon, ici, tout est d'une telle splendeur, n'est-ce pas, Maître Murtagh ?

— Chaque fois que j'y viens, j'en reste émerveillé, Maître clerc.

Colum leva les yeux sur les grands vitraux aux magnifiques dessins : les couleurs étaient si vives que la lumière du soleil était transformée en un arc-en-ciel dont la beauté saisissait l'âme et comblait les yeux. Colum regarda ensuite la tombe en marbre du Prince Noir : elle portait l'effigie sculptée du chevalier, les mains jointes, ainsi que sa devise : « *Ich Dien* », et les armes de son blason.

— Vous avez interrogé les moines ? demanda Colum à brûle-pourpoint.

— Oui, répliqua Luberon. Aucun écuyer ni personne de la suite du feu comte de Warwick ne s'est présenté à Cantorbéry. Personne n'a vu de pendentif en or ni de saphir appelé l'Œil de Dieu.

Luberon haussa les épaules.

— Désolé, je n'ai pas pu en apprendre davantage.

Colum tapa du pied avec impatience.

— Dans ce cas, que faisait Brandon si près de Cantorbéry quand on l'a capturé ? S'il s'était rendu à la cathédrale, il aurait eu le pendentif avec lui.

— Le prieur a dit autre chose, poursuivit Luberon. Quand je lui ai expliqué comment Brandon avait été pris, il m'a raconté que, voilà trois ans, Warwick et sa suite étaient venus ici en pèlerinage. Les moines ont reçu le comte et ses écuyers dans leur réfectoire, et Brandon était présent. Le prieur s'en souvient comme d'un homme fin et perspicace, qui assurait être natif de Maidstone.

Colum fixa Kathryn.

— C'est étrange, soupira-t-il. Brandon était un écuyer de bonne naissance, il connaissait bien le pays, il était fin et perspicace, et pourtant il s'est laissé capturer très facilement. Il reste une dernière chose à tenter, conclut-il d'un air de défi. Nous allons exhumer son corps. Peut-être nous révélera-t-il un indice.

L'Irlandais et Kathryn sortirent de la cathédrale et gagnèrent le portail du domaine.

— Vous feriez une chose pareille ? demanda Kathryn. Vous exhumeriez le corps de Brandon ? Qu'espérez-vous découvrir ? Et qui pourra identifier le cadavre ?

Le regard de Colum se porta sur la foule des pèlerins qui sortaient par la grande porte de la cathédrale.

— Si seulement il se trouvait quelqu'un qui ait

bien connu Brandon et qui puisse le reconnaître ! soupira-t-il. Quelqu'un qui aurait combattu avec lui à Barnet, par exemple.

Colum eut un sourire plein d'amertume.

— Hélas, ce sera difficile. Qui serait stupide au point de reconnaître qu'il se battait du côté des vaincus dans la récente rébellion contre le roi ?

— En vérité, vous pensez que Brandon n'est peut-être pas mort, n'est-ce pas ? interrogea Kathryn.

— C'est bien possible, en effet. Et si c'était Sparrow qui était mort ?

Colum joua avec le pommeau de sa dague.

— Quoi qu'il en soit, il faut exhumer le corps de Brandon.

Ils sortirent de l'enceinte de la cathédrale et retrouvèrent leurs chevaux à l'*Auberge du Soleil*. Colum partit pour Kingsmead et Kathryn le suivit des yeux.

« Ah, si je pouvais lui parler à cœur ouvert ! songea-t-elle. Et si seulement il me parlait aussi, me disait exactement ce qu'il pense ! »

Elle le regarda remonter Sun Street, et son allure lui disait clairement qu'il n'était pas paisible. Il tournait la tête à droite et à gauche, sondant la foule pour y repérer un possible assassin.

« O mon Dieu, se prit à supplier Kathryn, faites qu'il ne meure pas ainsi ! »

Elle prit une profonde inspiration et sourit au gamin qui avait accouru pour l'aider à se mettre en selle. Elle lui donna une piécette et s'en fut, la tête ailleurs, au milieu de la foule ; elle descendit Mercery pour gagner Hethenman Lane. Au passage, elle s'arrêta pour s'assurer que les deux sœurs, Maude et Eleanor, se portaient bien. Or, elle dut frapper à la porte avec insistance avant qu'une Eleanor blême et à l'évidence malade ne lui ouvrît.

— Qu'est-ce qui arrive? s'exclama Kathryn en entrant précipitamment dans la maison.

Elle prit la vieille femme par les épaules et l'entraîna dans la pièce où se trouvait sa sœur. Celle-ci, affalée sur un siège, se tenait le ventre, et il régnait dans la maison une odeur fétide.

— Nous sommes malades, murmura Eleanor en se tenant le ventre à son tour. Nous avons la diarrhée. Oh, comme je me sens sale !

Kathryn la fit asseoir.

— Vous n'avez mangé que ce que je vous ai indiqué ?

La vieille femme hocha la tête.

— Vous en êtes sûre ?

Elle opina de nouveau.

Kathryn passa le dos de sa main sur le visage de Maude : la pauvre femme était chaude, et ses lèvres se craquelaient tant elles étaient sèches. Elle avait l'œil terne. Kathryn s'efforça de dissimuler son irritation. Ce n'était pas logique. Après tout, la pellagre était une maladie simple. Il suffisait d'en supprimer la cause pour que les symptômes disparaissent. Alors pourquoi étaient-ils revenus ?

La jeune femme réconforta de son mieux les deux sœurs et promit de revenir plus tard.

— Je vous apporterai du miel bouilli avec du sel et de la graisse dans un peu de cire, ajouta-t-elle.

Elle sortit pour rentrer à Ottemelle Lane au plus vite. Thomasina l'y attendait et l'accueillit avec l'habituelle litanie des méfaits commis par Wuf, mais Kathryn ne la laissa pas parler.

— Eleanor et Maude ont un peu de fièvre, annonça-t-elle, et Dieu seul sait pourquoi !

Agnes lui apporta du vin coupé d'eau et deux galettes d'orge. Kathryn se lava les mains et mangea rapidement, puis elle passa dans son bureau où elle ouvrit l'*Herbarium* d'Ardene. Elle prit une plume, un morceau de parchemin, et consigna à la hâte tous les symptômes qu'elle avait notés chez les deux vieilles dames.

— Mais pourquoi ? murmura-t-elle, fixant le mur devant elle.

Les sœurs avaient suivi ses conseils et consignes, avaient tenu leur maison propre et s'étaient lavé les mains et le visage régulièrement. Mais cette maladie rappelait quelque chose à Kathryn... Elle ferma les yeux, les mains crispées sur le plateau de la table, s'efforçant de se souvenir d'un patient que son père avait soigné, autrefois. Les symptômes que présentait l'homme étaient les mêmes que ceux de Maude et d'Eleanor, mais comment son père les avait-il soignés ?

La jeune femme revint à l'*Herbarium*, et un mot attira son attention : *Digitalis purpurea*.

— La digitale, murmura-t-elle.

Aussitôt, elle regagna la cuisine et sortit dans le jardin. Elle circula entre les plates-bandes de plantes médicinales, à la recherche de la plantation de digitales. Les fleurs s'étaient épanouies depuis longtemps. Leur couleur rose bleuté commençait à passer, mais les plants étaient encore vigoureux, prêts à refleurir. Kathryn s'accroupit pour effleurer les feuilles couvertes de duvet. Comment les deux vieilles dames avaient-elles pu être en contact avec une plante aussi dangereuse ?

— Maîtresse !

C'était Thomasina qui sans bruit s'était approchée.

— De la digitale, répondit Kathryn.

Elle se redressa et se tourna vers sa servante.

— Au nom du Ciel, Thomasina, comment deux vieilles dames peuvent-elles absorber de la digitale ?

— C'est impossible, elles en mourraient.

— Oh non ! Ingurgitée à petites doses, la plante les rendrait malades, et elles présenteraient exactement les mêmes symptômes que ceux que j'ai constatés : vertiges, nausées, humeurs biliaires. Es-tu certaine que l'eau était propre ?

— Bien sûr, Maîtresse. Le baquet avait été récuré, et je l'ai rempli d'eau de pluie très pure.

Kathryn regagna la maison, Thomasina sur ses talons.

— Quelqu'un leur aura peut-être apporté à manger ? dit la jeune femme. Mais elles m'en auraient parlé.

Kathryn s'immobilisa soudain, tandis qu'un frisson glacé lui parcourait le dos.

— Wuf ! appela-t-elle.

Le gamin descendit les escaliers quatre à quatre et débarqua en gambadant dans la cuisine. Kathryn s'agenouilla auprès de lui.

— Wuf, tu vas courir jusqu'au Guildhall et demander le clerc, Maître Simon Luberon.

— Oh, je le connais ! Il est petit et gros.

— En effet. Dis-lui d'amener des gardes dans la maison pestiférée de Old Jewry Lane.

— Et vous, vous serez où, Maîtresse ?

— Là-bas.

Kathryn fit répéter le message à Wuf, qui partit à toutes jambes tandis que Thomasina prenait leurs capes et laissait des instructions à Agnes, la fille de cuisine. Très vite, Kathryn et sa servante sortirent de nouveau dans Ottemelle Lane.

Rawnose s'approcha en claudiquant pour remercier Kathryn du remède qu'elle lui avait donné, mais la jeune femme poursuivit son chemin. A l'angle de la rue, le clerc Goldere fit mine de les arrêter, mais un regard de Thomasina l'en dissuada, et il se retira vivement.

Kathryn avait déjà arrêté son plan. Ignorant les protestations de Thomasina, elle pénétra dans la *Taverne des Voyageurs*, juste à l'angle d'Old Jewry Lane. Il y faisait très sombre, et cela sentait le moisi.

— Pouah ! marmonna Thomasina. Ça pue la bière et l'oignon, Maîtresse. Que diable cherchez-vous ici ?

Kathryn, debout sur le seuil, regardait les clients, et elle sourit en voyant les deux ramasseurs de corps. Elle s'avança vers eux, douce comme un agneau.

— Messieurs, je vous dois des excuses.

Les deux hommes la regardèrent, ahuris, leur bouche et leur menton dégoulinant de bière.

— Que voulez-vous dire ? balbutia l'un.

— Vous aviez raison pour les vieilles dames, Maude et Eleanor. Elles ont la peste. A moins que ce ne soit une fièvre tierce.

— Elles sont mortes ?

— Non, mais elles ne tarderont pas à passer.

Kathryn haussa les épaules.

— Je viens de leur rendre visite, et ne puis plus rien pour elles, sauf — comme m'y obligent les règlements de la cité — vous en informer.

Sur ces mots, Kathryn pivota sur ses talons et sortit pour descendre en toute hâte Old Jewry Lane.

Elle tambourina à la porte des deux sœurs, et ce fut une Eleanor hagarde qui lui ouvrit enfin.

Kathryn se précipita dans la maison, ignorant Thomasina qui lui reprochait cette hâte malséante.

— Venez vite, dit Kathryn à la vieille dame, l'entraînant dans la pièce où se tenait sa sœur. Nous allons avoir de la visite. Thomasina, toi, prépare un plateau avec quatre — non, six — coupes d'eau fraîche, et surtout n'en bois pas.

Kathryn sourit en voyant enfin le regard entendu de sa servante, qui fit ce qui lui était ordonné et apporta le plateau. Kathryn demanda le silence. Les vieilles dames, faibles et mal en point, obéirent. Kathryn s'assit sur un tabouret.

— Ils ne tarderont plus, murmura-t-elle.

Sa pensée s'envola alors vers Wuf, qui était parti chercher Luberon. Oh, le clerc arriverait après les deux visiteurs qu'elle attendait, Kathryn n'en doutait pas. D'ailleurs, voilà que sa patience était déjà récompensée car on frappait à la porte. D'un geste de la main, la jeune femme intima aux vieilles dames de ne pas bouger. On tambourina encore, puis des bruits de pas lourds se firent entendre dans le couloir. L'instant d'après, les deux ramasseurs de corps faisaient irruption dans la pièce. Et Kathryn ne saurait jamais s'ils furent plus surpris de trouver les sœurs en vie ou elle-même et Thomasina installées tranquillement dans la place.

— Que signifie cette mascarade ? grommela l'un.

Kathryn se leva en souriant.

— Oh ! Maude et Eleanor sont mal en point, dit-elle.

Prenant deux coupes d'eau sur le plateau, elle les tendit aux hommes :

— Tenez, buvez un peu d'eau fraîche.

Les ramasseurs prirent les coupes, mais l'un d'eux déclara immédiatement :

— Je ne bois jamais d'eau.

— Eh bien, vous le ferez, pour une fois. D'ailleurs, nous allons tous boire.

Kathryn distribua une coupe à chacun et poursuivit :

— Et si vous ne buvez pas, eh bien, moi, je vais le faire.

Elle porta sa coupe à ses lèvres et vit clairement la panique dans les yeux des ramasseurs de corps.

— Arrêtez ! cria l'un d'eux.

Kathryn abaissa sa coupe.

— Pourquoi ?

— Oh, tais-toi donc ! dit avec rage le plus vieux à son frère. Tais-toi, poltron imbécile !

— Pourquoi se tairait-il ? demanda Kathryn. Il finira bien par avouer. La cour se réunira, et on convoquera tous les voisins, qui jureront qu'ils n'ont pas approché cette maison, comme vous deux l'aviez ordonné.

La jeune femme regarda Eleanor, qui maintenant hochait la tête.

— Vous et moi sommes les seules personnes qui avons pénétré dans cette maison. J'y suis venue en tant que médecin, j'ai fait nettoyer le baquet d'eau, et j'ai vérifié que celle-ci était pure, mais tout le monde sait combien vous persécutez ces vieilles dames.

— C'est ridicule ! grinça le ramasseur de corps.

— C'est pourtant la vérité ! cria Maude d'une voix suraiguë. Vous êtes venus chez nous hier, et vous nous avez dit que vous étiez désolés du mal que vous nous aviez causé, mais que vous faisiez votre devoir. Et vous m'avez demandé une louche d'eau.

L'homme arracha la coupe des mains de son

compagnon et la reposa brutalement avec la sienne sur la table.

— J'en ai assez entendu ! aboya-t-il.

— Mais je n'ai pas tout à fait fini, rétorqua Kathryn. Et ne devenez pas violent. Vous êtes venus hier avec un petit sachet de digitale que vous avez mélangée à l'eau du baquet. Les vieilles dames s'affaibliraient, seraient malades, et finiraient par mourir. Et vous pourriez enfin faire main basse sur tout ce qu'elles possèdent.

— C'est faux, marmonna le plus jeune.

— C'est vrai, au contraire, murmura Kathryn. Maintenant il vous faut décider si vous voulez répondre devant le commissaire du roi à Cantorbéry de l'accusation de tentative de meurtre, ou tout avouer et accepter le pardon du roi.

Les ramasseurs n'eurent pas le temps de répondre : on frappait à la porte avec violence. Thomasina alla ouvrir et reparut avec Luberon, suivi d'un petit détachement de gardes.

— Que se passe-t-il ? demanda le clerc, le souffle court, promenant sur l'assistance un regard grave et préoccupé.

Derrière les gardes, Wuf criait et bondissait, hurlant qu'il voulait voir Maîtresse Swinbrooke. Kathryn saisit sa cape.

— J'ai trois choses à vous dire, Maître Luberon, déclara-t-elle. D'abord, je vais laisser Thomasina ici et ramener Wuf à la maison. Ensuite — elle indiqua les ramasseurs de corps —, ces deux-là sont coupables de tentative de meurtre.

Elle s'apprêta à sortir de la pièce, mais Luberon la retint.

— Et la troisième chose, Maîtresse ?

— Ah oui, ne buvez l'eau de cette maison sous aucun prétexte !

— Pourquoi ?

Kathryn jeta un regard accusateur aux deux ramasseurs :

— Demandez-le-leur !

Les deux hommes avaient perdu leur superbe, soudain. Ils se tenaient debout, tête baissée, si bien que Kathryn n'aurait su les distinguer l'un de l'autre. Même corps, mais des têtes différentes, se dit-elle, et elle se souvint du cadavre décapité que l'on avait repêché dans la rivière.

— Et si... murmura-t-elle pour elle-même.

— Pardon ? demanda Luberon.

Kathryn le dévisagea.

— Le cadavre sans tête, répondit-elle. Celui que nous avons examiné. Demain, j'aimerais que l'on apporte le cercueil au château.

Luberon haussa les épaules.

— On ne devait pas l'enterrer avant ce soir. Je puis encore retarder la cérémonie.

— Faites-le, s'il vous plaît, répliqua distraitement Kathryn. J'ai peut-être commis une grave erreur.

CHAPITRE VIII

Le lendemain matin, Kathryn s'en fut écouter la messe à l'église Sainte-Mildred. Après que le prêtre eut chanté l'*Ite missa est*, elle alluma un cierge devant la statue de la Vierge, puis partit prier sur la tombe de son père. Abaissant les yeux sur l'inscription qu'elle avait fait graver pour le repos de l'âme du cher défunt, Kathryn se laissa aller un moment à rêver à sa jeunesse, quand elle trottait aux côtés de son père dans les rues de Cantorbéry, ou qu'avec Thomasina elles allaient ramasser les simples et les plantes médicinales dans les prés...

Kathryn cligna des yeux pour refouler ses larmes, et, embrassant le bout de ses doigts, elle les appliqua sur la pierre tombale grise et froide.

— Vous me manquez, murmura-t-elle.

Après une génuflexion devant le maître-autel, elle sortit de l'église et s'assit sur un muret de pierre, à côté du porche, pour jouir du soleil et regarder les charrettes et les chevaux attelés qui se rendaient à Buttermarket. Elle-même devrait aller au château, ce matin. Pourvu qu'elle ne se soit pas trompée sur le cadavre décapité que l'on avait repêché dans la Stour !

— Vous rêvez à moi, Kathryn ?

Mettant sa main en visière pour se protéger les yeux du soleil, Kathryn découvrit Colum.

— Je suis déjà allé à Kingsmead, dit-il, et, à mon retour, j'ai taquiné Thomasina. J'ai récupéré votre cheval à l'écurie.

Il se pencha et effleura gentiment la joue de la jeune femme avec son gant.

— Vous rêviez vraiment à moi, Kathryn ?

Celle-ci lui sourit.

— Et si c'était le cas, Irlandais ?

— Eh bien, ce serait une juste récompense pour une dure journée de labeur.

Kathryn plissa les yeux et allait poursuivre la plaisanterie quand la veuve Gumple apparut sur le chemin, le visage pincé comme si elle avait sucé un citron acide. Avec sa ridicule coiffure et sa jupe volumineuse qui se balançait quand elle marchait, elle évoquait une grosse barque ventrue, toutes voiles dehors.

— Bonjour, Maîtresse Swinbrooke ! lança-t-elle d'une voix douce comme le miel.

— Bonjour, Veuve Gumple. Vous portez-vous bien ?

La veuve inclina la tête avec condescendance et jeta un regard nerveux à Colum qui la fusilla du regard. Puis elle passa son chemin pour pénétrer dans l'église, afin de « s'occuper des affaires de Dieu », comme elle avait coutume de dire.

Thomasina avait un jour observé : « C'est une bonne excuse pour raconter des potins méchants. La grosse vache n'a jamais dit une vraie prière de sa vie ! »

La veuve disparue, Colum reprit :

— Vous étiez sur le point de me dire quelque chose ? Vous n'osez plus le faire maintenant ?

Il l'aida à se mettre debout.

— Vous redoutez les mauvaises langues? insista-t-il.

Kathryn fit voler un grain de poussière de sa robe.

— J'aurais peur, moi, Irlandais? Et de quoi au juste?

— Des gens qui parlent trop.

— Et sur quoi, je vous prie, parleraient-ils trop? demanda la jeune femme d'une voix de miel.

Colum prit une profonde inspiration : Kathryn l'attirait dans un de ses pièges habituels.

— Sur moi, bégaya-t-il.

— Que voulez-vous dire, Irlandais?

— C'est que j'habite chez vous.

— Wuf aussi.

— Mais je suis un homme, moi.

— Vraiment? demanda Kathryn d'un air innocent. Et pourquoi les langues jacasseraient-elles parce que vous êtes un homme?

Colum, qui n'y tenait plus, la prit par l'épaule.

— Allons, ma jolie, vous savez parfaitement ce que je veux dire.

Kathryn lui sourit.

— Vous êtes un ami, Colum, un ami cher et proche, et j'ai confiance en vous. Si vous partiez, il ne s'écoulerait pas un jour sans que je pense à vous. Mais...

— Mais quoi? la pressa-t-il.

Kathryn indiqua l'église d'un geste.

— Je viens de prier sur la tombe de mon père.

Elle saisit Colum par le poignet et poursuivit :

— Autrefois, Murtagh, un homme comme vous m'aurait fait perdre la tête.

Elle sourit.

— Oui, dans tous les sens du terme. Mais à mesure que nous vieillissons, la vie devient compliquée, et il faut lutter pour qu'elle ne fausse pas notre esprit.

Elle se tut : le crieur public passait d'un pas pesant devant l'église vers la place du marché. Il était suivi par un garde qui emmenait un poissonnier au pilori. L'homme portait le poisson avarié qu'il avait tenté de vendre autour de son cou.

Kathryn reprit :

— J'ai peur d'Alexander Wyville, pas de la langue de la veuve Gumple. Le fantôme de mon mari hante mon âme. Il m'avait dit qu'il m'aimait, mais il n'était qu'une brute ivrogne.

— Et vous pensez la même chose de moi ? demanda Colum.

— Bien sûr que non !

Kathryn glissa un bras sous celui de son compagnon, et ils se dirigèrent vers le portail du jardin de l'église.

— Wyville était un soûlard, et une brute épaisse. Hélas, il est peut-être encore vivant, et, devant Dieu, je suis toujours sa femme.

Elle poussa un soupir.

— Mais ce n'est que la partie apparente qui flotte à la surface de l'eau. Au-dessous se cache le chagrin. L'âme a des blessures aussi, Colum, et hélas ! elles cicatrisent lentement.

Colum vit les larmes qui brillaient dans les yeux de sa compagne. Il lui serra doucement la main.

— Écoutez, si vous rêvez éveillée à moi, je ne vois pas ce qu'un Irlandais peut demander de plus.

Ils récupérèrent leurs chevaux et, sans les monter, se dirigèrent tranquillement vers Winchepe pour se rendre au château.

— Ainsi Maître Luberon y a fait transporter le cadavre ? dit Colum. Quelle est votre hypothèse à son sujet ?

Kathryn s'arrêta pour passer ses rênes autour de son poignet. La foule très dense se pressait auprès des échoppes. Partout retentissaient les cris et les jurons des charretiers, qui hurlaient qu'on leur laisse le passage. Kathryn attendit d'avoir gagné un quartier plus calme pour reprendre la parole.

— J'ai demandé à Luberon de transporter le corps au château parce que je pense qu'on pourra l'y identifier. J'ai peut-être fait une erreur.

Elle poursuivit son explication :

— Le cadavre est celui d'un homme vigoureux et bien nourri. J'en ai donc immédiatement conclu qu'il ne pouvait s'agir d'un prisonnier. Sparrow, cependant, était jeune et robuste. Il devait l'être, pour avoir terrassé cette sentinelle.

La jeune femme haussa les épaules.

— De plus, Webster semble avoir été un geôlier au cœur tendre. Je ne pense pas que les prisonniers du château de Cantorbéry se soient jamais plaints de la faim. La nourriture n'y est peut-être pas raffinée, mais elle doit être abondante.

— Vous avez pourtant dit que le cadavre ne portait pas de marques de fers aux chevilles ni aux poignets.

— Vous auriez dû relever mon erreur, rétorqua Kathryn avec un rien d'agacement.

— Qu'essayez-vous de me reprocher, Maîtresse Swinbrooke ? Je vous en prie, expliquez-vous.

Kathryn reprit sur un ton taquin :

— Dites-moi, Irlandais, vous avez été maréchal du roi, autrefois, il me semble ?

Colum hocha la tête.

— Vous avez donc jeté des gens en prison ?

L'Irlandais opina de nouveau.

— Et combien d'entre eux portaient-ils des chaînes et des menottes ?

Colum sourit et effleura doucement de son doigt le bout du nez de Kathryn.

— Femme intelligente ! Vous avez raison, bien sûr. Que Sparrow ait porté des chaînes et des menottes au moment de son évasion ne signifie pas qu'il était entravé tout le temps. Il ne l'était pas dans sa cellule. On les lui mettait seulement lorsqu'il sortait prendre le frais dans la cour.

— Exactement, approuva Kathryn, et cela ne nous facilite pas la tâche.

— Pourquoi ?

La jeune femme reprit lentement la parole.

— Réfléchissons... Sparrow s'est échappé en tuant le gardien et en déverrouillant ses menottes.

Elle plissa les yeux.

— A ce propos, que sont-elles devenues ? Quoi qu'il en soit, Sparrow s'échappe du château. C'est assez facile, il fait presque nuit, et la garnison est très réduite. Maintenant, Irlandais, que feriez-vous si vous étiez le prisonnier évadé ?

Colum haussa les sourcils.

— Je volerais de la nourriture, un cheval et une arme : une dague, une épée, peu importe. Et je filerais le plus loin possible de Cantorbéry.

— Eh bien, Sparrow, non. Oh, je suppose qu'on avait prévenu la ville qu'il s'était échappé. Cependant, une fois libre, le prisonnier aurait pu se trouver à des kilomètres de Cantorbéry avant que les bons bourgeois de la cité ne soient au courant de son évasion.

Kathryn leva les yeux sur le donjon menaçant du château, songeant à la chute mortelle de Webster.

— Quelque chose a retenu Sparrow à Cantorbéry, dit-elle. Il semble qu'il y ait trouvé une mort violente, mais de la main de qui ? Mystère. C'est en tout cas un individu sans scrupule qui l'a tué, car il faut l'être pour décapiter sa victime et la jeter ensuite dans la rivière.

— Si je vous suis bien, celui qui a tué Sparrow avait peur de lui ? Croyez-vous que le prisonnier le faisait chanter ?

A son tour, Kathryn demanda :

— Sparrow savait-il quelque chose sur la mort de Brandon ? Et se servait-il de ce qu'il savait pour effrayer quelqu'un ?

— Dans ce cas, que pouvait-il savoir ? rétorqua Colum. Dites-moi, Kathryn, et si Sparrow avait menacé Webster ? Le gouverneur aurait-il tué son prisonnier, jeté son corps dans la rivière, puis, pris de quelque égarement de l'esprit, il se serait donné la mort en se jetant du haut du donjon ?

Kathryn dirigea son cheval vers le pont-levis.

— Nous construisons des châteaux de sable, dit-elle. Il nous faut d'abord découvrir si le cadavre décapité est bien celui de Sparrow.

Ils trouvèrent Luberon qui piétinait avec impatience auprès d'un énorme charreton immobilisé devant la cour du château. Quand il les vit, il fit signe à Kathryn et à Colum de s'approcher.

— Voilà un bon moment que je suis ici, déclara-t-il rondement. Maîtresse Kathryn, il faut enterrer ce cadavre rapidement.

Il jeta un regard désapprobateur aux poulets faméliques qui picoraient dans la poussière, devant les chiens paresseusement allongés pour jouir du soleil matinal, indifférents à ce qui se disait.

Le clerc reprit avec un soupir :

— Personne ici ne semble savoir qui je suis. Je me suis présenté à Fitz-Steven, le clerc, mais il m'a dit de lui fiche la paix.

Kathryn prit le petit homme par la main.

— Merci de ce que vous avez fait, Simon, et Colum vous en est aussi reconnaissant. A présent, ajouta-t-elle avec un air malicieux, regardez-le secouer le nid.

Colum se dirigeait déjà vers un palefrenier assis sur les marches du donjon, qui mâchonnait un brin d'herbe. Il aboya ses ordres et l'homme fila, rapide comme un lapin. Un par un, les officiers de la garnison sortirent pour s'assembler dans la cour, l'air maussade. Tous, sauf Gabele et Fletcher, affichaient une mine renfrognée pour saluer Colum et Kathryn.

— Qu'est-ce que vous nous voulez encore? grogna Fitz-Steven.

— Nous vous avons ramené votre prisonnier, annonça Colum. Du moins, nous pensons que c'est lui. Et j'aimerais aussi vous présenter Maître Simon Luberon, secrétaire de l'archevêque de Cantorbéry, et grand clerc du Conseil de la ville. C'est un homme qui, s'il le décidait, pourrait rendre la vie difficile à ceux qui résident dans ce château.

On salua donc Luberon avec de faux sourires, et Fitz-Steven marmonna de vagues excuses.

— De quoi s'agit-il? demanda doucement Gabele. Vous avez retrouvé Sparrow et vous nous le ramenez?

Kathryn s'approcha du charreton et arracha le couvercle du mauvais cercueil.

— Nous l'avons en partie retrouvé, rectifia-t-elle d'un ton sec, en même temps qu'elle se détournait à cause de l'odeur pestilentielle de décomposition qui s'échappait de la caisse.

Colum fit signe aux autres d'approcher, puis il ordonna :

— Vous regarderez le corps chacun à votre tour, s'il vous plaît.

Il sauta sur le charreton afin d'aider les hommes du château à monter. Fitz-Steven se présenta le premier et vomit immédiatement, pour la plus grande satisfaction de Luberon. Quant aux autres, ils montrèrent plus de maîtrise. Peter le chapelain esquissa une bénédiction rapide, inclina la tête, et se détourna. Fletcher, en revanche, regarda attentivement le corps sans tête.

— Retournez-le ! murmura-t-il d'une voix rauque à l'adresse de Colum. Faites-le, vous dis-je !

Colum s'exécuta, et Fletcher indiqua une petite cicatrice rose à la base de la colonne vertébrale.

— Il s'agit bien de Sparrow, déclara-t-il, je reconnais cette marque.

D'un geste, il indiqua ensuite les mains du mort.

— Si vous regardez la paume de sa main droite, vous verrez que la peau est abîmée. Sparrow m'a raconté un jour comment il s'était brûlé la main en jetant une braise à la tête d'un représentant de la loi au cours d'une rixe de taverne.

Colum vérifia la paume droite du défunt.

— Je vois, en effet.

Il se tourna ensuite vers le maître d'armes.

— Et vous, Gabele ?

L'interpellé secoua la tête.

— Si Fletcher l'a identifié, cela suffit.

Il se massa l'estomac.

— Je viens juste de déjeuner. Je ne voudrais pas me ridiculiser.

Colum remit en place le couvercle du cercueil et sauta en bas du charreton. Il s'inclina devant Luberon avec un sourire complice.

— Merci, Maître Simon.

Le clerc se tourna vers Kathryn :

— Désirez-vous que je reste ?

Kathryn secoua la tête.

— Nous vous avons retenu assez longtemps, dit-elle avec un sourire. Retournez à vos importantes affaires. Je vous ferai savoir dès que possible ce qui se passe ici.

Elle s'adressa ensuite aux autres.

— En attendant, messieurs, pouvez-vous nous accorder un peu de votre temps ?

Pendant que Luberon appelait son charretier, Colum et Kathryn conduisirent dans l'entrée du donjon les hommes qui clairement n'étaient pas contents. Ils s'attroupèrent autour d'un maigre feu qui brûlait dans la cheminée. Kathryn tira Colum à l'écart.

— Pour une fois, nous devrions les interroger l'un après l'autre.

Colum en convint. Gabele s'approcha d'eux, l'air préoccupé.

— Nous nous doutons de ce qui nous attend, Irlandais, dit-il. Cependant, nous sommes ici dans l'un des châteaux du roi, et nous avons des devoirs à accomplir. Le père Peter n'a pas encore dit sa messe, et la garnison doit vaquer à ses besognes. En outre, il faut faire l'inventaire de nos magasins.

Colum indiqua la bougie des heures dont la cire coulait sur son support, au coin de l'âtre. La flamme se trouvait entre le dixième et le onzième cercle.

— A onze heures, dit-il. Mais cette fois, nous aimerions vous voir chacun individuellement. Et oui, vos suppositions sont justes : Sparrow s'est échappé du château, et nous pensons que celui qui l'a assassiné se trouve ici et a bien des choses à cacher.

Gabele leva un sourcil surpris.

— Cependant, n'en dites rien à personne, ajouta Kathryn.

L'homme hocha la tête et s'éloigna. Il murmura quelques mots à ses compagnons qui réagirent par des grognements et des airs furieux, mais ils s'en furent rapidement. Gabele offrit alors à Colum et Kathryn un verre de vin : ils refusèrent.

Dès que la salle fut vide, Colum disposa une chaise et deux tabourets dans un angle, sous une batterie de boucliers poussiéreux en bien mauvais état.

Kathryn, quant à elle, promenait son regard autour d'elle.

— Ce n'est pas bien propre, ici, marmonna-t-elle.

— Les châteaux ne le sont jamais, rétorqua Colum.

— Comment peut-on vivre dans un endroit pareil ? se demanda-t-elle. Quand j'étais enfant, je regardais les murs et les tours du château, je voyais les bannières flotter dans le vent, et je me disais que c'était un château merveilleux, comme dans les contes de fées. J'imaginais de courageux chevaliers et des dames vêtues de soie, des corridors mystérieux, des cachots sinistres, des cours de tournoi qui résonnaient du martèlement des sabots des destriers et du claquement des épées.

— Vous rêvez, femme ! s'exclama Colum, lui indiquant la chaise.

Il leva les yeux sur les poutres noircies de fumée, puis son regard descendit jusqu'à la cheminée délabrée. Il reprit :

— Par tous les saints, Kathryn, ne voyez-vous pas ces tentures trouées ?

Il jeta un coup de pied dans les joncs séchés sur le sol.

— Les châteaux sont les lieux les plus tristes du monde ! Tout y est pauvre, ça sent le rance, la viande est trop salée et le vin vous retourne l'estomac.

Il eut un rire dur.

— Et les soldats en garnison ne sont pas mieux.

Il s'assit sur un tabouret.

— Chacun de ces officiers a quelque chose à cacher. Et ils sont amers.

Voyant l'expression de surprise de Kathryn, il expliqua :

— Tous les hommes ici sont d'anciens soldats : Gabele et Fletcher ont combattu sur les champs de bataille détrempés de sang de Towton et de Wakefield. Fitz-Steven et le père Peter étaient clercs de camp. Ces hommes, à cause de leur passé obscur, n'ont pas obtenu de bénéfice d'un évêque et nulle faveur dans la maison d'un noble. Mais la guerre entre les York et les Lancastre a changé leur vie quelque temps.

Le regard de Colum scintillait.

— Ah, c'est que c'est excitant, la guerre, Kathryn ! Les avancées rapides contre l'ennemi, bannières et banderoles au vent ; les destriers qui piétinent le sol, et les lignes interminables d'hommes à cheval ! Et puis le ciel assombri par les nuées de flèches !

Colum sourit.

— Moi aussi, la guerre me manque. Bien sûr, on a la mort aux trousses, mais on l'a toujours, même en temps de paix. Et si l'on est dans le camp des vaincus, on est gracié parce que l'on est du peuple. En revanche, si l'on est du côté des vainqueurs, à nous le riche butin !

L'Irlandais indiqua d'un geste la vaste salle très sombre.

— A présent que la guerre est finie, pour un soldat en garnison, ce château est un excellent poste. Imaginez combien il serait pire d'être cantonné à Alnwick, sur la frontière écossaise, ou dans les grandes étendues des marches du pays de Galles !

Kathryn se pencha en avant.

— Si je comprends bien, tous les hommes dans ce château ont pu tuer ?

Colum eut un petit rire.

— Certes ! Nous sommes tous des tueurs, Kathryn, des mercenaires. C'est la seule chose que nous connaissons. Je parie que le père Peter est capable de trancher la gorge d'un homme après avoir reçu sa confession.

— Même un homme comme Gabele ?

— Oh, il a son honneur, c'est vrai, et le sens de l'amitié. Il respecte sûrement sa parole, mais, Kathryn, dans cette affaire, de grandes richesses sont en jeu : un saphir assez beau pour faire perdre la tête à tous ces hommes, parce qu'il leur permettrait d'échapper à la monotonie de leur existence de garnison.

Colum se tut : un serviteur venait d'entrer pour placer une bûche dans le feu. Il reprit dès que l'homme eut disparu en refermant la porte sur lui.

— Tout cela complique notre tâche. Les prisonniers sont rarement mal traités dans les châteaux. Au contraire, on les accueille bien car ils constituent une distraction pour les soldats. Souvenez-vous de ce que l'on nous a dit au sujet de Brandon. Tout le monde lui a rendu visite dans sa geôle, même le Vertueux. C'est l'ennui qui explique aussi pourquoi ce pardonneur a été bien reçu ici.

Colum joua un instant avec la dragonne de son épée.

— En tout cas, reprit-il, quoi qu'on nous ait dit jusqu'à présent, Brandon a parlé de l'Œil de Dieu à l'un d'entre eux... ou à tous.

Kathryn sursauta : la porte venait de s'ouvrir brusquement, livrant passage à Gabele.

Le maître d'armes indiqua la chandelle et déclara :

— Il est temps de commencer vos interrogatoires, Irlandais.

Il prit place sur le tabouret demeuré vacant et essuya la sueur à son front du revers de la main. Puis il sourit à Kathryn.

— Dieu, je préférerais une semaine de marche forcée plutôt que de passer une seule journée à faire l'inventaire des magasins du château ! Ah, si je pouvais partir d'ici !

Kathryn fixa le visage dur du soldat, se remémorant ce que lui avait dit Colum. Gabele avait-il rencontré Sparrow dans un endroit désert près de la rivière, et l'avait-il tué avant de décapiter son cadavre ?

Gabele gratta sa joue mal rasée de ses ongles sales.

— Alors, Maîtresse ?

— Vous avez parlé à Brandon ?

— Bien sûr, oui, comme tout le monde. Et pourquoi ne l'aurais-je pas fait ? C'était un jeune écuyer plaisant. Il connaissait bien des histoires drôles.

— C'est votre fille qui lui apportait ses repas, n'est-ce pas ?

— Parfois elle, parfois moi, et d'autres fois encore c'était le père Peter ou Fitz-Steven.

Gabele sourit à Colum.

— Fletcher l'aimait bien aussi.

— Et Sparrow ? demanda Kathryn.

— Oh, lui, c'était un beau salopard ! Il aimait parler, mais se préoccupait surtout d'échapper à la corde du bourreau.

— Les deux prisonniers parlaient-ils ensemble ?

— Comme je vous l'ai montré, expliqua Gabele, il y a une brique descellée dans le mur qui sépare les deux cellules des prisonniers. Par ce trou, ils pouvaient converser.

— Que pensez-vous de l'évasion de Sparrow ? intervint Colum. Il portait des chaînes et des menottes, quand on l'a sorti pour sa promenade, non ?

— Bien sûr, il était entravé.

— Qui avait la charge de le faire ?

— Moi, répliqua Gabele avec un sourire grinçant. Si vous retournez voir les cachots, vous noterez qu'à l'extérieur de chacun il se trouve des chaînes et une paire de menottes. On les met aux prisonniers quand ils vont sortir dans le pré, mais c'est le gardien qui les verrouille.

— Qu'est-il advenu des menottes de Sparrow ? demanda Colum.

Le visage de Gabele s'allongea.

— Sparrow les a sans doute emportées. Je pense qu'il a tué le gardien — il l'a d'abord assommé, puis l'a étranglé. N'oubliez pas qu'il était tard et qu'il faisait presque nuit. Sparrow a pris les vêtements de sa victime, son épée et les menottes.

Kathryn reprit la parole.

— Connaissiez-vous Sparrow avant son emprisonnement ?

Gabele secoua la tête.

— Et Brandon ?

Nouvelle dénégation.

— Que pensez-vous du meurtre de Sparrow ?

Le maître d'armes étendit les mains en avant.

— Pour l'amour de Dieu, Maîtresse, pourquoi aurais-je tué Sparrow ?

A cette question, Kathryn était incapable de répondre. Elle remercia Gabele, qui sortit, immédiatement remplacé par Fletcher.

Ce dernier répondit à peu près la même chose aux questions posées par Colum et Kathryn, mais quand Colum lui demanda s'il avait beaucoup parlé avec Brandon, Kathryn, qui s'attendait à ce qu'il nie, l'entendit répondre, fort embarrassé :

— Oui, oui, je lui ai parlé. C'est moi qui l'ai capturé et je l'aimais bien.

En parlant, Fletcher essuyait ses paumes moites sur son haut-de-chausses crasseux, et on le sentait très mal à l'aise. Kathryn vit la tristesse dans son regard, et elle commença à entrevoir la vérité.

— Êtes-vous célibataire, Maître Fletcher ?

L'homme rougit tant il était gêné.

— J'appréciais beaucoup Brandon, marmonna-t-il, je le trouvais plein d'esprit, et il me faisait rire.

— Et Sparrow ? Il vous faisait rire aussi ? demanda durement Colum.

— Sparrow n'était qu'un bâtard sans foi ni loi, répliqua Fletcher. Le garde n'était pas très attentif, Sparrow en a profité.

— Que pensez-vous de la mort de Webster ? De son étrange conduite dans le pré ?

— Je ne pense pas que Sir William ait été assassiné, répondit Fletcher d'un trait. Il n'avait plus ses esprits. Il avait perdu deux prisonniers et redoutait la colère du roi.

L'homme tripota le pommeau de sa dague.

— Si vous n'avez pas d'autre question, Maître Murtagh, j'aimerais retourner à mes affaires.

Colum accepta et le regarda sortir avant d'échanger un clin d'œil avec Kathryn.

— Voilà une autre caractéristique de la vie de garnison : les hommes ne sont pas tous tels qu'ils semblent être.

Fitz-Steven fut le suivant, aussi peu gracieux qu'à l'ordinaire. En dépit du regard implacable de Colum et des questions insistantes de Kathryn, il en dit le moins possible, se contentant le plus souvent de répondre par un grognement, ou simplement de secouer la tête. Kathryn perçut une lueur de haine dans son regard. Non, Fitz-Steven ne l'aimait pas, et il était assez pervers pour tuer, et assez dur pour le dissimuler.

Colum le congédia sèchement, et le père Peter se présenta après lui, marmonnant vaguement qu'un cierge avait coulé sur sa soutane. Kathryn lui posa les mêmes questions sur la mort de Brandon, et obtint des réponses en tout point semblables à celles qu'elle avait déjà obtenues.

— Il est tombé malade, expliqua le prêtre sans se troubler, et le mal a très vite empiré. Je lui ai administré les derniers sacrements, et le reste, vous le savez, Maîtresse, acheva-t-il avec un haussement d'épaules.

— Et Webster? demanda Kathryn. Il vous a parlé, la veille de sa mort?

— Non, mais il avait bu. Il s'est livré à cette stupide pantomime dans le pré du donjon parce qu'il voulait reconstituer les faits et gestes de Sparrow, alors je me suis prêté à ses caprices. Mais pour moi, cela n'avait pas de sens.

— Vous êtes-vous entretenu avec les deux prisonniers? demanda Colum.

— Tout le monde a parlé à Brandon : Fitz-Steven, Webster, Gabele.

Le prêtre eut un sourire moqueur.

— Quant à Fletcher, il a passé des heures avec lui.

— Vous ne connaissiez ni Brandon ni Sparrow, avant ? intervint Kathryn.

Le prêtre cligna des paupières et se passa nerveusement la langue sur les lèvres.

— Vous aviez rencontré Sparrow avant, n'est-ce pas ? insista Kathryn.

Le père Peter hocha la tête.

— Il y a dix ans, oui, admit-il. J'étais aux côtés du comte de Pembroke quand il s'est battu contre le roi à Mortimer's Cross. Sparrow était alors un jeune archer, mais il était déjà malfaisant.

Colum sourit.

— Ainsi vous avez soutenu les Lancastre ?

Le chapelain se mit à rire.

— Tous les occupants de ce château les ont soutenus. Nous n'avons pas la même chance que vous, Irlandais, nous ne jouissons pas des faveurs des princes, ajouta-t-il avec une pointe de dépit. Même Gabele a combattu aux côtés de Warwick un temps.

— Vous connaissiez bien Sparrow ? demanda Kathryn.

— Non, d'ailleurs, je l'ai reconnu, mais lui, pas. La veille de la bataille de Mortimer's Cross, je l'avais vu tuer un homme. Il l'a étranglé près d'une fosse d'aisances.

L'ecclésiastique détourna les yeux.

— J'aurais bien aimé assister à sa pendaison, dit-il. Je n'ai rien de plus à dire.

Lorsqu'il eut quitté la salle, Colum et Kathryn sortirent à leur tour récupérer leurs chevaux aux écuries du château, puis ils partirent sans dire au revoir à personne. Ils chevauchèrent en silence un petit moment, et Colum finit par parler du temps, car le ciel s'était couvert, et une petite pluie commençait à tomber. A la hauteur de l'église Sainte-Mildred, il immobilisa sa monture et, indiquant le château, derrière eux, déclara :

— Nous en avons assez fait pour aujourd'hui.

— Il nous manque pourtant deux interrogatoires, fit observer Kathryn : celui de Margotta et celui du Vertueux.

— Margotta ne peut pas avoir tué Sparrow. Si elle est mêlée au meurtre, c'est en tant que complice.

— Et le Vertueux ?

Colum secoua la tête.

— Le pardonneur est certainement occupé en ville à vendre sa camelote. N'oubliez pas qu'il n'est pas d'ici, Kathryn. S'il avait fait quelque chose de répréhensible au château, les autres nous l'auraient dit. A présent...

L'Irlandais leva les yeux vers le ciel.

— Il faut que j'aille à Kingsmead voir ce que font ces fainéants !

Il se pencha pour embrasser Kathryn sur la joue. Quelques instants après, la jeune femme effleura distraitement sa peau, là où Colum l'avait embrassée, en le suivant des yeux alors qu'il gagnait Westgate. Alors elle sauta de cheval et regagna Ottemelle Lane à pied.

Colum disait vrai, songeait-elle, Margotta ne pouvait pas avoir tué un homme comme Sparrow. Mais Kathryn n'en était pas si sûre en ce qui concernait le Vertueux. Il avait pu glisser quelque poison dans la nourriture de Brandon. Ou planter un couteau dans la gorge de Sparrow. En outre, comme il était entièrement vêtu de noir, il pouvait aller et venir comme un fantôme dans ce sombre château.

Kathryn ramena son cheval à l'écurie puis regagna sa maison. Elle trouva la cuisine déserte. Thomasina était au marché, aussi la jeune femme gagna son cabinet pour tenter de mettre de l'ordre dans ses pensées. Elle prit une plume, ouvrit son encrier et écrivit les noms de tous ceux qui demeuraient au château. Elle barra ensuite celui de Margotta, mais finit par admettre que tous les autres avaient eu les moyens et la force de tuer Brandon, et aussi de pousser Webster dans le vide, depuis le belvédère.

— Et si ces meurtres n'avaient aucun lien entre eux ? murmura-t-elle.

Elle pianota du bout des doigts sur le parchemin : Fletcher s'était épris de Brandon comme un jeune soupirant tombe fou amoureux d'une fille. Peter, le chapelain, avait peut-être un grief contre Sparrow. Et qu'en était-il de la mort de Webster? Kathryn poussa un soupir, et, irritée, reposa sa plume.

— Ah, j'aurais aimé que Colum rentre avec moi, se prit-elle à maugréer.

Elle entendit du bruit dans le jardin et s'en fut à la porte du fond. Agnes était agenouillée près d'un carré de fleurs ; à cause de la pluie, elle avait revêtu sa cape marron à capuchon.

— Agnes, sais-tu si Thomasina est partie depuis longtemps ? lança Kathryn.

— Je ne suis pas Agnes !

La silhouette se retourna, et le visage joufflu de Wuf apparut sous le capuchon. L'enfant se redressa et traversa le jardin en courant pour rejoindre Kathryn.

— Thomasina est partie faire le marché avec

Agnes, expliqua-t-il. Et moi je cherche des limaces, alors j'ai pris la cape d'Agnes.

Kathryn l'embrassa sur les cheveux.

— Il vaut mieux que tu la remettes en place avant le retour de Thomasina, dit-elle en riant.

Elle regagna son cabinet pour examiner la liste des noms qu'elle avait dressée. Puis, tandis qu'elle entourait d'un cercle chacun d'eux, elle frissonna.

— Et s'il s'agissait d'une conspiration ? murmura-t-elle. Ils sont peut-être tous impliqués dans les meurtres de Brandon, Sparrow et Webster...

CHAPITRE IX

Kathryn et les membres de sa maisonnée venaient d'achever le repas du soir. La jeune femme commençait à préparer des médicaments pour ses patients quand retentirent des coups violents à la porte. Wuf était déjà couché, et Thomasina s'activait dans la dépense tandis que Colum, étrangement silencieux, recousait devant le feu l'une de ses brides au moyen d'une grosse aiguille. Thomasina lui avait proposé de s'en charger, mais Colum avait grommelé qu'il en était capable. A présent, il s'acharnait sur le morceau de cuir tout en réfléchissant à ce qu'il convenait de faire des deux ramasseurs de corps qui avaient avoué leur tentative de meurtre sur les vieilles dames.

Thomasina, qui était allée ouvrir la porte, introduisit dans la cuisine Gabele et Fletcher. Ils étaient armés, bottés, portaient leurs éperons, et leurs yeux brillaient d'excitation.

Colum posa sa bride.

— Que vous arrive-t-il ? Il s'est passé de nouveaux drames au château ? interrogea-t-il.

Gabele avança d'un pas, tapotant l'une de ses bottes avec sa cravache.

— Non, Irlandais, répliqua-t-il, je viens vous

transmettre les ordres de Monsieur le duc de Gloucester.

Kathryn sortit de son cabinet d'écriture.

— Il est ici, à Cantorbéry ? demanda-t-elle vivement.

— Oui, et il s'est arrêté au château pour y manger un morceau et boire une coupe de vin. Il est accompagné de ses écuyers, Lovell, Ratcliffe, Catesby et les autres. C'est le roi qui les a envoyés, avec ordre de lever des hommes au château et à Kingsmead. Demain matin, nous partons à la poursuite de Faunte. Gloucester est bien décidé à le prendre, le juger et le pendre dans la journée.

Colum fit entendre un petit sifflement tandis que Kathryn demandait :

— Pourquoi maintenant, précisément ?

— Monseigneur n'en a rien dit, répliqua Fletcher, mais les espions du roi assurent que demain Faunte pourrait bien sortir du couvert de la forêt pour se rendre dans un port du Kent et embarquer pour l'étranger.

Colum s'empara de ses bottes qui séchaient au coin du feu pour les chausser.

— C'est que notre noble roi n'oublie jamais un traître, déclara-t-il. Juste avant de marcher contre Warwick, à Barnet, il maudissait Faunte qui avait dressé Cantorbéry contre lui, lui fermant ainsi la route de Douvres.

Le regard de Kathryn s'évada par la fenêtre.

— Il fait noir, s'écria-t-elle, et il est déjà dangereux de courir les rues de Cantorbéry au cœur de la nuit ! A plus forte raison de pourchasser un homme à travers le Kent !

Colum se leva, et les éperons à ses bottes tintèrent. Il prit son ceinturon en cuir suspendu à un crochet du mur.

— N'ayez crainte, nous allons sans doute nous réunir à Kingsmead où Gloucester mettra au point son plan de campagne. Il veut probablement que nous commencions notre chasse demain à l'aube. Si Faunte sort à découvert, il le fera tôt le matin, quand les routes sont désertes, et la campagne endormie.

L'Irlandais refusa l'offre de Kathryn d'emporter des vivres et du vin. Il prit sa cape et ses fontes de selle, et, avec un sourire à l'adresse de son hôtesse, suivit Gabele et Fletcher.

— Attendez un instant ! cria Kathryn.

Gabele et Fletcher s'immobilisèrent.

— Avez-vous du nouveau sur la mort de Webster ?

— Nous avons tout raconté à Gloucester, répondit Gabele, mais nous ne savons rien de plus, Maîtresse. Webster gît glacé dans sa tombe, et l'on ignore toujours s'il s'est jeté du belvédère, s'il a glissé, ou si quelqu'un l'a poussé.

Après avoir remercié le soldat, Kathryn referma la porte sur les trois hommes et s'y adossa. Le Ciel soit loué ! Colum au moins ne risquerait rien, au milieu des hommes de Gloucester !

Kathryn regagna la cuisine où Agnes, qui tombait de sommeil, avait débarrassé la table pour apporter la pâte, une cruche d'eau et des écuelles afin de préparer le pain que l'on mettrait à cuire le lendemain matin à l'aube. Thomasina aidait la fille de cuisine, la houspillant gentiment, puis elle lui ordonna de monter se coucher. Kathryn observa attentivement la jeune Agnes. Celle-ci était fatiguée, mais elle tripotait sans arrêt la petite bourse suspendue à son cou. Kathryn s'assit sur le banc devant la table.

— Viens ici, Agnes, ordonna-t-elle.

La servante obéit à la hâte, désireuse de contenter sa maîtresse. Kathryn lui sourit.

— Assieds-toi.

La jeune fille le fit sans quitter des yeux Kathryn.

— Depuis combien de temps vis-tu avec nous ?

Agnes fronça les sourcils.

— Je crois que j'ai treize ans. Votre père m'a conduite ici il y a sept ans. Avant, j'étais à l'hospice des Enfants Trouvés.

Kathryn sourit. Elle se souvenait très bien de l'arrivée d'Agnes. Son père avait toujours eu pitié des enfants abandonnés. Il s'était rendu ce jour-là à l'hospice pour y soigner une religieuse, et il était tout simplement rentré chez lui avec la fillette. Personne n'avait jamais demandé à Agnes de travailler comme fille de cuisine, et quand Kathryn avait voulu l'en empêcher, la timide gamine avait pleuré plusieurs jours durant.

— Qu'y a-t-il dans ta bourse, Agnes ?

— Les pièces que vous me donnez, Maîtresse. Elles constitueront ma dot.

— Et tu as déjà choisi l'heureux garçon ? demanda Kathryn, mordillant sa lèvre.

Agnes rougit.

— Non, mais...

— Tu me dis bien la vérité ? la taquina Kathryn.

— J'aime bien Wormhair[1].

— Qui ?

— Wormhair. Il sert la messe à Sainte-Mildred.

Kathryn avait remarqué le jeune garçon au visage d'ange et aux cheveux si gras qu'ils tenaient raides comme des clous sur son crâne. Elle eut envie de rire et cacha sa bouche derrière sa main.

— Dis-moi, Agnes, es-tu heureuse, ici ? Puis-je faire quelque chose pour toi ?

1. De *worm* : ver et *hair* : cheveux. *(N.d.T.)*

La jeune fille ouvrit de grands yeux ronds.

— Pourquoi cette question, Maîtresse? Vous n'êtes pas contente de moi?

Agnes avait les larmes aux yeux, à présent, et Kathryn s'exclama :

— Mais si, voyons, tu me donnes entière satisfaction. Thomasina et Wuf sont-ils gentils avec toi?

— Wuf est un garnement, et il nous donne du fil à retordre, à Thomasina et à moi.

Kathryn hocha la tête.

— A présent, va au lit.

Comme la jeune servante se hâtait vers la porte, Kathryn la rappela :

— Agnes!

— Oui, Maîtresse?

— Ne t'inquiète pas pour ta dot. Tout ce qui est à moi est à toi.

La jeune fille soutint le regard de sa maîtresse sans ciller.

— Et puis, qui sait, un jour nous pourrions inviter Wormhair à souper?

Agnes hocha la tête avant de filer dans le couloir. Thomasina de son côté continuait à s'activer dans la cuisine en chantonnant, évoquant ainsi un énorme bourdon. De temps en temps, elle s'adressait à Kathryn, lui rapportant un commérage entendu dans la rue; puis elle annonça qu'elle avait l'intention de tirer les oreilles à Goldere pour le punir de son impudence. Elle finit par demander à brûle-pourpoint :

— L'Irlandais a-t-il l'intention de s'installer ici pour toujours?

— Pourquoi cette question?

— On le dirait solidement enraciné, déclara Thomasina avec un regard farouche à sa maîtresse.

— Je l'aime bien, répliqua celle-ci, vraiment, Thomasina.

— Il n'est pas comme Chaddedon.

— Par certains côtés, les deux hommes se ressemblent. Comme Chaddedon, Colum est droit et honnête. Cependant, il est différent aussi.

— Il a un sale caractère !

Kathryn poussa un soupir.

— C'est qu'il est en souci. Il se sent impuissant dans ce rôle que lui a dévolu le roi, et il vit dans la crainte qu'on l'assassine.

L'expression de Thomasina s'adoucit, et elle alla s'accroupir auprès de sa maîtresse pour lui tapoter gentiment la main.

— Colum est un soldat, Maîtresse, et un homme de cour qui a la faveur des princes. Si vous scellez votre destin au sien, vous vivrez toujours dans le danger. A présent, venez. Demain, Torquil le charpentier doit passer se faire soigner son bras, et vous savez comme il est douillet.

Kathryn sourit et se leva.

— Apporte-moi de la bryone et un peu de belladone. Et n'oublie pas de mettre des gants !

— Je sais ce que j'ai à faire, rétorqua vertement la servante en se précipitant dans le couloir.

Quelques minutes après, elle revenait avec deux torchons contenant les plantes demandées. Kathryn prit d'abord la bryone avec ses grosses racines tubéreuses. La plante portait encore quelques baies séchées, toutes ratatinées. Kathryn, qui avait, elle aussi, enfilé une paire de gants, enleva les baies et les feuilles, puis elle coupa les tiges dans un mortier et entreprit de les écraser avec un pilon pour en exprimer le jus. Elle s'arrêta, plissant le nez à cause de l'odeur douce-amère qui montait du mortier, et les conseils de son père lui revinrent en mémoire.

« La nature recèle les poisons les plus mortels, avait-il coutume de répéter. J'ai vu plus de gens mourir d'avoir absorbé des plantes vénéneuses que je n'en ai vu rendre l'âme après avoir été blessés à la guerre. Rappelle-toi, Kathryn, la bryone et la belladone sont parmi les plantes les plus dangereuses. »

Kathryn reprit sa besogne. Son père l'avait aussi avertie que le jus de ces plantes pouvait s'avérer mortel même si l'on se lavait les mains après l'avoir touché.

« Je ne puis expliquer pourquoi, disait-il, mais on dirait que la peau respire le poison. J'ai entendu un Arabe à Salerne expliquer comment, mais je n'ai pas très bien compris. »

Kathryn souleva le mortier en bois afin de verser le jus qu'elle avait obtenu dans une fiole. Si elle en diluait une petite quantité dans de l'eau, le mélange servirait à soigner les engelures. Additionné de tanin, le médicament soulagerait la toux, surtout celle des enfants.

Elle prit ensuite la belladone et observa quelques instants ses feuilles ovales d'un vert très sombre, et ses fleurs pourpres en forme de clochettes. Elle commença à la piler. L'odeur qui se dégageait était plus désagréable encore que celle de la bryone, si bien que Kathryn sortit un moment dans le jardin. Elle se demanda quand on lui livrerait de Londres les produits qu'elle avait commandés.

Elle regagna la cuisine pour reprendre sa tâche. Elle pilait la belladone en prenant grand soin de ne pas en gaspiller car la plante coûtait fort cher. Celle-ci ne poussait que dans les sols très calcaires, aussi les apothicaires et herboristes la payaient un bon prix. Lorsqu'elle eut fini, elle mélangea dans une petite coupe un peu de bryone avec la bella-

done : elle donnerait la mixture à Torquil le charpentier le lendemain matin pour soulager son mal.

Ensuite, avec Thomasina, elle nettoya avec de l'eau bouillante tous les ustensiles dont elle s'était servie ainsi que le plateau de la table.

Laissant sa servante dans l'office, Kathryn regagna son cabinet. Elle entendit un hibou pousser son cri dans le jardin et frissonna. Thomasina disait que le ululement d'un oiseau de nuit était un mauvais présage.

— Pour l'amour du Ciel, Kathryn ! murmura la jeune femme. Tu es une femme adulte, pas l'enfant de Thomasina !

Elle ouvrit un petit coffre fermé à clé pour en sortir le morceau de parchemin sur lequel elle avait écrit ses réflexions sur les différents meurtres, et, approchant une chandelle, elle se mit à lire ce qu'elle avait consigné. La mort de Brandon demeurait un mystère, et Colum avait raison : exhumer le corps de l'écuyer de Warwick constituait la seule piste qu'ils pouvaient encore explorer.

Kathryn se cala contre le dossier de son siège et, fermant les yeux, réfléchit à la chute de Webster depuis le haut du donjon du château. Elle s'efforçait de se représenter le gouverneur arpentant le belvédère, et le feu qui crépitait dans la brise du petit matin.

Pourquoi un homme sur le point de se suicider aurait-il allumé un feu afin de se tenir chaud ? Et pourquoi déambulerait-il ? Et cette bosse derrière son oreille droite ? Comment se l'était-il faite ? Comment le meurtrier était-il monté en haut de la tour sans se faire remarquer de Webster ni des gardes ? Comment avait-il assommé le gouverneur avant de jeter son corps inconscient par-dessus le parapet ? Et comment avait-il quitté la tour en laissant la trappe verrouillée de l'extérieur ? Kathryn se représenta les sentinelles sur le chemin de ronde, en bas. Ils avaient vu un éclair de couleur dans les airs, tandis que Webster tombait, et ils avaient entendu son cri. Son cri ! Kathryn ouvrit grands les yeux.

Un homme inconscient ne peut pas crier, voyons !

Un frisson d'excitation parcourut la jeune femme. Cette pensée l'avait taraudée toute la journée : le cri avait été poussé par quelqu'un d'autre que la victime. Par le meurtrier !

Mais comment l'expliquer ? Et pourquoi l'homme aurait-il crié ?

Kathryn se mordilla la lèvre. On n'avait rien remarqué d'anormal chez Webster, sinon cette pantomime à laquelle il s'était livré avec le chapelain, quand il avait voulu reconstituer les circonstances de l'évasion de Sparrow.

— Quelqu'un aura observé Webster et aura pris peur, marmonna la jeune femme. Qu'a donc découvert le gouverneur ?

Des coups violents frappés à la porte la firent sursauter. Elle entendit Thomasina courir dans le couloir pour aller ouvrir, et quand la servante revint, courant toujours, elle cria :

— Maîtresse, il y a un pauvre bougre dehors avec le bras ensanglanté !

— Fais-le entrer dans la cuisine !

Elle prit sa trousse de soins et pénétra à son tour dans la cuisine où Thomasina installait l'homme sur un tabouret. L'inconnu paraissait souffrir et se tenait le bras droit dont le sang s'égouttait sur le sol.

— Qui êtes-vous ? lui demanda Kathryn.

L'homme baissait la tête, le capuchon de son manteau rabattu très bas sur ses yeux. Kathryn lui saisit le bras, alors il se redressa comme si on l'avait piqué et sortit une petite arbalète de sous son vêtement. La flèche était déjà prête dans l'encoche. Avec une exclamation de surprise, Kathryn recula. Thomasina, qui faisait chauffer de l'eau sur le feu, entendit son cri et se retourna. Elle vit aussitôt le danger et s'approcha avec un air menaçant. L'inconnu repoussa son capuchon, dévoilant des cheveux d'un rouge flamboyant qui lui retombaient sur les épaules. Le bandeau qui cachait son œil droit donnait à son visage maigre et blafard un air encore plus méchant.

Au premier regard, Kathryn avait saisi à qui elle avait affaire.

— Vous êtes Fitzroy, n'est-ce pas ?

L'homme pencha la tête sur le côté.

— En voilà une femme perspicace ! Vive et maligne !

Il se tourna et dirigea son petit arc sur le ventre de Thomasina.

— Et vous êtes la servante ? Attention ! Pas de bêtise ou le vieux Padraig devra vous tuer !

— Assieds-toi, Thomasina, ordonna Kathryn, je ne pense pas que Maître Fitzroy nous veuille du mal.

L'individu dévisagea froidement Kathryn de son œil valide.

— Vous êtes bien appétissante, déclara-t-il. Voilà qui ne m'étonne pas de Colum. Il sait s'assurer ses aises !

— Taisez-vous, bouche d'égout ! rugit Thomasina. Maîtresse Swinbrooke vous vaut cent fois !

— Écoutez-moi bien, sale garce, j'ai déjà tué tout ce qui vit sous le soleil, et je n'hésiterai pas à occire une vieille commère comme vous !

— Oh, je me doute que ça n'a pas été difficile, surtout s'ils vous tournaient le dos ! rétorqua la servante.

Fitzroy se mit à rire.

— Je ne vous ferai pas de mal, assura-t-il alors aux deux femmes.

Il recula d'un pas.

— Pas de geste inconsidéré, Maîtresse Swinbrooke, la mit-il en garde.

— Vous êtes venu tuer Colum ?

— Oui, je cherche l'Irlandais aux yeux sombres. Notre conseil l'a déclaré traître.

— Ce n'est pas un traître, répliqua Kathryn, priant que ses jambes cessent de vaciller sous elle. Et pourquoi avait-elle le souffle court ? Elle répéta d'une voix ferme :

— Colum n'est pas un traître. Il n'était qu'un gamin quand York l'a pris. A sa place, qu'auriez-vous choisi ? Le pardon ou la pendaison ?

— Mon frère n'a pas eu le choix. Il est mort au bout d'une corde anglaise.

Fitzroy effleura le bandeau de son œil.

— Et quand ils m'ont capturé, ils m'ont arraché l'œil.

Kathryn vit une fugitive expression de tristesse passer sur le visage dur de l'Irlandais.

— Ainsi va le monde, Kathryn. Vous m'autorisez à vous appeler par votre prénom ?

Sans attendre la réponse, il soupira :

— Autrefois, nous étions des gamins heureux, Colum et moi, agiles comme des chamois, rapides comme des faucons chasseurs. Nous étions frères de sang.

— Et aujourd'hui, vous venez pour le tuer ?

— Oui, et qui s'en étonnerait ? Il m'attend sûrement.

— Et l'Œil de Dieu ? demanda Kathryn à brûle-pourpoint.

Fitzroy eut aussitôt un large sourire.

— Oui, nous aimerions le retrouver. Si Colum nous promet de nous le remettre, nous envisagerons de lui pardonner.

Kathryn vit qu'un muscle tressautait en haut de la joue de son hôte.

— Vous mentez, dit-elle à mi-voix. Vous tuerez Colum quoi qu'il fasse. Pourquoi me mentir ?

Fitzroy hocha la tête. Kathryn indiqua le sang qui dégoulinait du bras de Fitzroy.

— Vous êtes blessé !

— Pas du tout, non !

L'homme déplaça son arbalète et, glissant une main dans sa manche, il en sortit une petite éponge imbibée de sang.

— Je l'ai trempée dans la rigole, près de l'abattoir, expliqua-t-il.

Il jeta l'éponge par terre, et le sang éclaboussa le sol de gouttelettes incarnates.

— C'est une ruse qui marche toujours.

— Colum n'est pas ici, déclara Kathryn d'un air de défi.

— Je le sais, mais nous devons respecter le rituel. Apportez-moi une coupe de vin et posez-la sur la table. Vous y ajouterez un peu de vinaigre, et, à côté, mettez un petit morceau de pain couvert de sel.

— Pourquoi ?

— Faites ce que je dis, femme, et n'oubliez pas que je garde Thomasina à l'œil.

Kathryn obéit. Elle versa du vin dans une coupe, y mélangea une goutte de vinaigre et plaça à côté un morceau de pain avec du sel.

— Voulez-vous boire un peu de vin? proposa-t-elle, pleine d'espoir.

Fitzroy avança et lui effleura doucement la joue.

— Vous êtes une femme courageuse, Kathryn, mais je ne suis pas sot. Vous me donneriez du vin avec une drogue pour m'endormir?

Kathryn essuya ses paumes moites de sueur à sa robe tout en soutenant le regard de l'Irlandais.

— Pourquoi voulez-vous tuer Colum? demanda-t-elle.

— Il n'aurait jamais dû accepter le pardon du roi anglais.

— Et pourquoi avez-vous tant tardé?

Fitzroy recula.

— Il ne vous a pas raconté, Kathryn? Je suis le quatrième que l'on envoie après lui. Les trois premiers ne sont jamais rentrés.

Il fit signe à Thomasina de se lever.

— A présent, vous deux, tournez-vous et regardez le feu.

Kathryn indiqua le pain et le vin.

— Ne vous inquiétez pas, sourit Fitzroy, Colum comprendra. Tournez-vous, maintenant!

Kathryn et sa servante n'avaient d'autre choix que d'obéir. Elles entendirent Fitzroy s'éloigner, puis le bruit de la porte qu'il refermait sur lui tandis qu'il disparaissait dans l'obscure ruelle. Kathryn se laissa tomber sur son tabouret.

— C'est bien la dernière fois que nous nous laissons prendre, Thomasina, murmura-t-elle.

La servante s'approcha et lui entoura les épaules de son bras. Kathryn tremblait.

— Non, Maîtresse, vous vous y laisserez reprendre. Si quelqu'un est vraiment blessé, vous ne lui fermerez pas votre porte sans lui venir en aide.

Elle alla dans la dépense et revint avec un verre rond plein de vin.

— Allons, fit-elle, câline, buvez lentement. Ah, ce maudit Irlandais ! Pourquoi a-t-il fallu qu'il nous apporte tout son lot d'ennuis ?

Kathryn avala une gorgée du breuvage.

— S'il était tué, Thomasina, s'il mourait...

Kathryn saisit la main de la servante et regarda par-dessus son épaule.

— Je crois que quelque chose en moi mourrait aussi.

— Sottises !

Thomasina se mit à aller et venir dans la cuisine, s'accroupit pour nettoyer le sang sur le plancher. Elle s'activait plus que nécessaire afin que Kathryn ne voie pas les larmes qui brillaient dans ses yeux.

— Fichu Irlandais ! Ah, maudits soient tous les hommes !

Thomasina épuisa enfin son chapelet de jurons. Avec Kathryn, elle éteignit le feu et les chandelles, et toutes deux s'en furent se coucher. Le vin aidant, Kathryn dormit d'un sommeil sans rêve.

Ce fut Wuf qui l'éveilla tôt, le lendemain matin. Le garçonnet courait dans l'escalier, jouant au chevalier, et il frappait la rambarde avec l'épée en bois que lui avait confectionnée Colum. Kathryn se lava et s'habilla avant d'aller déjeuner dans la cuisine. Agnes, avec sa bonne humeur coutumière, allumait le feu, sans prêter garde aux mines sombres de sa maîtresse et de Thomasina, qui ne disaient pas un mot.

Dieu merci, les patients, dont Torquil, le charpentier, arrivèrent tôt. Kathryn les soigna avec sa diligence et son savoir-faire habituels, écoutant leurs plaintes et s'efforçant de se concentrer sur son travail, évitant de regarder la coupe de vin et le morceau de pain salé. Thomasina proposa de les jeter.

— Garde-t'en, répliqua Kathryn. C'est un message destiné à Colum. Il décidera de ce qu'il convient de faire.

Elle continua à soigner ses patients. La jeune Edith arriva la dernière, et elle se tenait toujours le ventre. Kathryn, qui avait un peu pitié d'elle, lui donna une tisane assez coûteuse, faite avec de la rue, dont les feuilles vert-bleu donnaient un jus qui semblait calmer les maux de ventre.

Après le départ de la jeune fille, Kathryn se lava les mains et partit à pied à l'église Sainte-Mildred, déserte à cette heure. Kathryn fit brûler un cierge et s'agenouilla devant l'autel de la Vierge, comme son père le lui avait enseigné. Elle dit une prière pour le repos de l'âme du cher défunt et pria aussi pour recouvrer la paix de l'esprit. Les événements du château la troublaient toujours, et elle avait peur de ce que l'avenir réservait à Colum.

Elle éprouvait de la difficulté à se concentrer. Et si elle allait voir le père Cuthbert, à l'hospice des Prêtres Indigents ? Elle alluma un nouveau cierge avant de quitter l'église.

Au coin d'Ottemelle Lane, Rawnose se tenait au milieu d'un petit attroupement. Celui qui se voulait le héraut de la paroisse racontait les bruits et les rumeurs, comme à son habitude, mais, cette fois, Kathryn s'arrêta pour l'écouter.

— Oui, disait-il, et sa voix se raffermit, le rebelle Nicholas Faunte a été capturé comme il tentait de traverser les marais du Kent. Avec cinq complices on les a conduits au Guildhall où ils passeront en jugement avant d'être pendus. Monsieur le duc de Gloucester est enchanté. Il a officiellement proclamé que, dès que Faunte serait mort, le roi rendrait ses privilèges à la ville.

Des cris de stupeur et des soupirs accueillirent cette déclaration, et Kathryn se hâta dans Ottemelle Lane. Elle ouvrit la porte avec tant de violence qu'elle faillit renverser Agnes occupée à répandre des joncs frais dans le couloir.

Colum se trouvait dans la cuisine. Il avait les traits tirés, et était constellé de boue de la tête aux pieds. Il regardait la coupe de vin et le morceau de pain salé, au centre de la table, et en détourna à peine les yeux à l'entrée de Kathryn. Près de l'âtre se tenaient Thomasina et Wuf, ce dernier étrangement silencieux. Tous deux observaient l'Irlandais avec des yeux ronds, attendant sa réaction.

— Vous savez la nouvelle, Maîtresse Swinbrooke ?

Fixant toujours le centre de la table, Colum repoussa ses cheveux en bataille, avant de déboucler son ceinturon qu'il jeta sur le sol, à côté de lui.

— Oui, j'ai entendu la nouvelle, répliqua Kathryn, qui s'assit face à lui. Et Thomasina vous a parlé de notre visiteur, j'imagine ?

A cet instant, Colum se pencha en avant et d'un geste violent fit voler la coupe et le pain.

— Le Diable l'emporte ! hurla-t-il. Que Satan s'empare de son âme noire !

Wuf se mit à pleurer en se serrant contre Thomasina. Kathryn indiqua d'un mouvement de tête à la servante d'emmener l'enfant hors de la pièce. Thomasina ne se le fit pas dire deux fois, tandis qu'Agnes continuait à disperser des joncs dans le couloir, comme si elle redoutait de pénétrer dans la cuisine.

— Que signifie tout cela, Colum ? demanda Kathryn.

L'Irlandais la regarda : ses yeux étaient rouges et soulignés de cernes noirs. Il se gratta le menton.

Kathryn répéta sa question, puis ajouta :

— Fitzroy a dit qu'il était le quatrième homme que l'on envoyait après vous.

— C'est vrai, soupira Colum. J'ai rendu au Diable les trois autres.

Il indiqua la coupe tombée sur le sol.

— Quant à ceci, c'est leur manière de prévenir. La coupe de l'amertume et le pain des larmes.

L'Irlandais eut un sourire triste.

— Fitzroy a voulu m'indiquer ainsi que ma mort était très proche.

— Avez-vous peur ? demanda Kathryn, qui s'en voulut tout de suite de poser pareille question.

Se redressant, Colum appuya ses coudes sur la table, les mains devant la bouche, et il posa un regard singulier sur la jeune femme.

— Peur ? Peur de Fitzroy ? Non, je n'ai pas peur, Kathryn. Je suis en colère parce que c'est ici qu'il a laissé son infâme message. J'aurais eu plus de respect pour lui s'il était venu à Kingsmead. Mais c'est ainsi qu'est Fitzroy : il a toujours eu un côté bravache. Croyez-moi, pour cette raison, je le tuerai. Je ne sais ni quand ni comment, mais je le tuerai !

Colum ne voulut pas en dire plus. Thomasina reparut et, sans y avoir été invitée, lui servit du pain, du fromage et une cruche de bière. Une fois restauré, l'Irlandais monta se laver, se raser et se changer, et, quand il redescendit, c'était un autre homme. Il semblait presque heureux. Kathryn comprit que la visite de Fitzroy était une affaire réglée et que Colum désirait lui raconter la capture de Faunte.

— Il a été trahi, expliqua l'Irlandais qui s'était

assis au coin du feu pour chausser ses bottes. Il n'avait plus que six soldats avec lui. L'un d'eux a envoyé un message à un puissant bourgeois de Londres, proposant de trahir Faunte à condition que lui-même soit gracié. Nous avons pris notre homme au moment où il sortait de la forêt. Nous avons fondu sur lui comme des faucons sur un pigeon. Les fuyards voulaient rejoindre un port. Ils se sont rendus sans se battre.

— Où sont-ils, maintenant ? demanda Kathryn.

— Au Guildhall. Faunte s'y trouve avec ses cinq complices. On doit les passer en jugement à midi, et ils seront pendus à une heure. Faunte, en tout cas. Quant à celui qui les a trahis, il a déjà été gracié et relâché.

Colum fit un clin d'œil à Kathryn.

— Je veux que vous veniez avec moi là-bas. En vérité, c'est le duc qui y tient.

— Pourquoi ? s'étonna Kathryn. Colum, Faunte a-t-il des nouvelles de Wyville ?

— Il vaut mieux que vous veniez avec moi, répéta Colum.

Après avoir donné ses instructions à Thomasina, Kathryn se prépara à la hâte tandis que Colum s'en allait chercher leurs montures à l'auberge en haut de la rue. Puis ils partirent.

Ils n'étaient pas arrivés à mi-hauteur de Hethenman Lane lorsque Kathryn se rendit compte que toute la ville connaissait la nouvelle de la capture de Faunte. Et quand ils furent dans la Grand-Rue, il s'y pressait déjà une foule très dense. Colum dut se frayer un chemin au milieu des gens qui se bousculaient devant le Guildhall, jusqu'aux marches du bâtiment. Devant celui-ci se tenaient une armée de soldats aux couleurs de Gloucester. Les hommes étaient en armes et portaient leurs coiffures en métal de forme conique et des hauberts, tandis que les archers arboraient leurs vestes en cuir à capuchon vert. En haut des marches étaient postés trois hérauts, chacun tenant une bannière aux couleurs de l'Angleterre, d'York et de Gloucester. L'un des écuyers de Gloucester se tenait à l'entrée du Guildhall, un homme aux paupières lourdes, au beau visage, qui se présenta comme Lord Francis Lovell. Il conduisit les nouveaux venus dans un couloir envahi de serviteurs, soldats et chambellans.

Gloucester se trouvait dans la salle supérieure du Conseil. Il était assis à la longue table de chêne poli qui d'ordinaire servait aux magistrats de la ville, et s'entretenait à voix basse avec Gabele et Fletcher, tandis qu'à une extrémité de la table Luberon, très affairé, préparait des parchemins, de l'encre et de la cire à cacheter pour le procès qui se préparait.

Dès qu'il vit Colum, Gloucester congédia les deux soldats et fit signe à Kathryn et à l'Irlandais d'avancer. Puis, se levant en se tenant un peu de guingois, comme toujours, il serra fermement la main de Colum et, d'un geste rapide et saccadé, porta les doigts de Kathryn à ses lèvres.

— Maîtresse Swinbrooke, dit-il, quel plaisir de vous revoir !

Kathryn sourit, mais elle n'était pas rassurée : avec sa cotte de mailles et son camail, Gloucester, qui n'était pas rasé et semblait las, paraissait bien plus dangereux que le courtisan policé qu'elle avait rencontré à Londres. Le duc s'assit et tambourina de ses doigts sur la table.

— Nous sommes très, très satisfaits de vous, Colum, déclara-t-il en examinant l'Irlandais de ses yeux verts semblables à ceux d'un chat. Sans votre connaissance parfaite des routes, Faunte aurait pu nous échapper. Oh, oui, il l'aurait pu ! A présent, il va passer en jugement. Vous, Maîtresse Swinbrooke, serez témoin au procès, et notre loyal serviteur Luberon le clerc et moi-même serons les juges de Faunte, aux termes des lettres qu'a envoyées mon bon frère le roi. Vous, Maître Murtagh, vous serez mon assistant, tout comme mes écuyers, Lovell, Catesby et Ratcliffe.

Devant le regard incrédule de Kathryn, le duc reprit plus sèchement :

— Je sais ce que vous pensez, Maîtresse, pas de jugement avec jury. Mais c'est la guerre. Faunte est un traître et un rebelle. Quand je l'ai traqué ce matin, je brandissais la bannière du roi d'Angleterre, et il a fui, ce qui est un acte de trahison. Il sera jugé selon les lois de la guerre et condamné. A présent...

Le duc se leva et, les mains sur la table, se pencha en avant, ses yeux devenus durs et froids.

— A présent, reprit-il, parlons de l'affaire de l'Œil de Dieu, Irlandais. Vous ne l'avez pas trouvé ! Mais patience... Vous êtes autorisé à exhumer le corps de Brandon.

— Cependant, qui pourra l'identifier ? interrogea Colum.

La bouche de Gloucester se retroussa en un sourire tandis que ses yeux se portaient sur Kathryn.

— Allez parler à Faunte et à ses compagnons, dit-il. Nous sommes miséricordieux. Faunte doit mourir, mais les autres peuvent être épargnés. Et vous, Maîtresse Swinbrooke, profitez-en pour demander à Faunte et à ses hommes des nouvelles d'Alexander Wyville.

Kathryn pâlit.

— Non, reprit-il doucement, n'ayez pas peur. Qu'ils vous disent seulement ce qu'ils savent.

Le duc se rassit et ordonna au capitaine de sa garde de conduire Kathryn et Colum dans les geôles souterraines du Guildhall.

Quelques minutes plus tard, tous deux pénétraient dans le cachot puant de Faunte. C'était une pièce minuscule et étroite, sans grille ni fenêtre, qu'éclairait chichement une unique torche accrochée en haut du mur sur un support rouillé. Nicholas Faunte, qui avait naguère occupé la haute fonction de maire de Cantorbéry, était maintenant affalé sur le grabat qui lui servait de couche. Kathryn se souvenait de l'homme, quand il vivait des jours meilleurs, et elle avait du mal à croire qu'il s'agissait du même Faunte. Elle prit place avec Colum sur des tabourets que leur apporta le garde. Le visage de Faunte disparaissait presque sous sa barbe et ses cheveux en bataille. On ne voyait guère que ses joues malpropres et ses yeux au regard triste. Il était vêtu de haillons et avait les mains et les chevilles entravées par des chaînes et des menottes. Chaque fois qu'il remuait, celles-ci cliquetaient, et Kathryn sentit son cœur s'étreindre en voyant la courte chaîne qui reliait l'entrave des chevilles à celle des mains. Elle empêchait l'homme de se tenir droit, l'obligeant à se pencher en avant, et l'on aurait dit qu'il était bossu et contrefait.

Faunte fixa Colum et détourna les yeux.

— Qu'est-ce qui vous amène, Irlandais? marmonna-t-il. Êtes-vous ici pour vous moquer de moi ou pour me torturer?

Maladroitement, il porta ses deux mains entravées à une contusion qu'il portait au-dessus de l'œil gauche.

— Ce coup-là était inutile, murmura-t-il encore.

— Je suis désolé, dit Colum.

— Ils me l'ont fait en m'amenant ici, expliqua Faunte.

Kathryn nota alors le sang qui écumait à ses lèvres. Colum se tourna pour appeler le gardien.

— Apporte une outre de vin ! ordonna-t-il.

L'homme allait refuser, mais Colum tonna :

— Fais ce que je te dis ou tu seras de corvée aux latrines un mois durant.

Le gardien haussa les épaules et disparut en hâte. Il revint avec ce qui lui était demandé. Alors Colum souleva doucement la tête du prisonnier et approcha l'outre de ses lèvres. Faunte but avidement, puis s'étouffa et toussa.

— Laissez-la auprès de moi, supplia-t-il quand Colum écarta la gourde. Je vous en prie, en partant, laissez-la-moi ! Personne ne devrait mourir sobre.

Colum cala la gourde au pied de son tabouret et Faunte se tourna vers Kathryn.

— Qui est cette dame et pourquoi se trouve-t-elle ici ?

— Je m'appelle Kathryn Swinbrooke, et mon père était médecin à Ottemelle Lane.

— Swinbrooke ?

Faunte renversa la tête en arrière.

— Oui, je me souviens de lui. Il était bon médecin. Et vous êtes sa fille ?

Il toussa.

— Je ne vous ai pas nui, me semble-t-il ?

— Non, monsieur, répliqua Kathryn. Mais vous avez peut-être connu mon mari, Alexander Wyville, apothicaire de son métier. Il vous a suivi, au début de l'année.

— Ah, les jours glorieux, soupira Faunte, désenchanté. J'ai vraiment cru que Warwick l'emporterait à Barnet. Dites-moi, comment était votre mari ?

— Grand et blond, avec un petit nez, et une tache de naissance sur la joue. Il était toujours rasé de près.

Faunte secoua la tête.

— Ils furent si nombreux à me suivre, et tant sont morts ! Mais attendez, il était apothicaire ? Oui, je me souviens de lui.

Faunte se frotta le visage, et ses chaînes cliquetèrent.

— Il se trouvait deux hommes en lui : lorsqu'il était sobre, c'était un bon soldat, propre et courageux, mais quand il avait bu, c'était un triste personnage. J'ai dû le semoncer juste après notre départ de Cantorbéry. On le soupçonnait d'avoir attaqué une femme.

Faunte secoua la tête.

— L'homme semblait secret et sournois. Mais il ne se faisait pas appeler Wyville, mais Robert... oui, Robert Lessinger.

Kathryn sentit son estomac se nouer.

— Lessinger ? Vous en êtes sûr ?

— Oui, pourquoi ?

— C'était le nom de sa mère.

— Eh bien, c'est ainsi qu'il disait s'appeler, et avant que vous ne posiez la question, non, Maîtresse, je ne sais pas s'il a survécu ou s'il est mort. Il était dans ma troupe à Barnet, mais après...

Faunte fit entendre un petit ricanement de dérision.

— Après la bataille, ils ont tous détalé comme des lapins, et Lessinger en a fait autant.

— Avez-vous connu Brandon ? demanda Colum à brûle-pourpoint.

— L'écuyer de Warwick ?

— Lui-même. L'avez-vous vu à Barnet ?

Faunte haussa les épaules.

— De loin seulement. Pourquoi ? Il a été pris avec ses pauvres compagnons ?

— Ses compagnons ? s'étonna Kathryn.

— Quand Warwick est tombé, tout le monde a crié « Sauve qui peut ! », avant de s'enfuir. Avec mes hommes, nous avons trouvé refuge dans les bois. Quelques jours après la bataille, on nous a alertés qu'une troupe de cavaliers se trouvait par là, aussi avons-nous monté une embuscade. Nous pensions que ces hommes nous cherchaient, mais ils portaient les couleurs de Warwick : c'était Moresby, Brandon, et quatre autres soldats.

— Quatre ? demanda Colum.

— Oui, et je n'avais rien à faire avec eux. Demandez à Philip Sturry, l'un de mes camarades, qui se trouve dans un cachot non loin d'ici. Sturry, Moresby et Brandon ont parlé ensemble. L'écuyer a confirmé la mort de Warwick, et il a dit qu'il espérait rejoindre Cantorbéry. Avec ses amis, ils voulaient passer à travers bois jusqu'à Harbledown.

Faunte haussa les épaules.

— Voilà, je ne sais rien de plus.

Colum hocha la tête et aida Kathryn à se remettre debout.

— Je suis désolé, dit-il au prisonnier en lui tendant l'outre de vin. Puis-je faire quelque chose pour vous ?

— Y a-t-il une chance que je sois gracié ? demanda Faunte.

Colum secoua la tête, et Faunte serra contre lui l'outre de vin.

— Dans ce cas, saluez le soleil pour moi, et buvez à ma santé par un beau soir d'été. Oh, et demandez à Gloucester qu'il m'envoie un prêtre.

CHAPITRE X

Sturry et les autres compagnons de Faunte étaient entassés dans le cachot contigu. Ils semblaient de bonne humeur et soulagés que leurs épreuves et leurs errances soient terminées. Ils avaient le ferme espoir que, contrairement à leur chef Faunte, ils ne paieraient pas de leur vie leur opposition au roi.

Sturry était un petit homme bavard au regard vif, et il eût été blond sans la boue et la crasse qui collaient à ses cheveux. Comme Faunte, il avait une barbe et une moustache broussailleuses. Ses compagnons et lui n'étaient pas natifs de Cantobéry, mais de villages et de petites villes plus au nord, si bien qu'aucun d'eux ne reconnut Kathryn, pas plus qu'elle ne les reconnut.

Colum commença par les rassurer, leur disant que tout irait bien pour eux, et que Richard de Gloucester ne leur ferait pas payer le prix fort pour leur trahison.

— En vérité, ajouta-t-il, si vous nous aidez dans l'enquête que nous menons présentement, Dieu sait ce que notre bon duc pourrait décider à votre sujet.

Sturry se gratta la barbe et déclara :

— Nous ne témoignerons pas contre Faunte.

Nous avons beau être vaincus, Maître Murtagh, nous ne trahirons pas pour autant nos amis.

— Il n'en est pas question, répliqua Colum. Ce qui nous intéresse, c'est votre rencontre avec Moresby et ses hommes, après la défaite de Warwick à Barnet.

Sturry eut un large sourire.

— Allons donc, Irlandais, parlez franchement. C'est ce qu'avaient ces hommes avec eux qui vous préoccupe.

— Parlez-m'en, ordonna Colum.

Sturry secoua la tête.

— J'ignore ce que c'était, mais Brandon et Reginald Moresby, le capitaine de la garde de Warwick, faisaient un tas de mystères sur quelque chose dont ils avaient la garde.

Le prisonnier tira sur sa chaîne qui lui blessait les poignets.

— Inutile d'avoir étudié à Oxford pour savoir que deux et deux font quatre. Brandon et Moresby ne quittaient jamais des yeux leur besace. En outre, ils venaient d'éviter les patrouilles yorkistes et n'avaient qu'une hâte : rejoindre Cantorbéry sans se faire prendre.

Sturry lança un regard rusé à Colum.

— Qu'y avait-il dans cette besace ? Quelque joyau ayant appartenu à feu le comte ?

Colum haussa les épaules.

— Brandon et Moresby ont-ils dit autre chose ? demanda Kathryn.

— Ils maudissaient le sort, qui leur avait été contraire, à eux et à Warwick. Ils ont dit qu'ils voulaient se rendre à Cantorbéry faire là-bas ce qu'ils avaient à faire, puis ils se cacheraient à nouveau dans les bois, à moins qu'ils ne s'embarquent pour l'étranger.

— A quoi ressemblait Brandon ?

— C'était un homme cultivé, diplomate et accommodant, admit Sturry non sans réticence. D'aspect, il était vigoureux et blond. Mais le vrai chef du groupe était Moresby. C'est lui qui commandait les autres.

— Qui étaient ces autres ?

— Des écuyers de Warwick.

Kathryn s'accroupit, s'efforçant de ne pas montrer combien l'odeur nauséabonde du cachot lui soulevait le cœur.

— Moresby et Brandon ont-ils précisé la route qu'ils prendraient pour entrer dans Cantorbéry ?

— Non. Ils ont seulement dit qu'ils passeraient par la forêt afin de se cacher pendant le jour et de chevaucher la nuit. Ils avaient déjà décidé de se mettre à l'abri à Sellingham. Vous connaissez l'endroit, Maîtresse ?

Kathryn hocha la tête.

— C'est un village abandonné, à dix miles au nord de Cantorbéry. Il s'y trouve une vieille église et des ruines. La peste a décimé la population.

Sturry opina.

— En effet. C'est là que Brandon voulait se rendre, et Moresby nous a proposé de nous joindre à eux, mais Faunte n'a pas voulu. Après cela, ils ont repris leur route.

Colum et Kathryn remercièrent le prisonnier et se préparèrent à partir.

— Irlandais, demanda Sturry, vous parlerez à Gloucester en notre faveur ?

— Promis.

— Et, pour l'amour du Ciel, demandez qu'on nous donne de l'eau et de quoi manger.

Colum promit de faire ce qu'il pourrait. En quittant les cachots, il demanda comme une faveur personnelle au capitaine de la garde de nourrir les prisonniers.

Ils regagnèrent la salle du Guildhall où Gloucester achevait de préparer son tribunal de guerre. Il fit signe à Colum de prendre un siège vacant et présenta ses écuyers. Kathryn leur jeta un regard rapide. C'étaient de vrais guerriers, avec leurs visages durs et leurs yeux méfiants. Une compagnie de faucons réunis pour rendre leur jugement : Faunte n'obtiendrait pas grande miséricorde de leur part.

L'un d'eux déclara :

— Nous devrions commencer. Monseigneur a dit que Faunte serait pendu dans l'heure.

Colum se leva et frappa sur la table.

— Si Monseigneur m'y autorise, j'aimerais lui soumettre une requête.

Gloucester hocha la tête.

— Faunte est un traître, dit l'Irlandais, mais je supplie Monseigneur de montrer de la pitié pour ceux qui l'ont suivi. Sturry en particulier, qui pourrait nous aider dans une autre affaire.

Gloucester se tourna à demi pour regarder Colum avec attention.

— Monseigneur, vous vous souvenez peut-être que votre frère a pour politique d'exécuter les chefs mais de montrer de la clémence envers leurs hommes.

Gloucester leva une main gantée de vert, et la bague à son doigt scintilla dans le pâle soleil. Il fit signe à Colum d'avancer. L'Irlandais obéit et se pencha sur le fauteuil à haut dossier où le duc était installé. Ce dernier lui murmura quelque chose à l'oreille. Colum lui répondit. Le prince hocha la tête, chuchota encore quelques mots avant de congédier l'Irlandais d'un claquement de doigts.

— Faunte passera en jugement, déclara-t-il un instant après en se redressant sur son siège. Les autres resteront un mois en prison avant d'être libérés et graciés, à condition que leurs familles paient une amende de cent marks. Sturry cependant fera exception : il sera libéré, sous votre garde, Irlandais, et s'il se revèle utile, alors il sera complètement libre.

Peu après, le procès de Faunte commença. Le prisonnier, que l'on n'avait pas débarrassé de ses chaînes, fut traîné dans la salle. Luberon lut les chefs d'accusation d'une voix forte, et Kathryn ne put s'empêcher d'admirer le courage de l'ancien maire. Sans nier aucun des faits qui lui étaient reprochés, il déclara :

— J'ai combattu pour l'Oint du Seigneur, Henri VI, que Dieu le garde, roi d'Angleterre par la volonté du Seigneur. Si je dois mourir, ajouta-t-il avec un sourire, eh bien, que je meure à son service. Jamais roi n'eut plus fidèle serviteur que moi.

Kathryn observa tous les détails du protocole tandis que le procès s'acheminait vers son inéluctable conclusion. Il dura tout au plus une demi-heure, puis Luberon prit une pièce de soie noire et la posa méticuleusement sur la tête de Gloucester.

— Nicholas Faunte, déclara alors celui-ci, vous êtes reconnu coupable de trahison, car vous avez porté les armes contre votre souverain de droit, Édouard IV, roi d'Angleterre, d'Irlande, d'Écosse et de France. A présent, écoutez la sentence de ce tribunal !

La voix de Gloucester se fit caverneuse.

— Vous partirez d'ici dans un tombereau qui

vous conduira sur le lieu légal de votre exécution. Là, vous serez pendu, puis écartelé. Vous serez étripé, puis décapité, et l'on fera porter les morceaux dans des lieux du royaume qu'indiquera le roi. Que Dieu ait pitié de votre âme !

En entendant la terrible sentence, Faunte avait pâli.

— Je demande la clémence du tribunal.

— Pas de pitié ! rugit l'un des écuyers de Gloucester.

Le duc leva une main pour demander le silence, et le condamné demanda :

— Qu'adviendra-t-il de ma famille ?

— Nous ne nous battons pas contre les femmes et les enfants, répliqua Gloucester.

Faunte leva ses mains menottées.

— Je demande un prêtre pour m'entendre en confession, dit-il avant de s'exclamer : Je suis de noble naissance ! Je supplie que l'on épargne à mon pauvre corps les indignités stipulées dans la sentence. La mort est un châtiment suffisant !

— Refusé ! crièrent tous les écuyers en chœur.

Colum regarda Kathryn, qui soutint son regard sans ciller. Il leva alors la main pour demander la parole, que Gloucester lui accorda d'un signe de tête.

— Faunte s'est montré très coopératif quand je lui ai posé certaines questions, Monseigneur.

Gloucester fixa l'Irlandais de son regard de marbre.

— Il était très apprécié dans la région, poursuivit Colum après un soupçon d'hésitation. Une grande miséricorde est le propre d'un grand prince.

Gloucester repoussa les documents devant lui.

— Que Faunte soit seulement pendu, déclara-t-il.

Il s'adressa au capitaine de sa garde :

— Faites appeler un prêtre pour le traître. Et quand il se sera confessé, emmenez-le et qu'on le pende !

La séance était levée. Pendant que Gloucester et ses écuyers se concertaient, Colum rejoignit Kathryn, qui était pâle et tendue. Elle lui pinça le bras.

— Vous avez bien agi.

L'Irlandais la regarda sans comprendre.

— Pourquoi ? Parce que j'ai obtenu que la peine soit commuée en une sentence moins lourde ?

Colum promena son regard alentour, avant de reprendre la parole en baissant la voix :

— Je souhaiterais vraiment que le mérite m'en revienne, mais c'est Gloucester qui m'a ordonné de plaider la cause de Faunte. Traiter comme il a été dit le corps d'un homme qui a joui de popularité auprès des gens de la ville aurait pu réveiller les sympathies à son endroit.

L'Irlandais détourna les yeux et ajouta :

— Aucun des écuyers de Gloucester n'a voulu le faire, voilà pourquoi on m'en a chargé. A présent, partons !

Il sortit de la salle à la suite de Kathryn. Dans l'escalier et les couloirs, des soldats étaient massés pour regarder Faunte que l'on descendait une dernière fois dans son cachot, suivi par un moine franciscain vêtu d'une bure brune.

— Pourquoi l'odeur de la mort agit-elle comme un excitant sur les gens ? murmura Colum.

Passant son bras sous celui de Kathryn, il l'entraîna jusqu'au milieu du couloir. Là, il ouvrit la porte d'un minuscule cabinet d'écriture qui était désert, les clercs ayant rejoint la foule dans la rue, attendant que Faunte sorte.

— Qu'en pensez-vous ? demanda l'Irlandais à la jeune femme.

— Gloucester ferait un terrible ennemi.

Colum sourit.

— Non, je me demandais ce que vous pensiez de ce que nous avons appris.

Kathryn leva les yeux sur les encadrements de fenêtres poussiéreux, et nota au passage les énormes toiles d'araignées dans un coin ainsi que les tables tachées d'encre.

— Il faut que nous exhumions le corps de Brandon, Colum, dit-elle. Pourtant, la description qu'en a donnée Sturry correspond tout à fait au prisonnier du château de Cantorbéry.

— Et quoi d'autre ?

Kathryn pinça les lèvres, un peu gênée. Elle se trouvait si rarement seule avec Colum dans une pièce ! Elle revit par la pensée ces hommes au regard dur qui venaient de condamner à mort Faunte, et réalisa alors combien elle était différente de l'Irlandais. Tous deux venaient de mondes éloignés. Thomasina avait peut-être raison : Chaddedon, lui, appartenait au même univers que celui de Kathryn. Colum, en revanche, était un combattant habitué à côtoyer la mort, les brutalités, la dureté...

Kathryn entendit des rugissements dehors : sûrement Faunte s'était confessé, et on le sortait pour le conduire au gibet de fortune hâtivement dressé sur la place de Buttermarket.

— Qu'avez-vous appris d'autre ? insista Colum.

— A n'en pas douter, Gloucester voulait la mort de Faunte, mais l'Œil de Dieu semble revêtir une importance particulière. Quel secret récèle-t-il ?

Colum lui lança un regard incisif.

— Et Lessinger ?

— Pour moi, répliqua Kathryn, il restera toujours Alexander Wyville.

Elle se mordilla la lèvre.

— Peu m'importe la façon dont il se fait appeler, et où il est. S'il reparaît, je l'affronterai.

Elle fit tourner l'anneau à son doigt.

— A chaque jour suffit sa peine, murmura-t-elle, fixant les particules de poussière qui dansaient dans la lumière que déversait la fenêtre à meneaux.

Colum, qui était appuyé à une table, se redressa et ouvrit la porte.

— Partons, dit-il. Sturry va être libéré. Il se lavera, se rasera et passera des vêtements propres pendant que nous nous rendrons au château afin de sortir ce pauvre Brandon de sa tombe.

Ils redescendirent et étaient sur le point de quitter le Guildhall quand Kathryn aperçut un éclat de cheveux rouges : Megan venait à leur rencontre en courant, criant le nom de Colum à pleins poumons.

— Que voulez-vous, femme ?

— C'est Pul... Pul...

La rousse essayait de prononcer le nom du cheval.

— Pulcher ! gronda Colum.

— Oui, il s'est échappé. Il n'y avait plus d'homme à Kingsmead, alors je l'ai suivi jusqu'à la potence, à la croisée des chemins, mais...

Megan eut un geste fébrile de la main, tandis que ses yeux verts paraissaient s'agrandir encore dans son visage très pâle.

— Bien sûr, grommela Colum, tous les hommes sont à Cantorbéry. Il ne reste à Kingsmead que les femmes et les enfants. Venez, Kathryn.

Ils traversèrent Burgate, et Megan, qui trottinait à côté d'eux, ne cessait de parler du cheval, disant et répétant combien il était ombrageux. Kathryn lança un rapide regard, par-dessus la foule massée sur la place, vers Buttermarket : elle aperçut le bourreau dans sa robe noire et le haut gibet dressé derrière lui. Faunte était appuyé contre l'échafaud, et il s'adressait à la foule, mais Kathryn ne pouvait entendre ce qu'il disait.

Colum lui fit presser le pas. Ils récupérèrent leurs chevaux dans une écurie non loin, et, prenant Megan en croupe, Colum se sépara rapidement de Kathryn.

— Je règle cette affaire, dit-il. Allez chercher Sturry à son cachot du Guildhall, et nous nous rendrons ensemble au château.

Sur ces mots, il prit ses rênes et ajouta :

— Je vous en conjure, Kathryn, soyez prudente ; n'ouvrez votre porte à personne.

Kathryn promit, et ignora le sourire mauvais de Megan, qui étreignait vivement Colum par la taille. Elle les regarda s'éloigner, puis elle fit tourner son cheval et prit une étroite ruelle qui rejoignait Whitehorse Lane. Dans son dos, la clameur de la foule se tut quelques instants. Kathryn crut entendre le bruit de l'escabeau de la potence que l'on retirait, suivi aussitôt de la clameur de la foule satisfaite. Pourquoi le spectacle de la mort violente déchaînait-il ainsi les gens ? Kathryn se remémora les mots de son père : « Ne l'oublie jamais, Kathryn, nous sommes mi-anges, mi-bêtes. Hélas, ce second aspect prévaut souvent. »

Kathryn étouffa un soupir. Pourvu que Colum soit en sécurité ! Elle s'efforça de ne pas penser à l'air déluré qu'avait affiché Megan, quand l'Irlandais l'avait prise en croupe, ses cheveux roux volant dans la brise. Ils se rendraient à la croisée des chemins, près de l'ancienne potence... Kathryn s'immobilisa, son estomac brusquement noué de frayeur.

— Oh, mon Dieu, souffla-t-elle, mon Dieu ! Qu'a donc dit Rawnose sur ces voix désincarnées à la croisée des chemins ? Une sorcière avec des cheveux de feu ? Et Colum que l'on attire là-bas !

Kathryn fit pivoter son cheval et, l'éperonnant, s'élança vers la Grand-Rue. La foule y serait encore, aussi la jeune femme perdit un temps précieux à chevaucher dans des ruelles et des venelles qui débouchaient dans Hethenman Lane. Là, elle tourna à gauche vers l'église de Tous-les-Saints, puis remonta Kingsbury jusqu'à Saint Peter's Street, et prit vers Westgate et le pont qui traversait la rivière Stour. La jeune femme n'était pas la meilleure des cavalières, et la foule dans les rues ralentissait sa course. A plusieurs reprises on lui lança des insultes, parfois même de la boue, mais elle atteignit enfin Westgate, puis Dunstan Street, et, de là, prit la route du nord qui suivait les chemins menant à Kingsmead.

Elle dépassa le manoir, paisible dans le soleil de cette fin d'après-midi. Très vite elle abandonna l'idée d'aller y demander du renfort et se prit à regretter amèrement que Wuf et Thomasina ne soient pas avec elle.

Colum et Megan n'étaient nulle part en vue ; l'Irlandais, qui était excellent cavalier, avait certainement chevauché beaucoup plus vite. Un paysan cependant, qui creusait des fossés au-delà du manoir, déclara avoir vu le soldat et une femme aux cheveux roux qui se dirigeaient vers le carrefour des routes. Il assura à Kathryn qu'elle était sur la bonne piste.

— On dirait que tout le monde a rendez-vous là-bas, dit l'homme.

Et comme Kathryn lui lançait un regard étonné, il précisa :

— Une heure avant le cavalier et sa rousse, un autre homme est passé, un homme à l'air bizarre, avec un bandeau sur l'œil.

Kathryn pressa l'allure. Juste avant un tournant, elle sauta à terre, entrava son cheval, puis marcha sans bruit au bord de la route, se cachant à l'ombre de la haie sauvage. Elle vit bientôt le haut du vieux gibet et s'en approcha sans bruit.

Colum n'était qu'à quelques pas de Fitzroy, qui brandissait son arbalète chargée. Megan gisait affalée dans l'herbe, à côté de Fitzroy, et se tenait le visage dans les mains, en gémissant. Avec son arbalète brabantine, Fitzroy semblait provoquer Colum et il lui criait de ne pas bouger chaque fois que l'Irlandais faisait mine d'approcher. Kathryn écarquilla les yeux, affolée.

— Il va le tuer, murmura-t-elle, et si j'interviens nous risquons de mourir tous les deux. Que faire ? Oh, Ciel, que puis-je faire ?

La jeune femme ferma les yeux pour marmonner une prière, puis elle sauta sur ses pieds en hurlant :

— Arrêtez, Fitzroy !

La ruse réussit. Fitzroy, surpris, leva les yeux vers le chemin, et Colum en profita pour bondir sur lui, faisant voler son arc dans les airs. Tous deux roulèrent à terre en un corps à corps brutal. Fitzroy réussit à se débarrasser de Colum et se releva. Il courut aussitôt prendre la grande épée à deux poignées posée contre le gibet. Colum en profita pour dégainer la sienne, pendant que Kathryn accourait vers les deux hommes. Mais ceux-ci avaient déjà commencé leur danse de mort, armes dressées à hauteur de la poitrine, jambes légèrement écartées.

Fitzroy reprit son souffle et lança :

— Alors, Colum, *ma fiach*, nous revoilà comme les gamins que nous étions autrefois, hein ? Te souviens-tu de nos épées, des épées de bois que brandissaient deux garçons en guenilles quand ils se prétendaient de preux chevaliers ?

Colum ne broncha pas, se contentant de murmurer :

— Dieu me pardonne, Padraig, je vais te tuer !

— Tu es pardonné.

Sur ces mots, Fitzroy passa à l'attaque, brandissant son épée en avant, visant le cou de Colum. Celui-ci eut un mouvement de feinte, et, durant les instants qui suivirent, le silence de la forêt résonna du claquement et du sifflement de l'acier. Kathryn se tenait impuissante, seulement capable de regarder. Elle regrettait de ne pas avoir une dague : chevalerie ou pas, c'était une lutte à mort ! Fitzroy voulait tuer Colum, et il était assez impitoyable pour ne pas laisser de témoin derrière lui.

Murtagh, lui, fit preuve de maladresse, au début de ce duel, mais à mesure que la danse de mort se poursuivait, il prit confiance en lui et son habileté lui revint. Pas une fois il ne bougea de l'emplacement qu'il s'était fixé, provoquant sans arrêt son ennemi. Parfois les lames des deux épées s'entrechoquaient comme des langues de serpent, parfois elles touchaient leur but, blessant légèrement les deux hommes couverts de sueur.

Megan se redressa, tenant son visage gonflé, là où Fitzroy l'avait frappée.

— J'ai mal, gémit-elle, si mal !

— Taisez-vous, garce stupide, siffla Kathryn, sinon gare à ce que je vous ferai ! Et vous pleurerez pour quelque chose !

Megan se tut, penchant la tête entre ses genoux, tandis que les deux hommes reprenaient leur souffle. Le poids de leurs armes commençait à les fatiguer et de grosses gouttes de sueur ruisselaient sur leur visage. Puis le choc des épées reprit. Colum se tourna de côté, bras levés, sa lame à hauteur des yeux. Fitzroy avança. Kathryn vit à peine ce qui suivit. Murtagh fondit sur son adversaire, dont il sectionna nettement la gorge d'un seul mouvement de son arme. La tête tomba dans l'herbe telle une balle, en même temps qu'un flot de sang jaillissait du cou tranché. Kathryn se détourna et s'accroupit dans l'herbe, afin de lutter contre la terreur qui la terrassait. Elle sentit alors des doigts se crisper dans ses cheveux et leva les yeux : Colum, appuyé sur le manche de son épée, cherchait son souffle.

— Je vous l'ai déjà dit, fit-il, haletant, vous êtes une fille courageuse, Maîtresse Swinbrooke, et celui qui dira le contraire est un menteur.

Kathryn regarda le corps décapité. Le sang noir qui s'en écoulait formait une mare qui commençait à se figer sur l'herbe.

— Qu'il repose en Dieu ! souffla Colum. Jusqu'à ce que la haine s'empare de son cœur, c'était un homme de bien.

Il jeta son épée et s'accroupit à côté de Kathryn.

— C'est la faute du démon qui gît dans nos âmes. Nous tuons d'abord pour nous défendre, puis certains y prennent goût et ont un appétit de mort insatiable.

Il s'essuya le visage sur la manche de son justaucorps.

— Ou, comme le dit Chaucer : « Oh, traître homicide, oh, perversité ».

Kathryn se pencha en avant et tapota les joues de son compagnon avec un mouchoir.

— Si vous citez Chaucer une fois de plus, c'est moi qui vous couperai la tête, Irlandais.

Elle se remit debout, en prenant de profondes inspirations. Colum, qui haletait toujours, se redressa à son tour.

— Laissons là Fitzroy, grommela-t-il. J'enverrai chercher son corps pour qu'on l'enterre.

Megan approcha en se traînant sur ses genoux.

— Oh, Maître Murtagh ! gémit-elle.

Son visage reflétait une profonde terreur.

— Il m'a obligée ! pleura-t-elle. Il m'a convoquée ici, à la croisée des chemins, et il m'a dit que s'il ne vous tuait pas, c'est moi qu'il tuerait !

— Si je disais la vérité à Holbech ? marmonna Colum. C'est lui qui vous tuerait !

Il se détourna.

— Oh, par le Ciel, redressez-vous, femme ! Si vous ne dites rien à personne, je me tairai, moi aussi.

Il sourit.

— Je dirai peut-être à Holbech que Padraig Fitzroy vous a enlevée.

Son sourire s'élargit.

— Oui, ça me plaît bien, le preux chevalier volant au secours de la damoiselle en détresse. Comme le dit Chaucer...

Kathryn le foudroya du regard.

— Tant pis, cela n'a pas d'importance. Reprenons nos chevaux.

— Où est Pulcher ? demanda Kathryn.

Elle aida rudement Megan à se remettre debout et effleura sa joue tuméfiée.

— Baignez la contusion avec de l'eau d'hamamélis, et placez de la viande crue dessus. En quelques jours, vous redeviendrez aussi jolie et traîtresse qu'avant.

Colum gagna l'orée de la forêt, porta les doigts à sa bouche et émit un long sifflement : Pulcher et son cheval apparurent, calmes et parfaitement dociles, comme s'ils revenaient d'une agréable promenade. L'Irlandais examina avec soin son cheval favori.

— Je ne lui ai pas fait de mal, geignit Megan.

— Heureusement ! Sinon, je vous aurais tondue ! A présent, allons-y !

Il donna son cheval à Megan, monta celui de Fitzroy, récupéra la monture de Kathryn, et ils regagnèrent Kingsmead, Pulcher trottant derrière eux.

Au manoir, Colum insista pour que Kathryn reste avec lui, mais elle ne se sentait pas bien et voulait rentrer chez elle. L'Irlandais promit de la rejoindre à Ottemelle Lane après s'être assuré que tout allait bien à Kingsmead et avoir organisé la libération de Sturry.

Kathryn poursuivit donc seule son chemin jusqu'à Cantorbéry. La ville était tranquille, après la fièvre de l'exécution, un peu plus tôt. Le corps de Faunte pendait aux créneaux de Westgate, maintenant.

— On va le démembrer, lui apprit une sentinelle bavarde, et des morceaux de sa dépouille orneront les portes d'autres villes.

Kathryn hocha la tête et continua son chemin. Tout à coup, elle se mit à trembler, en même temps qu'une étrange faiblesse la saisissait : après le combat sanglant auquel elle avait assisté, la vue du cadavre de Faunte l'avait achevée. Elle avait la nausée aussi, et sa tête lui tournait. Elle croisa le Vertueux qui marmonnait quelques sottises, mais il la fixa de ses grands yeux au regard intense. Kathryn pressa son cheval, en murmurant une prière :

— Mon Dieu, faites que je ne m'évanouisse pas !

Elle tremblait de froid, à présent, et les rênes commençaient à glisser entre ses paumes moites. Elle chevauchait comme dans un mauvais rêve, quand son cheval s'immobilisa brutalement.

— Oh, avance, je t'en supplie ! le pressa-t-elle.

— Maîtresse, qu'est-ce qui ne va pas ?

Thomasina la dévisageait.

— Il faut que je rentre chez moi, dit faiblement Kathryn.

Elle promena son regard autour d'elle pour découvrir qu'elle était arrivée : sa monture s'était arrêtée devant la maison d'Ottemelle Lane. Sans s'en rendre compte, Kathryn s'était penchée pour frapper à la porte, et Thomasina, Agnes et Wuf la regardaient anxieusement, debout sur le seuil.

Kathryn s'efforça de récupérer un semblant de dignité. Elle glissa de son cheval et tendit les rênes à Wuf.

— Ramène-le à l'écurie, veux-tu ? Brave garçon !

Thomasina saisit sa maîtresse par le bras, affolée de la voir si pâle, les traits tirés et de profonds cernes sous les yeux.

— Ça va aller, dit Kathryn.

Mais elle se laissa guider par sa servante pour monter les escaliers et gagner sa chambre. Là, elle s'étendit sur le lit et prit un petit coussin qui lui venait de son enfance, qu'elle plaça sur son estomac, s'efforçant de se concentrer sur sa respiration pour calmer les battements précipités de son cœur.

— Colum a tué un homme, expliqua-t-elle, les yeux fixés sur le ciel de lit. Il a tué l'homme qui est venu ici hier, l'a décapité comme tu couperais une fleur, Thomasina. Et il semblait indifférent.

La servante s'assit sur le lit et caressa doucement la main glacée de Kathryn.

— Ils sont obligés d'être durs, chuchota-t-elle, c'est ainsi dans le monde des soldats. S'ils pensaient, réfléchissaient, ils seraient comme vous maintenant : terrorisés. Mon second mari était ainsi, poursuivit-elle. C'était un soldat avec des cuisses comme des troncs d'arbre, et il me culbutait sur le lit sans arrêt. Mais la nuit, il faisait d'affreux rêves. Ah, voici Agnes avec du vin et du pain.

Thomasina aida Kathryn à s'asseoir, puis à grignoter le pain frais et boire le vin coupé de tisane. Ensuite, elle ordonna à Agnes de faire du feu et de rentrer l'un des petits braseros qui étaient dehors. Kathryn commençait à se détendre et à se réchauffer, bercée par le bavardage délibérément futile de la servante. Elle lui rendit sa coupe et glissa dans un profond sommeil.

Thomasina la réveilla deux heures plus tard, Kathryn ouvrit vivement les yeux. Elle avait la bouche sucrée grâce au vin et se sentait plus forte. S'efforçant d'oublier les cauchemars qui l'avaient hantée dans son sommeil, elle se bassina le visage avec de l'eau de rose, puis elle se coiffa, mit un voile propre et se rendit à la cuisine.

Colum s'y trouvait avec Sturry, bien vêtu et repu. Les deux hommes étaient assis devant le feu. Colum avait aussi fait toilette, il s'était lavé et rasé, et seuls ses yeux fatigués rappelaient le combat mortel qu'il avait livré un peu plus tôt. Sturry, de son côté, était de fort bonne humeur et bavardait sans arrêt tandis que Thomasina servait aux deux hommes du bouillon chaud et du vin coupé d'eau.

Kathryn demanda à Sturry s'il avait rencontré quelqu'un du nom de Wyville ou Lessinger, mais l'ancien prisonnier secoua la tête et reprit le cours de son bavardage.

Après le repas, les deux hommes et Kathryn partirent pour le château. La nuit tombait, les étals du marché avaient disparu, et les gens se hâtaient, soit pour rentrer chez eux, soit pour répondre aux cloches des églises qui les appelaient à la prière du soir. Kathryn chevauchait derrière Colum et Sturry, et ce dernier bavardait toujours lorsqu'ils arrivèrent à Winchepe. Là, Colum fit ralentir sa monture pour se laisser rattraper par Kathryn.

— Thomasina m'a dit que vous aviez eu un malaise ?

— Pas vraiment, répliqua sèchement Kathryn. J'ai l'habitude de voir dans la même journée pendre un homme et un autre se faire décapiter d'un coup d'épée.

Elle lança un regard vif à Colum.

— Cela ne vous gêne pas, vous ?

— Si, cela me gêne, mais je n'y pense pas, Kathryn...

Sa voix se perdit. Il aurait voulu remercier la jeune femme, mais le moment était mal choisi.

Ils arrivaient au château. Des garçons d'écurie prirent leurs chevaux tandis qu'un régisseur les conduisait dans la grande salle. Ils durent attendre un moment que les hôtes du château aient terminé leur repas. Kathryn, muette, savourait son soulagement que Colum ait réchappé au traquenard de Fitzroy. Elle voulut aussi se rappeler quelque chose qu'elle avait vu dans la cellule de Faunte, au Guildhall, mais le détail lui échappait. Elle secoua la tête : sans doute était-elle encore trop fatiguée. D'un geste elle indiqua la haute table.

— Savez-vous si nous sommes attendus ?

— Oui, répondit Colum, mais ils ignorent la raison de notre visite.

Le repas s'acheva, et Fletcher, Gabele, Margotta, Fitz-Steven le clerc, Peter le chapelain ainsi que le Vertueux les rejoignirent devant la vaste cheminée.

— Il est tard, Irlandais, commença Gabele.

D'un geste de la tête, il indiqua Sturry et demanda :

— Que fait-il ici ?

— Le roi l'a gracié. Il est là pour m'aider.

— Comment cela ?

— Il est sans doute l'un des derniers à avoir vu Brandon vivant avant sa capture.

Les autres se murèrent dans le silence.

— Monsieur le duc de Gloucester m'a autorisé à exhumer le corps de Brandon. Je veux que cela soit fait immédiatement.

— Par Dieu ! s'exclama Peter le chapelain. C'est un acte blasphématoire ! Le cimetière du château appartient à Dieu.

— Et moi, je suis le loyal serviteur du roi, rétorqua Colum. Je fais respecter sa justice et celle de Dieu. Le corps de Brandon doit être exhumé.

— Mais il est en décomposition, s'écria Fitz-Steven le clerc, puant, pourri !

— Déterrez le cercueil, ordonna Colum à Gabele, et déclouez le couvercle, puis envoyez-nous chercher.

— Où faut-il amener le cercueil ?

— Nulle part. La justice peut se rendre à la lueur d'une torche comme à la lumière du jour.

Fletcher s'apprêtait à protester à son tour, mais Colum répéta :

— Je parle au nom du roi. Je veux que l'on exhume le corps de Brandon dans l'heure, et tant que ce n'est pas fait, personne n'est autorisé à quitter le château.

— Et mon commerce ? gémit le Vertueux. Je travaille pour Dieu ! Les tavernes de la ville sont pleines de pèlerins qui se reposent !

— Votre commerce attendra ! aboya Colum. Il attendra que j'aie vu le visage de Brandon — ou du moins ce qu'il en reste !

CHAPITRE XI

Tous les occupants du château quittèrent la salle, laissant Colum et Kathryn ainsi que Sturry qui s'était rué vers la table pour y dévorer des restes de nourriture. Colum souriait en l'observant.

— Il cherche à rattraper tout ce qui lui a manqué quand il était en fuite, fit-il observer.

— Que va-t-il devenir ? demanda Kathryn.

Colum haussa les épaules.

— Quand je le libérerai, il retournera auprès de sa famille pour y attendre des jours meilleurs.

Kathryn eut un sourire amusé.

— Que voulez-vous dire ?

Colum se pencha en avant, les mains sur les genoux.

— Vous vous imaginez que la guerre civile est finie ? Oh, certes, l'étoile des York prédomine, mais, en Bretagne, Henri Tudor prépare une rébellion doublée d'une invasion. Il accueille tous les rebelles et ceux qui ont pris la fuite à Barnet.

Colum secoua la tête.

— Non, non, la fête n'est pas finie. Les enfants du roi ne sont que des bébés, et si d'aventure quelque chose arrivait à Édouard, Gloucester et Clarence attendent comme des loups dans l'ombre.

Kathryn resserra les pans de sa cape autour d'elle, en promenant son regard dans la salle. Le feu aux flammes pourtant faibles faisait danser des ombres sur les murs. « Je devrais être chez moi, à Ottemelle Lane, songea-t-elle. Je devrais préparer mes élixirs et mes potions, soigner mes patients, panser leurs blessures, bavarder avec Thomasina ou regarder Wuf la taquiner. »

— Ce que vous venez de dire ne me plaît guère, souffla-t-elle. Si la roue de la Fortune tourne encore, vous vous trouverez peut-être du côté des perdants, comme Faunte aujourd'hui.

Colum étendit les mains devant le feu, avant de regarder sa compagne bien en face.

— Je ne crois pas, Kathryn. Je n'ai pas l'intention de combattre de nouveau.

Au fond de la pièce, Sturry gloussait de plaisir, et il revint auprès du feu, brandissant une cuisse de poulet dans laquelle il mordait à pleines dents, avec une coupe de vin dans l'autre main. L'ancien soldat lancastrien s'assit et entreprit de narrer ses aventures lorsqu'il fuyait dans les marais du Kent. Puis Fitz-Steven le clerc apparut, l'air affairé et préoccupé.

— On a sorti le cercueil, déclara-t-il, et enlevé son couvercle.

— Et alors ? aboya Colum.

— Il vaut mieux que vous voyiez par vous-même, monsieur.

L'Irlandais, Kathryn et Sturry suivirent donc le clerc. Ils sortirent du château, traversèrent la cour intérieure, puis la cour extérieure, pour gagner le petit cimetière, un lieu infiniment triste, envahi de mauvaises herbes, où poussaient de sombres ifs. Des torches disposées en cercle éclairaient la nuit, et leur lueur rendait l'endroit presque menaçant. Un oiseau de nuit s'agita dans un arbre tandis que des chauves-souris aux longues ailes virevoltaient dans le ciel clouté d'étoiles. Kathryn toussa et Sturry poussa un juron en jetant au loin sa cuisse de poulet, tant l'odeur de chair corrompue empuantissait l'air de la nuit.

Les hommes qui se tenaient autour du cercueil ouvert paraissaient macabres, à la lueur des torches. Colum et Kathryn s'approchèrent pour regarder à l'intérieur du cercueil. La tête du mort était légèrement tournée, le visage en décomposition de guingois.

— Oh, mon Dieu ! souffla Colum.

Il saisit vivement un flambeau, se pencha vers le cercueil et vit qu'une main du mort avait les ongles noirs de sang séché.

Kathryn suivit son regard et chuchota, effarée :

— Que Dieu nous protège ! L'homme n'était pas mort quand on l'a enterré !

— C'est impossible, gémit Peter le chapelain d'une voix tremblotante, c'est moi qui ai préparé le corps selon les rites de notre sainte mère l'Église. L'homme était mort, j'en atteste !

— Regardez comme il s'est tourné, rétorqua Colum, regardez ses ongles, et le couvercle du cercueil. Cet homme est revenu à lui lorsqu'il était sous terre, il a voulu ouvrir son cercueil, et il est mort par manque d'air.

Kathryn saisit une torche et, se pinçant les narines, examina le corps.

— Ces accidents arrivent souvent, fit-elle observer. La mort est parfois difficile à certifier, aussi certaines gens demandent qu'on leur plante un couteau dans le cœur ou qu'on leur coupe les veines du poignet pour s'assurer qu'ils ne se réveilleront pas.

— Le corps est-il bien celui de Brandon? demanda Colum.

— C'est lui, oui, déclara brutalement Sturry, dont le visage était devenu blême et qui se tenait le ventre.

Il regrettait sans doute d'avoir dévoré un poulet, et il se couvrit la bouche et le nez de la main avant de se pencher pour regarder le corps. Il se releva et épousseta ses genoux.

— Je jure par tous les saints que cet homme est Brandon, déclara-t-il encore.

— Comment pouvez-vous en être sûr quand le corps est déjà en état de décomposition avancée? demanda vivement Colum.

— Ses traits ne sont pas encore altérés, rétorqua Sturry. Si vous le voulez, Maître Murtagh, allez chercher mes compagnons au Guildhall. Eux aussi ont connu Brandon, et ils pourront confirmer ce que je viens de dire. J'accepte d'ailleurs de prêter serment devant l'Église, ajouta-t-il.

Puis, avec un geste de la main à l'adresse de Colum, il recula précipitamment et buta sur un pierre tombale.

Colum tira Kathryn par la manche, et ils s'écartèrent du petit groupe.

— Que Dieu nous aide! chuchota Kathryn. Brandon est mort, Moresby aussi, et leurs compagnons de fuite ont disparu.

Elle saisit Colum par le poignet.

— Ils ont peut-être tué Moresby avant de prendre la mer pour passer à l'étranger avec l'Œil de Dieu.

L'Irlandais donna un coup de pied dans l'herbe.

— Par les dents du Diable, jura-t-il, moi qui pensais que le vrai Brandon était peut-être vivant et qu'il se cachait quelque part!

Il poussa un soupir.

— Voilà que Brandon a été capturé pour être enterré vivant ! Quel gâchis, Kathryn ! Peut-être Webster s'est-il suicidé ?

Colum eut un sourire de loup.

— Quand Gloucester saura tout cela...

Il laissa sa phrase en suspens, mais la menace était claire. Puis il entraîna Kathryn vers les autres, et, tapant dans ses mains, demanda le silence.

— Nous en avons vu suffisamment, déclara-t-il. Maître Fletcher, demandez que l'on ensevelisse de nouveau ce cercueil. Quant à vous tous ici présents, rentrez dans la grande salle du château. Nous aimerions nous y entretenir avec vous.

Ce fut une petite troupe bien silencieuse qui s'assit autour de la vaste table, sur l'estrade. Tous, même Gabele et le Vertueux, semblaient impressionnés et préoccupés. Colum autorisa que l'on serve du vin, puis il prit la parole.

— Réfléchissons à ce que nous savons, déclara-t-il. Richard Neville, comte de Warwick, a trouvé la mort à Barnet, le dimanche de Pâques au matin. Il avait confié un précieux pendentif en or avec un saphir appelé l'Œil de Dieu à son écuyer Brandon, et en avait peut-être parlé à Moresby, le capitaine de sa garde. Nous savons maintenant que Brandon, Moresby et au moins quatre autres écuyers s'enfuirent après la défaite de Barnet. Ils comptaient sans doute remettre le pendentif au prieuré de Christchurch, à Cantorbéry, mais un incident est survenu. Moresby a été tué dans des circonstances mystérieuses, et ses compagnons ont disparu. Enfin Fletcher ici présent a capturé Brandon dont nous venons de faire identifier le corps. Maîtresse Swinbrooke, que savons-nous d'autre ?

Kathryn fixait le visage blafard du chapelain.

— D'après ce que nous ont dit les gens ici, Brandon occupait un cachot jouxtant celui d'un assassin nommé Sparrow. Il a peut-être parlé du joyau à cet homme, qui s'est ensuite évadé. Nous n'en savons rien, car Sparrow est mort, assassiné.

L'Irlandais haussa les épaules.

— Brandon a peu parlé, poursuivit Kathryn. Puis il est tombé malade et, selon toute apparence, il a rendu l'âme. Notre bon chapelain ici présent l'a soigné avant de l'oindre des saintes huiles.

— C'est la vérité, gémit le prêtre en se dressant. Que Dieu me soit témoin, Maîtresse, je dis la vérité. Le prisonnier a eu la fièvre et il est mort.

— Comment vous êtes-vous assuré qu'il était mort ? demanda Kathryn.

— Le sang ne battait plus à son cou ni à ses poignets ! s'écria le prêtre. Et il ne respirait plus.

— Avez-vous placé un miroir ou un morceau de verre devant ses lèvres et son nez ?

— Assurément non, déclara le prêtre en se rasseyant. Que le Christ me soit témoin, Maîtresse, je croyais qu'il était mort !

— Il est mort dans l'après-midi, ajouta Fletcher. On l'a tout de suite mis en bière et on l'a enterré dans la soirée. Comme il a dû souffrir, le pauvre bougre !

— Ce qui nous amène à Webster, intervint Colum, et à sa chute mystérieuse depuis le haut de la tour.

L'Irlandais jeta un regard circulaire aux hommes assis à la table avant de reprendre doucement :

— Qui d'entre vous peut nous éclairer sur ces mystères ? Il en va de votre fidélité au roi.

Tous secouèrent la tête, s'exclamant en chœur

qu'ils ne savaient rien, si bien que Colum déclara que la réunion était terminée. Il se leva et s'étira au point d'en faire craquer ses articulations.

— Personne, m'entendez-vous, reprit-il, personne n'est autorisé à quitter la ville sans ma permission, sauf vous, Maître Sturry.

Colum ouvrit sa besace et en tira un rouleau attaché par un ruban rouge. Il le remit avec une pièce d'argent à Sturry.

— Vous êtes libre d'aller où vous voulez, dit-il. Quant à vous autres, et je m'adresse à vous aussi, Maître pardonneur, si l'un de vous s'avise de quitter Cantorbéry, il sera déclaré meurtrier, voleur et traître !

Sur ces mots, Colum et Kathryn quittèrent la grande salle et reprirent leurs chevaux pour regagner tranquillement la ville, puis la chaleur et la sécurité de la maison d'Ottemelle Lane. En chemin, ils parlèrent peu, et même une fois rentrés, lorsqu'ils se furent débarrassés de leurs manteaux et qu'ils s'assirent à la table de la cuisine, ils demeurèrent silencieux, chacun réfléchissant à ce qu'il avait appris ce soir.

— Journée mouvementée, dit Kathryn quand Thomasina leur servit de la bière et une assiette de jambon fumé avec du pain et du fromage. J'ai appris qu'Alexander Wyville se fait maintenant appeler Robert Lessinger. Le maire Faunte a été pendu. Vous, Colum, vous avez tué un ami d'enfance qui vous pourchassait pour avoir votre tête. Nous savons que Brandon a fui après Barnet, et qu'il avait en sa possession l'Œil de Dieu, qui a maintenant disparu. Moresby a été tué. Brandon s'est fait prendre, et on l'a enterré vivant.

Kathryn écarta l'assiette de nourriture pour poser ses coudes sur la table.

— Cependant, nous n'avons pas la moindre idée sur le mystère de la mort de Webster, comme nous ignorons ce que sont devenus les anciens compagnons de Brandon. Enfin et surtout, nous ne savons pas ce qu'il est advenu de l'Œil de Dieu.

Colum avala une gorgée de vin.

— Il y a de quoi pousser un homme à boire, dit-il avec un mince sourire. Avez-vous d'autres idées, Kathryn ?

— J'ai menti au château, répondit-elle. Brandon n'a pas été enterré vivant par erreur. C'était un acte délibéré, et je pense qu'on lui avait donné à boire de la ciguë. Connaissez-vous les propriétés de cette plante ?

Comme Colum secouait la tête, elle reprit :

— C'est une plante sauvage courante, dont le nom latin est *Conium maculatum*. Elle est très nocive. Les Grecs la donnèrent à Socrate, et d'après une histoire que m'a racontée mon père, le dieu Prométhée apporta le feu aux humains sur des tiges de ciguë. La plante est dangereuse non seulement parce que c'est un poison, mais aussi parce qu'elle ressemble beaucoup au persil et au fenouil. Si on les confond, l'erreur peut se révéler fatale. Il existe en outre différentes variétés de ciguë que l'on trouve le long des haies, ou dans les fossés et en lisière de forêt. La ciguë a un goût amer désagréable, ainsi qu'une odeur repoussante, mais que l'on camoufle en diluant le poison dans du vin.

— Vous pensez qu'on a fait boire de la ciguë à Brandon ?

— Les symptômes qu'il présentait semblent l'indiquer. Le prisonnier avait une forte fièvre, il faiblissait, et son cœur battait de plus en plus vite. Ceux qui ont absorbé de la ciguë s'endorment d'un sommeil très profond que l'on appelle coma, et ils finissent par mourir.

Kathryn fit tourner sa coupe de vin entre ses doigts. Colum la regardait à la dérobée, s'efforçant de contrôler la peur qu'elle lui inspirait soudain. C'est qu'elle était dangereuse ! Si lui-même donnait la mort avec une épée ou une dague, elle pouvait tuer avec des plantes à l'aspect inoffensif.

— Je me souviens d'un proverbe grec, murmura l'Irlandais : « J'étais en bonne santé jusqu'à ce que j'aille consulter un médecin. » Vous me faites peur, Maîtresse Swinbrooke.

Kathryn haussa les épaules.

— La plupart des gens redoutent les médecins. C'est la connaissance des plantes qui est dangereuse, surtout celles comme la ciguë. J'ai un jour soigné un enfant qui en avait mangé. Il présentait les mêmes symptômes que Brandon, et je l'ai cru mort.

— D'après vous, quelqu'un, au château, a fait absorber de la ciguë à Brandon ? Celui-ci est tombé dans un profond coma. Le prêtre lui a donné les derniers sacrements puis, le croyant mort, l'a enterré à la hâte. Et il s'est réveillé dans sa tombe ?

— C'est ce que je pense, oui, répondit Kathryn. Quand le pauvre homme sera revenu à lui, il était dans son cercueil, faible, et il manquait d'air. Il s'est débattu pour se libérer. Il est peut-être resté conscient une heure avant de mourir asphyxié.

Colum frappa sur la table.

— Mais qui a fait cela et pourquoi ? s'exclama-t-il.

— Attendez-moi un instant, dit Kathryn.

Elle se leva pour passer dans son cabinet d'écriture d'où elle rapporta un vieux rouleau de parchemin taché de graisse.

Elle débarrassa la table pour dérouler la grossière carte du comté de Kent qui avait appartenu à son père.

— Essayons de suivre la trace de Brandon quand il s'est enfui de Barnet, dit-elle.

Elle indiqua du doigt Cantorbéry et les routes au nord de la ville.

— Nous savons maintenant que, après la défaite de Warwick à Barnet, Brandon a pris la direction de Cantorbéry. Durant un temps, lui et ses compagnons se sont cachés dans la forêt de Blean, où ils ont rencontré Faunte et ses hommes. Plus tard, ils se sont rendus à Sellingham, un village déserté.

Kathryn haussa les épaules.

— Après cela, nous perdons leur trace. Moresby est tué, peut-être par des hors-la-loi, Brandon est fait prisonnier, et les autres disparaissent.

— Dans ces conditions, comment poursuivre nos recherches, désormais ? demanda Colum.

— Plutôt que de retourner au château de Cantorbéry, pourquoi ne pas aller fouiller ce village déserté ? Peut-être Brandon y a-t-il caché l'Œil de Dieu ?

Kathryn roula la carte.

— De toute façon, ce sera mieux que de ne rien faire.

Thomasina apparut sur le seuil de la dépense et, pointant un doigt sur Colum, déclara :

— S'il part avec vous, je pars aussi !

— Et Wuf ? Y as-tu pensé ?

— Agnes est là, elle le surveillera. Mais je ne vous laisserai pas arpenter la campagne seule avec un vaurien de soldat irlandais, Maîtresse.

— Oui, il vaut mieux que vous veniez, j'en conviens, admit doucement l'Irlandais. Votre maîtresse comme moi avons besoin que l'on veille sur nous.

Thomasina le transperça du regard avant de s'esquiver. Colum se frotta la joue.

— Nous devrons partir aux premières lueurs de l'aube. Qu'adviendra-t-il de vos patients ?

— Ils attendront. Il faut éclaircir cette histoire d'une façon ou d'une autre, Colum. Soit nous découvrirons la vérité, soit nous irons dire à Monsieur le duc de Gloucester que le mystère demeure entier et que personne, ni le roi ni un autre, ne récupérera jamais l'Œil de Dieu.

— Vous êtes lasse, Kathryn ?

— Oh oui, souffla la jeune femme, fixant son compagnon d'un regard morne.

— Je ne parlais pas de ce soir, reprit hâtivement Colum. Avant mon arrivée à Cantorbéry, votre vie était... enfin, elle était calme. Vous aviez votre pratique, vos ambitions.

Kathryn se leva.

— Certes, Colum, tout était paisible.

Elle sourit, prit son manteau, puis elle ajouta :

— Mais, savez-vous, un cimetière aussi est paisible.

Son sourire s'élargit, et elle sortit de la cuisine sans laisser à Colum le temps de trouver une repartie appropriée.

Une fois dans sa chambre, elle s'interrogea sur la question que lui avait posée son compagnon. Toute à ses pensées, elle s'assit sur le lit pour défaire les rubans qui laçaient son corsage.

« Et si je n'avais jamais connu Colum ? se disait-elle. Je ne me préoccuperais ni de l'Œil de Dieu, ni des Chiens d'Ulster, ni de tous ces meurtres. Mais qu'est-ce qui remplirait ma vie ? Alexander Wyville continuerait à me hanter, et je serais ballottée comme une feuille au gré du courant. » Elle se mordit la lèvre. La violence faisait partie intégrante de sa vie. C'est Alexander Wyville qui l'y avait introduite, et maintenant elle devait aller jusqu'au bout.

Kathryn ferma les paupières tout en songeant à son mari : elle revoyait son visage, le jour de leurs noces, et elle revoyait aussi ce même visage défiguré par la fureur, quand Alexander avait bu.

— Je ne veux plus de toi, murmura-t-elle. Que Dieu me pardonne, peu m'importe que tu sois mort ou vivant ! Si tu reviens, j'utiliserai tous les moyens de pression, je me servirai même de l'influence de Colum pour obtenir l'annulation de notre mariage par un tribunal ecclésiastique.

Kathryn acheva de se déshabiller, se lava avec une éponge et un petit morceau de savon de Castille, se sécha soigneusement puis enfila sa chemise de nuit. Thomasina entra dans la chambre pour glisser une bassinoire entre les draps du lit, et elle tendit à sa maîtresse une coupe de lait chaud parfumé à la noix muscade. Kathryn la laissa s'occuper d'elle et lui promit solennellement qu'elle serait autorisée à l'accompagner avec Colum, le lendemain matin. Sur quoi, elle vida sa coupe de lait, éteignit les chandelles, se glissa dans le lit et remonta les couvertures jusque sur sa tête, comme elle le faisait lorsqu'elle était petite fille. Elle s'étira, bien au chaud dans son lit, et comme elle avait sommeil, elle laissa son esprit vagabonder, cherchant à se rappeler ce détail qui l'avait frappée dans la cellule de Faunte. Brusquement, l'image du Vertueux s'imposa à son esprit, et la jeune femme se souvint des vers de Chaucer, dans « Le conte du Pardonneur » :

La mort est-elle si dangereuse quand on la [rencontre ?
Je la chercherai sur la route et dans la rue.

— Quand la verrai-je de nouveau ? murmura Kathryn.

Elle ferma les yeux et sombra dans un sommeil sans rêve.

Ils partirent tôt, le lendemain matin. Thomasina avait préparé des paniers avec du pain, du fromage et de la viande séchée, ainsi qu'un flacon de vin. Elle laissa à une Agnes tout ensommeillée des instructions détaillées, et promit à Wuf les pires punitions s'il ne se tenait pas bien. Kathryn, de son côté, expliqua à Agnes que si des malades gravement atteints se présentaient, il fallait les envoyer au docteur Chaddedon, et que les autres devraient attendre son retour. Elle ajouta :

— Dis à Wuf d'aller rendre visite aux deux vieilles dames de Jewry Lane. Elles devraient être rétablies, mais il est prudent de s'en assurer.

Colum, qu'une bonne nuit de sommeil avait reposé, partit préparer et seller les chevaux. Il était armé, avec sa ceinture de guerre, et une arbalète qu'il portait accrochée à sa selle.

— Et Kingsmead ? demanda Kathryn.

— Oh, Holbech est un robuste gaillard et il est capable de me remplacer. De toute façon, au manoir, tout le monde ne parle que de la visite de Gloucester.

Colum sourit.

— Megan est contente parce que ainsi on s'intéresse moins à elle.

— Le duc est-il reparti ?

— Oui, comme on pouvait s'y attendre d'un

homme aussi impitoyable. Il était venu pour tuer Faunte, et il a accompli la tâche que lui avait confiée son cher frère. Avant mon départ du Guildhall, il m'a ordonné de lui rapporter à Londres, dans la semaine, les progrès de nos démarches pour retrouver l'Œil de Dieu.

Colum eut un faible sourire.

— Si nous ne découvrons rien de nouveau aujourd'hui, je n'attendrai pas une semaine pour lui faire mon rapport.

Ils enfourchèrent leurs montures et, après avoir crié au revoir à Wuf et à Agnes, partirent dans Ottemelle Lane pour rejoindre Steward Street, et de là, Westgate. La ville était tranquille. Il était trop tôt pour que les cloches des églises sonnent la messe du matin. De temps en temps, une catin dans ses vêtements criards surgissait d'une ruelle et passait en courant, cherchant à éviter les griffes des sentinelles qui patrouillaient les rues, bâton à la main, les yeux lourds de sommeil.

Dans Hethenman Lane, les ramasseurs d'ordures s'activaient, leurs énormes tombereaux à quatre roues remplis d'immondices ramassés dans l'égout, au milieu de la chaussée. L'odeur que dégageaient ces charrettes était si insoutenable que Kathryn, Colum et Thomasina durent se protéger le nez et la bouche de leurs manteaux, sans prêter attention aux cris et aux sifflements joyeux qu'échangeaient les ramasseurs, ravis du vacarme et des encombrements qu'ils causaient. Deux hommes emprisonnés pour dettes dans les geôles de la ville déambulaient tristement dans les rues, enchaînés l'un à l'autre par les poignets et les chevilles, et demandaient l'aumône. Devant le couvent des Dominicains, près de la porte de Saint-Pierre, des ivrognes étaient alignés au pilori, et passeraient ainsi la journée afin que ceux qu'ils avaient empêchés de dormir par leur chahut durant la nuit puissent les insulter.

Westgate était ouverte, et les charrettes pleines des produits des fermes environnantes arrivaient pour gagner Buttermarket où commençait déjà la journée de travail. En passant sous l'arche de la porte, Kathryn ferma les yeux, murmurant une prière pour le repos de l'âme du pauvre Faunte. Et la petite troupe poursuivit sa route, passant devant l'église Saint-Dunstan, pour gagner le carrefour et prendre le chemin de Whitstable. Là, les tavernes et les fermes se faisaient plus rares, et la route s'enfonçait dans la campagne. Elle traversait des champs de blé dense et presque mûr, dans lesquels on voyait des paysans occupés à préparer la moisson, tandis que des gamins parcouraient les blés, pourchassant les corbeaux avec des lance-pierres. Le ciel s'éclaircit, et le voile de nuage blanc-gris s'effilochait à mesure que le soleil devenait plus chaud.

Kathryn et Colum s'arrêtèrent dans une modeste auberge qui sentait le moisi pour y déjeuner. On leur servit du vin coupé d'eau et des galettes d'orge. Kathryn, qui avait emporté la carte de son père, expliqua à Colum la route à prendre.

Dans l'ensemble, les routes et les chemins étaient déserts, à l'exception de l'occasionnel marchand ambulant, colporteur, et même un prédicateur qui transportait ses misérables biens dans une petite charrette à bras. Dans les auberges et les tavernes, ils rencontraient des pèlerins qui se rendaient à Cantorbéry. Tous bavardaient avec animation, excités à la perspective de voir le plus grand sanctuaire du royaume.

A un moment, Kathryn, Colum et Thomasina se

perdirent, mais un fermier au regard triste et aux joues rouges les remit sur le bon chemin. Vers une heure de l'après-midi, ils bifurquèrent dans un étroit chemin envahi de végétation qui menait au village abandonné. Comme leurs chevaux montraient des signes de fatigue, les trois cavaliers terminèrent leur route à pied, s'efforçant d'éviter les branches basses des arbres, et jurant contre les ronces qui s'accrochaient à leurs vêtements. Le silence qui régnait là était presque pesant, seulement rompu par le pépiement des oiseaux et les abeilles qui bourdonnaient en butinant les fleurs sauvages dont les larges corolles exhalaient un parfum sucré.

Bientôt, les trois voyageurs découvraient devant eux, dans un petit creux à flanc de colline, les ruines du village abandonné.

— Doux Jésus ! souffla Colum en flattant son cheval.

Les maisons étaient à demi effondrées, certaines construites en pierre, dont le toit était éventré ou qui n'avait plus de tuiles, d'autres en torchis qui n'étaient plus que des tas de gravats. Kathryn indiqua de la main un moulin désaffecté près d'un petit ruisseau ; on distinguait aussi une taverne dont le toit avait disparu et dont l'enseigne était encore accrochée à un poteau tordu et de guingois. La végétation avait envahi les ruines, et, derrière les champs communaux, on apercevait la petite église — guère plus vaste qu'une chapelle — avec sa nef centrale à l'air libre maintenant, et son petit clocher délabré d'où s'envolaient les corbeaux et les corneilles qui y nichaient. Quand Colum, Kathryn et Thomasina s'approchèrent, ces oiseaux tourbillonnèrent en croassant au-dessus de leur tête, furieux que l'on vienne ainsi troubler leur tranquillité.

— Pourquoi pareille désolation ? murmura Colum.

— Mon grand-père m'a raconté l'histoire de la grande mort, dit Thomasina en essuyant la sueur à son front. Bien pire que le mal de la sueur. La grande mort a anéanti des villes entières. On dit que deux personnes sur trois mouraient.

— Thomasina dit vrai, renchérit Kathryn, tenant son cheval par la bride. On trouve par tout le pays des villages abandonnés comme celui-ci.

Elle frissonna.

— Ils sont le repaire des spectres et des fantômes.

— Quelqu'un est venu ici, il n'y a pas longtemps, affirma soudain Colum.

Il s'accroupit et souleva l'herbe du bout de sa dague.

— On a entravé des chevaux ici : le crottin est sec et s'effrite déjà.

Ils errèrent dans le village. Kathryn s'efforçait d'ignorer les frissons qui lui parcouraient le dos ; elle avait l'impression d'être observée. Il lui semblait que les fantômes de ceux qui avaient vécu ici n'étaient pas contents d'être ainsi dérangés. Le silence même de l'endroit était oppressant. Parfois, la jeune femme croyait entendre des bruits de pas, ou des coups frappés derrière les murs ; ou encore des portes qui grinçaient. Mais ce n'était que les effets de son imagination enfiévrée, dans l'atmosphère étrange et silencieuse des lieux.

Colum et Thomasina étaient également impressionnés. De temps en temps, ils rompaient le silence pour annoncer qu'ils avaient trouvé la trace de chevaux, indiquant très certainement que Brandon et ses amis étaient venus ici.

— Quelle raison les a poussés à se rendre dans ce village ? demanda Colum.

Kathryn, qui se tenait près du moulin abandonné, répondit :

— Je le comprends. Ne le sentez-vous pas, Colum ? On dirait que ces lieux sont hantés, oubliés. Ils constituent une cachette parfaite.

Elle se mordit la lèvre et leva les yeux sur les corbeaux qui tournaient autour du clocher de la vieille église.

— Je pense que l'un des compagnons de Brandon connaissait ce village. Dieu seul sait ce qui s'est passé ici !

Ils poursuivirent leurs recherches, pénétrant de temps en temps dans une maison abandonnée, quand, soudain, Colum poussa une exclamation.

— Venez voir ici, Kathryn !

Elle abandonna son cheval pour franchir un porche en ruine. Colum lui indiqua un tas de cendres noires au fond de ce qui avait été une pièce, ainsi qu'un petit tas de crottin, non loin.

— Assurément, Brandon est venu ici, mais il semble qu'il n'ait pas été le seul : quelqu'un d'autre est passé tout récemment.

Colum avança et remua le crottin du bout de sa botte.

— Il est plus frais, plus récent, déclara-t-il.

Ils reprirent leurs fouilles et découvrirent d'autres indications qu'un cavalier était passé là peu de temps auparavant.

— Deux cavaliers, conclut Colum. A deux moments différents. Mais que diable cherchaient-ils ?

— Il ne nous reste plus qu'à visiter l'église, répondit Kathryn. Nous avons fouillé partout ailleurs.

Elle jeta un regard à Thomasina qui s'était affalée sur un muret à demi démoli, et ajouta :

— Nous en profiterons pour manger un morceau.

Ils attachèrent leurs chevaux dans ce qui avait été le cimetière de l'église, avant d'entrer dans le clocher par un trou béant. De là, ils passèrent dans le petit chœur et observèrent la nef.

L'église était lugubre et vide, et le toit avait disparu. Les murs grisâtres étaient couverts de lichen et de mousse, et les piliers, qui séparaient la nef des étroits transepts, s'effritaient, sous l'effet de la pluie et du vent. Kathryn examina le chœur. L'autel, dressé au fond de l'abside, était très vieux. La jeune femme remarqua une petite niche dans le mur où l'on rangeait autrefois les burettes pour la célébration de la messe, ainsi que les calices et ciboires. Au-dessus se trouvait un vieux tableau maintenant presque décoloré. Devant le chœur, enfin, un muret signalait l'ancien emplacement du jubé.

— Comme il est triste de penser que des gens ont prié et fait leurs dévotions ici.

Soudain, Thomasina poussa un hurlement : un oiseau qui nichait tout en haut d'un mur de l'église venait de prendre son envol avec des battements d'ailes précipités.

— Viens ici ! ordonna Kathryn à la servante.

Elles posèrent les paniers sur le sol, et tous trois se mirent à manger et boire en silence. Cela fait, ils commencèrent à inspecter l'église.

— Si vous découvrez quelque chose, criez, leur dit Colum.

— Il n'y a rien à découvrir, grommela Thomasina, grattant la mousse sur le sol du bout du pied.

Kathryn s'éloigna dans l'un des transepts, effleurant de la main les lichens qui envahissaient le mur.

— Pensez-vous que cette église soit très ancienne ? demanda Colum. Elle évoque pour moi certaines chapelles irlandaises.

— Elle est assurément très vieille, répliqua distraitement Kathryn, et date peut-être d'avant la Conquête, à en juger par son style simple et dépouillé.

Elle retourna dans le chœur et s'adossa à l'autel. Elle voulut le pousser, mais il était parfaitement fixé. Elle examina le sol à ses pieds. Il y avait de la mousse là aussi, mais il s'y trouvait en outre de la boue séchée et des brindilles. Alors la jeune femme se souvint de ce que lui disait toujours son père : « Cherche ce qui te paraît étrange, anormal. » Elle se répétait souvent ce conseil lorsqu'elle soignait ses patients.

— Colum ! appela-t-elle.

— Qu'est-ce qui se passe ? demanda-t-il en la rejoignant.

— Regardez ces brindilles, ces éclats d'écorce et cette boue séchée ! Or personne n'a allumé de feu ici.

Kathryn s'agenouilla pour écarter les menus morceaux de bois pendant que Colum sortait chercher une chandelle à mèche de jonc dans ses fontes de selle. Sitôt revenu auprès de Kathryn, il l'alluma, et la flamme dansa contre la pierre.

— Il y a une lettre gravée ici, annonça Kathryn. Regardez, la mousse a été grattée, et l'on devine d'autres lettres.

Thomasina les rejoignit à la hâte, et Colum approcha la chandelle du sol. Puis il tendit à Kathryn sa dague afin qu'elle puisse balayer la boue séchée.

— *Levate !* s'exclama-t-elle bientôt, tout excitée.

Levate oculos ad montes! « Lève les yeux vers les collines », traduisit-elle, souriant à Colum. C'est la prière que Brandon avait inscrite sur le mur de son cachot au château de Cantorbéry.

— Pourquoi cette phrase est-elle gravée ici ?

— Il s'agit sans doute d'une pierre tombale, expliqua la jeune femme. Elle ferme certainement le caveau de quelque seigneur oublié depuis longtemps. Une tradition veut que lorsque l'âme quitte le corps, les anges et les démons se la disputent, aussi les gens désirent-ils être enterrés dans des lieux sacrés.

Colum, qui s'était débarrassé de sa torche, grattait maintenant le tour de la dalle avec la pointe de son épée.

— Il y a du jeu ! s'exclama-t-il. On doit pouvoir la soulever.

Une fois qu'il eut nettoyé la pierre, s'aidant de morceaux de bois, de son épée, du fourreau de celle-ci et de sa dague, il réussit à déplacer l'imposante masse de pierre.

— Il existe sans doute un moyen plus aisé, mais je ne le connais pas, grommela-t-il.

Kathryn et Thomasina l'aidèrent à glisser la pierre de côté, et aussitôt il se dégagea une forte odeur de moisi qui les fit tousser et éternuer. Puis la poussière disparut, et ils virent une fosse béante ainsi que d'étroites marches qui descendaient. Colum reprit sa torche et commença à descendre avec précaution. Kathryn le suivait quand l'Irlandais poussa un cri tellement horrifié qu'elle en eut la chair de poule.

— Qu'y a-t-il, Colum ?

— Oh, mon Dieu ! Les pauvres bougres ! lança l'Irlandais.

Kathryn se hâta de le rejoindre. Les marches étaient bancales et s'effritaient. Quand elle fut en bas, elle faillit hurler, car, en avançant la main, elle effleura le bras glacé d'un squelette à demi sorti d'un cercueil éventré. Elle se tourna. Colum se tenait là, dans la lueur de la torche, et Kathryn devina de vagues formes autour de lui.

— Ce n'est qu'un tombeau, Colum.

— Non, murmura-t-il d'une voix rauque, ces gens ont été assassinés. Regardez, Kathryn, ajouta-t-il, en soulevant la torche.

La jeune femme avança et découvrit avec horreur les corps en décomposition de quatre hommes, la chair de leur visage et de leurs mains séchée et ratatinée. Ils gisaient, orbites vides, bouches ouvertes. Kathryn écarta une cape moisie et découvrit les motifs fanés du justaucorps de l'homme : un ours enchaîné et muselé qui tenait une bannière.

— Les armes de Warwick, murmura Colum. Nous venons de découvrir les membres de la petite escorte de Brandon. Mais comment sont-ils morts ?

Surmontant son dégoût, Kathryn examina attentivement chacun des quatre cadavres, s'attachant surtout aux crânes et au devant des justaucorps.

— Je ne vois pas de trace de violence, murmura-t-elle. Pas de marque de coup sur la tête, pas de sang sur les vêtements. Je me demande, Colum, si l'on n'a pas laissé ces hommes mourir de faim.

L'Irlandais, cependant, venait de repérer une petite bourse en cuir glissée dans un renfoncement du mur. Il la tira, en coupa le lien qui la fermait, et sortit un pendentif en or : même à la lueur tremblotante de la chandelle à mèche de jonc, le saphir scintillait, lançant mille feux, comme une étoile.

— L'Œil de Dieu, murmura Colum en plaçant le joyau dans la paume de Kathryn. Nous l'avons trouvé !

Kathryn se redressa, prenant soin de ne pas se cogner la tête à la voûte très basse, et elle contempla le pendentif en forme de losange. Le travail d'orfèvrerie était magnifique : de l'or pur filigrané et ciselé à la façon celtique. Mais sa beauté n'était rien en comparaison de la splendeur du saphir serti dans la partie supérieure, au-dessus de la tête du Christ.

— Il est splendide ! s'écria la jeune femme.

Elle était à ce point éperdue d'admiration qu'elle en avait presque oublié Thomasina, quand celle-ci poussa un hurlement horrifié en arrivant dans le souterrain. Puis, voyant le joyau, son cri se transforma en exclamation d'enchantement.

— Un bijou royal ! souffla-t-elle. Je comprends que le duc de Gloucester ait tenu à le retrouver. On pourrait tuer pour un joyau pareil.

Kathryn leva les yeux :

— Des hommes ont tué pour ce pendentif.

Et, jetant un rapide regard aux cadavres, elle décréta :

— Sortons d'ici !

Colum leva sa torche, et Kathryn vit alors des inscriptions récentes gravées sur la paroi de pierre. Elle s'empara de la chandelle afin de les déchiffrer, et lut : « Appleby, Claver, Durston et Farnol. » Suivait la phrase : « Jésus, aie pitié de nous. »

La jeune femme lança un regard à Colum.

— Quelle triste prière ! murmura-t-elle.

— Certes. En tout cas, nous sommes maintenant certains que Moresby et Brandon n'étaient pas avec eux.

Ils remontèrent les marches, et, une fois devant l'autel, remirent la pierre tombale en place.

— Que croyez-vous qu'il se soit passé ? demanda Thomasina.

— Je ne sais pas, répondit Colum, et nous devrons y réfléchir. J'ignore pourquoi et comment, mais un démon incarné a assassiné ces hommes en les laissant mourir dans ce souterrain !

CHAPITRE XII

En quittant le village abandonné, Colum se jura d'envoyer du monde pour enterrer décemment les corps. Le jour déclinait. Ils chevauchèrent en silence et à vive allure, mais la nuit était tombée lorsqu'ils arrivèrent à Cantorbéry.

Son métier de médecin valait à Kathryn de détenir la clé d'une poterne près de Westgate. C'est ainsi qu'ils entrèrent dans la ville, et ils regagnèrent la maison d'Ottemelle Lane. Tout y était silencieux. Wuf était déjà couché, quant à Agnes, elle dormait la tête sur la table. En se réveillant, elle bâilla et s'étira avant d'assurer à sa maîtresse qu'il ne s'était rien passé d'anormal en son absence. Thomasina la houspilla et l'envoya au lit tandis que Kathryn et Colum s'asseyaient à la table. La servante, quand elle reparut, leur annonça qu'elle allait leur servir de quoi se restaurer.

Kathryn était lasse d'avoir chevauché longtemps et ne souhaitait qu'une chose, un bon bain suivi d'une longue nuit de sommeil. Hélas, la scène dans le souterrain la hantait. Ce caveau avec ces corps, grotesques dans la mort, et le splendide Œil de Dieu que Colum avait déjà enfermé dans un coffre de sa chambre.

— Pourquoi ? soupira Kathryn à mi-voix. Pourquoi ces hommes sont-ils morts ainsi ?

— Ce qui me trouble, répliqua Colum, c'est que tous soient morts : ces quatre dans le souterrain, Moresby que l'on a trouvé dans un fossé, et Brandon qui a été assassiné au château de Cantorbéry.

— Ils ont été assassinés, reprit Kathryn. Quatre hommes robustes ne seraient pas restés dans ce caveau à attendre la mort sans chercher à s'y soustraire.

— Pour moi, on les a enfermés dans ce caveau soit pour les dissimuler à des gens qui les recherchaient, soit pour qu'ils ne risquent pas de s'enfuir avec le joyau. On leur aura promis de venir les délivrer, puis on a replacé la pierre tombale. Vous avez vu combien il était difficile de la soulever. Une fois rabattue, il était impossible de la pousser de l'intérieur.

Kathryn haussa les épaules.

— On a déjà vu des morts semblables, dont certaines d'enfants, dans des villages abandonnés autour de Cantorbéry.

Elle se tut car Thomasina leur servait du vin, du pain, des tranches de fromage et des morceaux de jambon séché. Kathryn avala un peu de vin coupé d'eau, prenant garde de ne pas trop boire sous peine d'imiter Agnes et de s'endormir sur la table. Distraitement, elle tira sur la cordelette qui retenait sa robe à la taille.

— Nous pouvons cependant faire l'hypothèse que Brandon s'est échappé, dit-elle alors. Ceux qui ont été abandonnés dans le caveau gardaient l'Œil de Dieu comme une forme d'assurance qu'il reviendrait les chercher.

— Mais pourquoi n'en a-t-il rien fait ? demanda

Colum. Ou peut-être était-ce Moresby qui était censé revenir ?

Kathryn se mordilla la lèvre.

— Non, c'était Brandon, dit-elle. Il connaissait la phrase : *Levate oculos ad montes*, qui indiquait l'endroit où étaient cachés l'Œil de Dieu et ses compagnons. Seulement, il a été capturé et n'a pas pu revenir au village abandonné. Sans doute comptait-il le faire quand il aurait été gracié et relâché. Entre-temps, il a été mystérieusement assassiné.

— Dans ce cas, soupira Colum, que fait-on, maintenant ?

Kathryn regarda Thomasina, qui s'agitait dans la cuisine, heureuse d'être loin du caveau macabre et du village abandonné.

— Beaucoup de choses me troublent, reprit la jeune femme. D'abord, qu'a fait Moresby ?

Elle s'humecta les lèvres.

— Moresby et Brandon ont-ils tous les deux abandonné ces hommes dans le caveau ? Brandon aurait-il tué Moresby avant de se faire capturer exprès en espérant qu'il serait gracié et qu'une fois libéré il retournerait chercher l'Œil de Dieu ? Dans ce cas, Brandon était un tueur sans scrupule, et il mérite de brûler en Enfer.

— Mais Moresby se serait-il laissé abattre si facilement ? demanda Colum. Et nous oublions certains éléments. D'abord, ce corps que l'on a trouvé dans un fossé. Quelles preuves a-t-on qu'il s'agit de celui de Moresby ? Ensuite, nous avons trouvé des indices du passage de la petite troupe de Brandon dans ce village abandonné, mais nous avons vu que deux cavaliers s'étaient rendus sur les lieux, à deux moments différents. Qui étaient-ils ?

Colum soupira en secouant la tête.

— On peut faire l'hypothèse, Kathryn, que quelqu'un d'autre a suivi Moresby, Brandon et leurs amis après la bataille de Barnet.

— Pourquoi pas ? répliqua la jeune femme en prenant un morceau de fromage.

Elle regarda fixement la table, et, quand elle releva les yeux, Colum sommeillait à moitié, la main sur sa coupe de vin.

— Allons, dit-elle doucement, il est temps que nous allions dormir. Tout peut attendre.

Colum écarquilla les yeux en se frottant le visage.

— Au moins nous avons récupéré l'Œil de Dieu, marmonna-t-il.

Il se mit debout et effleura gentiment les cheveux de Kathryn, puis il lança un baiser à Thomasina et disparut en titubant un peu dans l'escalier, assurant que, si Dieu le voulait bien, demain matin, il serait frais et dispos, et pourrait mieux réfléchir à la situation.

Kathryn aida un moment Thomasina dans la cuisine puis passa dans son cabinet d'écriture. Elle sortit un morceau de vélin ainsi qu'une plume et consigna par écrit ce qu'ils avaient découvert. Cela fait, elle s'appuya au dossier de son siège et sommeilla un moment avant de se lever pour retourner à la cuisine boire un peu d'eau. Elle tirait toujours distraitement sur la cordelière retenant sa robe à la taille, et mordillait le petit gland doré accroché à son extrémité. La cordelière se tendit et, soudain, elle se souvint de Faunte dans sa cellule, et comment il était entravé par des chaînes et des menottes. Elle se figea.

— Dieu du Ciel, souffla-t-elle, bien sûr ! C'est ce que Webster avait compris !

Kathryn retourna en hâte à la cuisine et se rafraîchit le visage à l'eau froide. Elle dit ensuite à Thomasina de faire un bon feu car elle avait l'intention de rester là.

— Oh, et vous comptez veiller tard ? gémit la servante.

— Le temps qu'il faudra.

Kathryn s'en fut chercher son écritoire et sortit dans le jardin afin que l'air frais de la nuit la réveille bien. Elle contempla quelques instants le ciel étoilé.

— Enfin, murmura-t-elle, enfin, le mystère est éclairci.

Elle se mit au travail dès son retour dans la cuisine. Elle écrivait vite et facilement comme si elle se racontait une histoire. Thomasina papillonnait autour d'elle, gloussant comme une poule en colère. Elle finit par s'asseoir, résignée, à côté de sa maîtresse pour l'observer écrire de sa belle écriture décidée.

— Vous vous êtes toujours montrée obstinée, marmonna-t-elle. Déjà petite fille, vous étiez têtue.

— Je crois savoir qui est le meurtrier, dit Kathryn.

Elle saisit le poignet de Thomasina.

— J'ai compris ce qui est passé. Je sais qui a assassiné le prisonnier au château, et même, peut-être, comment est mort Webster.

— Comment le savez-vous ?

Kathryn sourit.

— C'est une cordelière qui m'a mise sur la voie.

Dès lors, la jeune femme refusa d'être davantage distraite. Elle acheva son compte rendu et roula bien régulièrement le vélin qu'elle lia avec un ruban rouge, puis elle alla se coucher.

Elle ne dormit que quelques heures, et se réveilla avant l'aube. Elle se lava et s'habilla rapidement, avant de réveiller Colum, lui criant de ne pas paresser trop longtemps au lit car ils avaient de la besogne devant eux. Colum était toujours ensommeillé le matin. Kathryn attendit qu'il se soit lavé et rasé, et qu'il l'ait rejointe à la cuisine, pour prendre place à côté de lui. Elle lui laissa le temps de déjeuner, puis demanda à Thomasina d'aller chercher Wuf et Agnes.

Lorsqu'ils furent tous réunis dans la cuisine, Wuf déclara qu'il avait soif. Thomasina lui apporta donc un verre de lait, et elle en servit un aussi à Agnes. Colum, assis près de l'âtre, admirait secrètement Kathryn : elle avait peu dormi, pourtant elle avait les joues roses d'excitation, et ses yeux scintillaient de vivacité.

— Assieds-toi, Thomasina, commença-t-elle. Nous allons jouer à un jeu.

Wuf aussitôt bondit sur ses pieds, applaudissant des deux mains.

— Moi aussi, je peux jouer?

— Assurément. Colum, vous allez lier ensemble les mains et les pieds de Wuf, comme était entravé le pauvre Faunte, au Guildhall.

Wuf poussait des petits cris d'excitation, mais il ne broncha pas quand Colum, qui était allé chercher de la corde, fit ce que lui avait demandé Kathryn. Le gamin se retrouva avec les pieds et les poignets attachés par une corde qui reliait ses quatre membres entre eux.

— Cesse de rire, Wuf, lui dit Kathryn, et toi, Agnes, va te placer à côté de lui.

Ouvrant de grands yeux ronds, la fille de cuisine obéit.

— A présent, Wuf, l'avertit Kathryn, n'oublie pas que tout ceci est un jeu. Essaie de saisir Agnes par le cou.

Suivit la confusion la plus totale. Agnes recula vivement, Wuf sauta et sauta encore avant de s'affaler sur le sol, riant aux éclats.

Colum regarda Kathryn.

— Sparrow et le gardien, c'est cela? demanda-t-il.

— Exactement. Non, Wuf, ne me pose pas de question. Colum, détachez-le.

Colum libéra le garçonnet, qui riait toujours et courut auprès de Kathryn pour lui donner un baiser sonore.

— Que signifie ce jeu? demanda Thomasina.

— Nous cherchons à démasquer un assassin, répliqua Kathryn. Vous vous rappelez les deux vieilles sœurs, Eleanor et Maude? Tout le monde croyait qu'elles avaient la peste alors que nous savions que c'était la pellagre. Notre assassin au château agit pareillement. Il nous a présenté des faits, mais de telle sorte que ceux-ci donnent une vision déformée de la réalité.

Kathryn sourit à Colum.

— Nous pensions que Sparrow avait tué le gardien, puis qu'il avait pris la clé pour défaire ses menottes avant de s'échapper, qu'il avait menacé ensuite l'assassin de Brandon de révéler la vérité sur la mort du prisonnier, et qu'il s'était fait tuer à son tour.

La jeune femme secoua la tête.

— Quant à moi, je jouais avec la cordelière de ma robe quand j'ai soudain compris qu'une corde ou une chaîne entravait singulièrement les mouvements.

— Donc, intervint Colum, les menottes de Sparrow étaient ouvertes avant qu'il tue le gardien? Il avait un complice, qui lui a permis de s'échapper et qui l'a ensuite tué pour qu'il ne parle pas.

— Exactement, et j'ai appliqué la même logique à tous les autres meurtres, sans accepter ce que l'on nous avait dit.

Kathryn indiqua la porte et demanda à Wuf :

— A présent, Wuf, si je te disais que cette porte est verrouillée de l'extérieur, et que tu veuilles sortir, que ferais-tu ?

— Je passerais par la fenêtre, rétorqua le gamin aussitôt.

Kathryn se mit à rire.

— Non, non, disons que la pièce n'aurait pas de fenêtre.

— Eh bien, j'irais chercher un marteau ou une bûche pour forcer la porte, répondit Wuf, ravi d'être le centre d'intérêt.

— Et si tu étais très pressé, insista Kathryn, si par exemple il y avait le feu, une fois dans le jardin, tu ne t'attarderais pas à vérifier que la porte était bien fermée de l'extérieur et pas l'inverse, n'est-ce pas ?

Colum claqua les mains sur ses cuisses.

— La trappe du belvédère !

— Oui, expliqua Kathryn. J'ai commencé à avoir des doutes quand je me suis demandé comment Webster avait pu crier s'il était inconscient.

— On l'a pourtant vu en haut de la tour, fit valoir Colum.

— L'a-t-on vraiment vu ? demanda Kathryn. Il y a quelques jours, en rentrant à la maison, j'ai cru voir Agnes dans le jardin parce que j'avais vu sa cape brune, alors que c'était Wuf qui l'avait empruntée. Non, non ! s'exclama-t-elle, étendant les mains pour intimer à Agnes de ne pas s'emporter, nous n'allons pas nous quereller maintenant pour une bêtise pareille.

S'adressant de nouveau à Colum, elle reprit son raisonnement :

— Comprenez-vous, ces meurtres étaient très simples. On nous a montré des images déformées de la réalité. Brandon est mort, mais en réalité il a été empoisonné. Sparrow s'est-il échappé ? Non, on lui a permis de le faire. On a vu Webster en haut de la tour, et la trappe était fermée du côté du belvédère. Mais était-ce bien Webster ? Et la trappe était-elle bien verrouillée ?

— Dans ce cas, qui est l'assassin ? demanda Colum.

Kathryn se frotta les yeux.

— Là encore, on a voulu nous présenter une image déformée de la réalité. Brandon, Moresby et quatre amis ont fui Barnet avec l'Œil de Dieu. A présent que nous sommes allés à Sellingham, nous avons vu les corps de tous ces hommes sauf un.

— Celui de Moresby, dit Colum.

— En effet, nous n'avons pas vu le corps de Moresby. Sommes-nous sûrs qu'il soit mort ? Quelqu'un s'est-il fait passer pour lui ? Ou, pour dire les choses autrement, qui, au château, pourrait se faire passer pour ce qu'il n'est pas ?

— Le pardonneur !

— Et qui dans ce même château peut aller et venir où bon lui semble ?

— Le pardonneur, répéta Colum, et, cette fois, Wuf, Thomasina et Agnes firent chœur avec lui.

— Dans ce cas, Irlandais, il faut nous rendre au château avant que quiconque n'en parte.

— Je peux venir ? s'écria Wuf.

Kathryn l'embrassa sur le sommet du crâne.

— Non. Tu m'as déjà été d'une aide précieuse avec Agnes.

Imitée par Colum, Kathryn s'en fut prendre sa cape puis ils sortirent chercher leurs chevaux.

— Vous savez qui est le meurtrier? demanda Colum.

— Un détail me tracasse encore, répondit-elle. Deux cavaliers se sont rendus au village abandonné, séparément, n'est-ce pas?

Colum hocha la tête en tamponnant une coupure due à un rasage trop rapide.

— Je connais les chevaux, dit-il. Je ne peux pas me tromper.

— Dans ce cas, reprit Kathryn, nous devrons reconsidérer qui avait accès à Brandon, Sparrow et à la trappe du belvédère.

Après avoir enfourché leurs montures, Kathryn et Colum prirent le chemin du château. A Winchepe, juste avant le portail, Kathryn s'arrêta.

— Pendant que j'occupe les autres, allez examiner le verrou de la trappe, dit-elle.

Et après avoir cité quelques vers appropriés tirés de « La Bourgeoise de Bath » de Chaucer, elle expliqua succinctement à son compagnon ce qu'elle considérait comme l'évidence. Colum finit par admettre sa thèse, mais il demanda :

— Quelle preuve avons-nous?

— Aucune, répliqua légèrement Kathryn. Tout au moins, pas encore, mais dès que nous serons au château, allez vérifier ce que je vous demande, et alors nous en aurons peut-être une.

Colum saisit le doigt tendu de Kathryn et le serra légèrement.

— Savez-vous, dit-il en remettant son cheval en marche, j'ai toujours pensé que Thomasina ferait une excellente Bourgeoise de Bath, mais après vous avoir entendue, je n'en suis plus si sûr.

Kathryn lui tira la langue tandis qu'il s'éloignait, puis à son tour éperonna son cheval.

— Colum, n'êtes-vous pas inquiet? dit-elle quand elle l'eut rejoint. Vous avez l'air...

— Résigné ?

— Oui, c'est cela, résigné.

Colum secoua la tête.

— J'ai côtoyé la mort toute ma vie, Kathryn, j'ai connu les champs de bataille, les embuscades, le pillage, j'ai pourchassé et j'ai été pourchassé. Une vie semblable vous endurcit. Croyez-vous que le roi ou Gloucester accordent la moindre importance à Brandon ? Non. C'est le pendentif qui les intéresse.

Ils venaient de pénétrer dans l'enceinte du château, aussi Colum n'en dit pas plus. Un palefrenier ensommeillé prit leurs chevaux tandis qu'un autre allait prévenir les occupants du château qu'ils devaient se rendre dans la grande salle.

Ils y arrivèrent un par un. Fitz-Steven était ébouriffé et mal rasé. Visiblement, on l'avait tiré de son lit et il semblait de méchante humeur. Peter le chapelain paraissait nerveux. Gabele affichait un visage de marbre. Quant au Vertueux, il était plus insolite que jamais. Le dernier à apparaître fut Fletcher, qui semblait hors de lui. Il parla au nom de tous :

— C'en est assez ! hurla-t-il, fusillant Kathryn du regard. Nous ne supportons plus d'être convoqués ici ou là ! Où est l'Irlandais ?

— Il ne tardera pas à nous rejoindre, répliqua Kathryn. Il est allé vérifier un détail.

— Quoi ? grogna Fitz-Steven.

— Peu importe, intervint Colum, qui entrait dans la salle.

Il s'assit au bout de la table, en face de Kathryn.

— Je vous vois tous bien impatients, reprit-il, je vais donc résumer brièvement la situation.

Sans prêter attention aux grognements mécontents, Colum énuméra rapidement les événements qui avaient eu lieu au château ces derniers jours.

— Nous savons tout cela, dit d'un ton sec le chapelain. Il n'y a rien de nouveau.

Colum sourit.

— Pas vraiment, non, admit-il. Oh, à propos, Maîtresse Swinbrooke, j'ai vérifié ce que vous m'avez demandé, et vous aviez vu juste.

— Vous êtes ici pourquoi, au juste ? demanda Gabele.

— Eh bien, d'abord, nous avons retrouvé l'Œil de Dieu, annonça Kathryn.

Elle regarda attentivement les visages autour d'elle, guettant les réactions.

— Une chose cependant m'échappe, poursuivit-elle : la mort de Webster. Vous avez dit, Maître Gabele, qu'il était seul sur le belvédère de la tour ?

— Je l'ai dit, en effet.

— Et les sentinelles l'ont entendu hurler quand il tombait du haut du donjon ?

— C'est exact.

— Ensuite vous êtes monté ?

— C'est ce que j'ai dit, acquiesça Gabele. Et je n'ai pas pu ouvrir la trappe parce que Webster l'avait verrouillée de l'extérieur. J'ai demandé à tout le monde d'attendre l'arrivée de l'Irlandais.

— La trappe était donc verrouillée du côté extérieur, et déverrouillée du côté des escaliers ?

Gabele passa la langue sur ses lèvres sèches.

— Eh bien ? insista Kathryn.

— C'est exact, dit le maître d'armes.

— Il se trouve que je viens d'examiner la trappe, intervint Colum. Les verrous des deux côtés ont été remplacés.

— Assurément, répliqua Fletcher. Comme nous avions forcé la trappe, il fallait bien les changer.

— Certes, mais il y a un instant, je les ai examinés avec soin : le verrou du côté du belvédère a été remplacé, mais le bois autour est intact, or il aurait dû être abîmé si les soldats avaient forcé le verrou en poussant la trappe.

Colum pianota sur la table.

— Plus étrange encore, reprit-il, le verrou du côté des escaliers a été remplacé. Pourquoi ? S'il était ouvert, il n'a pas pu être cassé.

— Que cherchez-vous à démontrer ? aboya Gabele.

Colum étendit les mains devant lui.

— Eh bien... Nous avons une trappe avec un verrou de chaque côté. Webster est censé avoir fermé celui du côté du belvédère, et nous l'avons forcé plus tard. Pourtant, le bois autour du verrou n'en porte pas trace. Du côté de l'escalier, où le verrou était censé être ouvert, le bois est abîmé.

— En d'autres termes, poursuivit Kathryn, la trappe n'était fermée au verrou que du côté des escaliers, et non pas de l'extérieur.

La jeune femme fixa Gabele, qui avait pâli, et reprit :

— Je vais donc vous expliquer ce qui est arrivé. Le gouverneur est monté au belvédère, comme il le faisait tous les matins. Vous, Maître Gabele, vous lui avez sournoisement emboîté le pas dans les escaliers. Vous l'avez assommé d'un coup derrière la tête, puis vous avez pris son manteau et sa toque de castor et vous êtes sorti sur le belvédère, pour déambuler comme le faisait toujours le gouverneur. Les sentinelles n'ont vu que ce qu'elles avaient l'habitude de voir, d'autant que d'en bas, dans la pâle lueur de l'aube, elles ne pouvaient pas distinguer vos traits. Vous avez fait tout ce que Webster avait coutume de faire : vous avez marché et allumé un petit feu, et même hélé les gardes. A cette distance, il est difficile de reconnaître une voix. Enfin, vous avez quitté le belvédère, dont vous avez fermé la trappe du côté de l'escalier.

— Foutaises ! rugit Gabele.

Colum, qui était assis à côté de lui, lui saisit le poignet.

— Vous avez alors remis son manteau et sa toque à Webster, continua Kathryn, puis vous vous êtes posté derrière les lattes de cette grande fenêtre, juste au-dessous de la trappe. Vous vous souvenez, n'est-ce pas ? Celle qui ne servirait qu'en cas de siège ?

Gabele fuyait le regard de la jeune femme, à présent.

— Oui, reprit-elle, vous avez surveillé les sentinelles, qui avaient froid et étaient fatiguées après une nuit de veille. Quand elles ont tourné le dos au donjon, vous avez ouvert la fenêtre et fait basculer le corps du pauvre Webster. Puis, en refermant la fenêtre, vous avez poussé un grand cri. Les gardes se sont retournés, et ils ont vu un éclair de couleur qui tourbillonnait. Comme ils avaient entendu crier, ils en ont tiré la conclusion logique : Webster était tombé ou il s'était jeté du haut de la tour.

Kathryn reprit son souffle.

— Je ne me serais jamais doutée de la vérité si Webster avait heurté le sol du côté où vous l'aviez frappé.

Gabele se leva lentement.

— Vous mentez, chienne ! gronda-t-il.

Colum se courba, pointant sa dague sur le cou du

maître d'armes tandis que de l'autre main il lui retirait son couteau.

— Asseyez-vous, je vous prie !

Gabele obéit ; si un regard pouvait tuer, celui qu'il lança à Kathryn l'aurait foudroyée.

Peter le chapelain prit la parole :

— Je croyais que le verrou du côté de la tour avait été forcé. Vous l'avez bien vu, non, Maître Murtagh ?

Colum haussa les épaules.

— J'ai vu que les crochets qui maintenaient le verrou étaient desserrés, pour faire croire qu'il avait été forcé. C'est Gabele qui l'aura fait avant de quitter la tour.

Fletcher bondit sur ses pieds et pointa un doigt accusateur sur Gabele.

— Salopard ! rugit-il. Ignoble bâtard ! L'Irlandais dit vrai. Vous êtes revenu de la tour en assurant que le verrou était fermé. Nous vous avons cru sur parole. Personne n'a vérifié. Et vous nous avez ordonné de ne pas monter avant l'arrivée de l'Irlandais.

— Il ment ! hurla Gabele. L'Irlandais n'a pas de preuve de ce qu'il avance. J'ai remplacé...

Il se tut brutalement, réalisant l'énormité de ce qu'il reconnaissait.

— Vous avez remplacé quoi ? demanda doucement Kathryn.

Gabele détourna les yeux.

— Oh, je sais ce que vous avez fait ! poursuivit la jeune femme. Vous avez changé les deux verrous. Colum l'a vu quand il est monté dans la tour, ce matin.

Elle posa les coudes sur la table et se pencha en avant.

— Expliquez-nous, Maître Gabele, pourquoi vous avez remplacé ces deux verrous ? Celui du côté des escaliers n'aurait pas dû être cassé. Pourquoi l'avoir changé ? Et pourquoi l'avoir fait vous-même ? Vous devez bien avoir un menuisier, au château ?

Fitz-Steven tapa sur la table.

— Vous assurez, Maîtresse, que Gabele a attendu Webster dans l'escalier sombre, puis l'a assommé d'un coup sur la tête avant d'emprunter son manteau et son chapeau afin de se faire passer pour sa victime ?

Kathryn hocha la tête.

— Après quoi, poursuivit le clerc, il a desserré les crochets du verrou de la trappe côté belvédère, a fermé du côté des escaliers, remis le manteau et le chapeau à Webster et jeté son corps par la fenêtre ?

— Exactement, vous avez bien compris, Maître clerc. N'oubliez pas que le jour se levait à peine, que les gardes étaient fatigués, et qu'ils tournaient le dos au donjon.

Fitz-Steven se gratta le menton.

— Je veux bien admettre tout cela, Maîtresse, mais, dans ce cas, pourquoi, quand nous avons forcé la trappe, n'avez-vous pas remarqué que le verrou à l'intérieur était tiré ?

— C'est simple, intervint Colum. Gabele avait interdit à quiconque d'approcher de la trappe jusqu'à mon arrivée. Ensuite, l'escalier est très sombre. Et enfin, si nous avions remarqué que le verrou était fermé, cela n'aurait rien changé. Gabele pouvait toujours jurer qu'il avait agi ainsi pour des raisons de sécurité. Il est important de se rappeler comment nous sommes montés dans la tour : Gabele était le premier, et il a ordonné aux soldats de passer devant nous pour forcer la trappe. Il voulait ainsi éviter que nous ne remarquions quelque chose d'anormal.

— Pourquoi donc ? demanda le chapelain.

Kathryn reprit :

— Je crois que Webster a été tué parce qu'il a compris que l'évasion de Sparrow n'était pas accidentelle. Pour cette raison, il s'était livré à cette curieuse pantomime dans la cour du château avec vous, Peter, la veille de sa mort. En effet, selon la version officielle, le gardien a été étranglé. Mais comment Sparrow aurait-il pu le tuer s'il avait des menottes, les chevilles entravées, et une chaîne reliant ses mains à ses pieds ? Dans des conditions pareilles, il est impossible de lever les mains pour étrangler un homme.

Kathryn secoua la tête.

— Non, mon opinion est que les menottes de Sparrow était endommagées et qu'elles ne fermaient pas bien.

— Bien sûr ! approuva Peter le chapelain dans un souffle. Le gouverneur se comportait de façon étrange. Il m'a entraîné dans le recoin sombre. Il gardait les mains croisées sur sa poitrine comme s'il priait. Il m'a ensuite regardé, a marmonné quelque chose au sujet de l'Irlandais qu'il fallait prévenir, puis il a tourné les talons. Il avait certainement compris que les menottes de Sparrow n'étaient pas fermées. Néanmoins, ajouta le prêtre, le prisonnier aurait pu frapper le gardien et ensuite s'emparer des clés de ses menottes.

— En effet, répliqua Colum, mais il y aurait eu lutte. D'après ce qu'on nous a dit, Sparrow est allé dans le recoin sombre, le gardien l'y a suivi, et là, Sparrow l'a tué en l'étranglant. Le gardien a donc été pris par surprise. Sparrow a ensuite changé de vêtements et a disparu.

Colum haussa les épaules.

— Si ses menottes n'étaient pas fermées à clé, c'est que Sparrow avait un complice au château. C'est bien ce dont se doutait Webster.

— Et Sparrow ? demanda le chapelain.

— Oh, sous le prétexte de continuer à le tenir au courant de la situation, Gabele l'a retrouvé dans quelque endroit désert au bord de la rivière Stour, et il l'a tué. Puis il a jeté son corps dans la rivière après l'avoir décapité pour éviter qu'on l'identifie.

— Quand nous avons ramené le corps de Sparrow au château, intervint Kathryn, nous avons conclu qu'il s'était échappé grâce à son astuce. Webster savait qu'il n'en était rien. Nous avons pensé que Sparrow avait été assassiné parce qu'il menaçait quelqu'un au château.

Kathryn haussa les épaules.

— En vérité, c'était le contraire : on a aidé Sparrow à s'échapper afin de pouvoir le supprimer et le faire taire.

— Pourquoi aurais-je fait tout cela ? marmonna Gabele.

Kathryn repoussa son siège.

— Nous arrivons maintenant au cœur de l'affaire. Reprenons-la par le début. Brandon est emprisonné dans le château de Cantorbéry. Il ne se livre pas beaucoup mais finit par confier à Gabele qu'il a un important secret : il sait où est caché un trésor très précieux. Il ne donne à Gabele aucun indice sauf une citation tirée des psaumes : *Levate oculos ad montes*, « Lève les yeux sur les collines ».

— Pourquoi Brandon se serait-il confié à Gabele ? demanda Fletcher.

— Sans doute espérait-il être mieux traité, répondit Colum. Brandon était un tueur. Une fois libéré, il se serait débarrassé de Gabele, qui serait devenu un obstacle. En attendant, pour calmer sa curiosité, il lui avait sans doute dit que le trésor était caché dans une église. Gabele, sans montrer sa convoitise, a donc passé un pacte avec Brandon, mais Sparrow a entendu les conversations des deux hommes par la brèche dans le mur qui sépare les deux cachots.

Kathryn reprit la parole.

— Sparrow a donc fait chanter Gabele : soit il s'évadait, soit il révélait toute l'affaire à Webster. Gabele a accepté de l'aider, et il a mal fermé les menottes du prisonnier. Sparrow a tué son gardien et s'est échappé. Gabele à son tour a tué Sparrow, puis il s'est rendu compte que Webster avait des doutes, et il l'a assassiné.

— Mais pourquoi ? demanda le Vertueux.

Le pardonneur avait perdu ses gestes affectés : l'homme était maintenant froid, dur, attentif.

— Pourquoi Gabele a-t-il tué Brandon ? précisa-t-il en dévisageant Kathryn. C'est bien ce que vous avez dit, n'est-ce pas, Maîtresse ?

— Assurément, répliqua la jeune femme. Gabele avait compris que si le trésor était dissimulé dans une église, il s'agissait de celle d'un endroit désert. Il connaît bien la campagne autour de Cantorbéry, et donc le village de Sellingham, et il a décidé de courir sa chance. Après tout, il avait tout son temps, et si Brandon mourait, il n'aurait pas à partager le trésor. En outre, avec la disparition de Brandon et de Sparrow, plus personne ne risquait de le trahir.

Kathryn s'adossa à son siège.

— L'assassinat de Brandon a été un jeu d'enfant, poursuivit-elle. La ciguë est aussi commune que l'herbe des prés. Margotta, la fille de Gabele, apportait ses repas à Brandon. Il a suffi à Gabele de mélanger le poison aux aliments. Le prisonnier est tombé subitement malade, la fièvre a monté, et très vite il a été inconscient, avant de comprendre qu'il était empoisonné.

— Mais Brandon a dû s'en douter, non? chuchota Fletcher.

— Même dans ce cas, qu'y pouvait-il? répondit Colum. Il n'allait pas dire au père Peter ou à Webster qu'on l'avait empoisonné parce qu'il savait où était caché un trésor, n'est-ce pas? Quant à Gabele, bien qu'il soit sans scrupule, il ne s'est sans doute pas imaginé que le prisonnier n'était pas mort quand il a été enterré, et qu'il reviendrait à lui dans sa tombe.

— Comment expliquer que Gabele n'ait pas trouvé le trésor? demanda Fletcher.

Kathryn fixa le maître d'armes qui, assis, les deux mains sur la table, semblait perdu dans ses pensées. A son visage blême, la jeune femme savait qu'elle ne s'était trompée sur aucun point.

— Oh, murmura-t-elle, il l'a cherché, mais il n'a pas prêté attention à la prière de Brandon. Comme l'autre homme qui recherchait l'Œil de Dieu, d'ailleurs.

Le Vertueux frappa un coup sur la table.

— Qui d'autre le cherchait? Et comment connaissait-il l'existence du pendentif?

Kathryn sourit au pardonneur.

— Je crois que vous connaissez la réponse, murmura-t-elle. Vous n'êtes pas un pardonneur, mais Reginald Moresby, capitaine de la garde du feu comte de Warwick, qui a péri récemment à la bataille de Barnet.

Le pardonneur posa sur la jeune femme un regard froid, mais Kathryn aurait juré qu'un lointain sourire animait ses yeux.

— Je ne me trompe pas, n'est-ce pas ? insista-t-elle. C'est la seule explication logique.

— Vous n'avez rien à craindre, Maître Moresby, intervint Colum. Je jure que, si vous dites la vérité, je veillerai personnellement à ce que le roi vous gracie.

Le pardonneur allait protester, mais il soupira, et, arrachant le collier de reliques de son cou, il le jeta sur la table.

— Puisque tout est dit, commença-t-il, je vais vous raconter mon histoire, Maîtresse Swinbrooke, et elle vous glacera l'âme jusque dans ses tréfonds. Je suis Reginald Moresby, de Newport, dans le Shropshire, capitaine de la garde du feu et bien-aimé comte de Warwick. Dieu nous pardonne, Brandon et moi avons fui le champ de bataille de Barnet en emportant l'Œil de Dieu. Durant quelques semaines, nous sommes restés sous le couvert des bois et des forêts, loin des routes et des chemins. J'avais pour but de rejoindre le prieuré de Christchurch, à Cantorbéry, puis de partir vers le sud jusqu'à Douvres et d'embarquer pour la France. Cependant, les soldats yorkistes fouillaient le pays. Avec moi-même, notre petit groupe comptait six hommes, les plus fidèles parmi tous ceux qui avaient suivi Warwick, du moins je le croyais. Brandon portait avec lui l'Œil de Dieu. Il nous assura connaître un village abandonné où nous pourrions nous cacher. Nous l'avons dit à Nicholas Faunte quand nous l'avons rencontré. Il se dissimulait comme nous dans la forêt de Blean.

Moresby s'humecta les lèvres.

— Après notre rencontre avec Faunte, nous nous sommes séparés. J'ai quitté Brandon et nos quatre compagnons pour tâcher de savoir ce qu'il était advenu du corps de Warwick, et aussi pour trouver la route la plus sûre jusqu'à Cantorbéry et Douvres. Mes compagnons me faisaient confiance, et je leur ai laissé l'Œil de Dieu.

Moresby haussa les épaules.

— C'était aussi une façon de s'assurer que je les rejoindrais. J'ai passé des semaines à courir les routes, perdant du temps pour échapper aux troupes yorkistes. Or nous étions convenus de nous retrouver à Sellingham. Quand j'ai enfin atteint le village, mes compagnons y étaient passés, mais impossible de les retrouver. J'ai cherché partout, en continuant à me cacher car l'endroit était dangereux, et j'ai fini par me dire que mes amis étaient partis.

— Pourquoi vous être déguisé en pardonneur ? demanda Kathryn.

Moresby eut un pauvre sourire :

— Je pensais que ce déguisement convenait à ma situation. Avez-vous lu Chaucer, Maîtresse Swinbrooke ?

— Je le connais mieux que vous ne le pensez ! rétorqua la jeune femme.

Colum toussota.

Moresby passa ses doigts dans ses cheveux teints en jaune.

— Dans « Le conte du Pardonneur », reprit-il, une compagnie d'hommes jeunes finit par s'entretuer pour un précieux magot. Lorsque je me rendis au village abandonné pour n'y trouver personne, je pensai que Brandon et mes autres compagnons avaient dû s'enfuir. Puis j'entendis dire que Brandon avait été capturé et qu'on l'avait emprisonné au château de Cantorbéry. Ne pouvant retrouver les autres, j'ai commencé à me demander si on ne les avait pas tués, et j'ai alors pensé au « Conte du Pardonneur » de Chaucer. Or, par un étonnant hasard, dans une taverne de Maidstone, j'ai rencontré un de ces individus. J'ai compris qu'il pouvait parcourir le royaume sans être inquiété, aussi j'ai dépensé jusqu'au dernier sou pour acheter ses reliques, ses vêtements et sa licence. J'ai trouvé un cadavre défiguré dans un fossé : je l'ai habillé de mes vêtements. C'est ainsi que je suis devenu le Vertueux, et je me suis rendu directement à Cantorbéry.

Moresby étendit les mains en avant.

— Vous connaissez la suite. Je me suis adressé à Sir William Webster, lui disant que les hostelleries et les tavernes étaient pleines, et il a accepté de me loger au château. J'ai attendu mon heure, et je suis allé voir Brandon.

Moresby se tut pour rassembler ses souvenirs.

— C'était après l'évasion de Sparrow, reprit-il. Brandon m'a reconnu, bien sûr, mais il ne pouvait pas me trahir sans se trahir lui-même. Il m'a juré qu'il ne savait pas où étaient les autres ni ce qu'il était advenu de l'Œil de Dieu.

Moresby secoua la tête.

— Je savais qu'il mentait.

Il regarda Colum d'un air interrogateur.

— Je suis retourné plusieurs fois au village abandonné, mais je n'ai rien trouvé. Comment avez-vous fait ?

Colum le lui raconta, et tout le monde écouta dans un silence pétrifié le sinistre récit de ce qu'ils avaient découvert dans le caveau de la vieille église. Moresby pâlit et, la bouche ouverte, ne cherchait même pas à essuyer les larmes qui coulaient sur ses joues.

— Vous les avez retrouvés ? morts ? chuchota-t-il.

— Oui, murmura Colum.

Moresby se cacha le visage dans les mains.

— O Dieu, ayez pitié d'eux ! pleura-t-il doucement. O ayez pitié d'eux !

Il releva la tête.

— Maudit soit Brandon ! C'est lui qui les a assassinés, n'est-ce pas ?

— Je le pense, oui, répondit Colum. Brandon connaissait le caveau. Il voulait l'Œil de Dieu pour lui, et il a dressé son plan. Il voulait vous conduire tous dans cette église et vous enterrer vivants. La pierre tombale est taillée de telle sorte que l'on peut l'ouvrir de l'extérieur, mais pas de l'intérieur. Il aura sans doute fait valoir que le caveau était une bonne cachette, puis inventé un prétexte pour y laisser ses compagnons, assurant qu'il reviendrait. En gage de son retour, il leur laissait l'Œil de Dieu. Quand la dalle s'est refermée sur eux, les quatre pauvres bougres n'ont pas songé un instant qu'elle ne s'ouvrirait plus jamais.

Colum lança un regard de côté à Gabele, qui n'était plus que l'ombre de lui-même.

— Gabele est peut-être un assassin, reprit l'Irlandais, mais Brandon était un démon fait homme. Il savait que ses compagnons mourraient. Et si vous, Moresby, vous le retrouviez, il vous aurait raconté quelque mensonge. Quant à lui, il pouvait attendre des années avant de retourner chercher l'Œil de Dieu.

— Mais pourquoi s'est-il laissé prendre si facilement ? demanda Fletcher. Je veux dire, je l'ai capturé alors qu'il dormait dans un champ à côté de son cheval.

— J'ai déjà répondu à cette question, dit Kathryn. Brandon voulait aller en prison. Il y passerait un temps assez court, puis serait gracié, et reprendrait une vie normale avant d'aller rechercher son trésor.

Peter le chapelain demanda à son tour :

— Dans ce cas, pourquoi n'a-t-il pas changé de nom ?

— Je lui ai posé la question, dit Moresby, mais le salopard s'est contenté de sourire. Je n'ai réalisé qu'après combien il était malin. D'abord, en tant qu'écuyer de Warwick, si d'aventure on l'interrogeait, il pouvait toujours dire qu'il ignorait l'existence de l'Œil de Dieu, et laisser croire que le comte avait remis le joyau à quelqu'un d'autre. Ensuite, c'était une façon de me faire taire. En effet, si j'étais arrivé en affirmant que j'étais Moresby, j'aurais dû répondre à certaines questions fort embarrassantes.

A cet instant, Margotta sortit de l'ombre où elle s'était tenue cachée. Elle était blanche comme un linge, son joli visage complètement hagard.

— Père, lança-t-elle d'une voix rauque, que se passe-t-il ?

— Oh, mon Dieu ! gémit Gabele.

Kathryn échangea un rapide regard avec Colum et se raidit.

— Restez où vous êtes ! ordonna-t-elle.

— Que voulez-vous dire ? murmura Margotta en avançant d'une démarche hésitante vers son père.

— Vous étiez sa complice ? l'accusa Kathryn. C'est vous qui apportiez la nourriture au prisonnier, après tout.

— Taisez-vous, garce ! rugit Gabele. Ma fille ne

savait rien, même si ce que j'ai fait, je l'ai fait pour elle.

Il fusilla Colum du regard.

— Ce joyau, c'était ma récompense pour des années de durs services et de revers cruels.

Colum le saisit par le bras. Gabele se dégagea et se leva.

— Ce que vous avez dit est exact, déclara-t-il, mais ma fille est innocente.

Il pointa un doigt sur Fitz-Steven.

— Dites à cet imbécile de consigner mes aveux, et je les signerai.

Il tendit les poignets en direction de Fletcher.

— Allons, dépêchez-vous, bâtard paresseux, mettez-moi les menottes ! Vous ne connaissez donc pas votre métier ?

Colum hocha la tête.

— Emmenez-le, ordonna-t-il doucement, et occupez-vous de sa fille.

Fletcher tira son épée et sortit de la salle à la hâte pour appeler des soldats. Quelques minutes plus tard, on poussait dehors Gabele, suivi de sa fille qui sanglotait.

Colum prit son manteau.

— Nous en avons terminé ici, déclara-t-il. Ce qu'il reste à faire le sera sur ordre du roi, mais ma tâche, Dieu merci, est finie.

Kathryn à son tour prit son manteau et ils se dirigèrent vers la porte de la salle, où Moresby les rejoignit.

— Comment avez-vous su ? demanda-t-il à Kathryn.

Celle-ci indiqua la cordelière de sa robe et dit en souriant :

— Une cordelette m'a mise sur la voie. Quand

nous avons compris que les menottes de Sparrow n'étaient pas fermées, nous avons su qu'il avait un complice. Gabele pouvait l'être, et c'était lui qui avait vérifié la trappe de la tour.

Kathryn haussa les épaules.

— Le reste n'était que déduction.

— Et pour moi ? demanda Moresby.

— Question de logique. Nous savions que Brandon et ses compagnons étaient morts. Nous savions que Gabele s'était rendu à Sellingham, et que quelqu'un d'autre y était allé aussi. Le seul dont nous n'étions pas sûrs qu'il soit mort, c'était vous.

Kathryn sourit de nouveau.

— Votre présence ici pouvait être une coïncidence, mais votre ressemblance avec le Pardonneur de Chaucer était par trop étrange.

La jeune femme soupira.

— Grâce à l'Irlandais, je connais assez bien Chaucer.

— Respecterez-vous votre parole, Irlandais ? demanda brusquement Moresby.

Colum hocha la tête.

— Oui. Je vous conseille de vous réfugier à Christchurch. Le roi est miséricordieux. Ce que vous avez fait, je l'aurais fait.

Colum dévisagea l'homme un instant.

— Avant de partir, cependant, vous devriez prendre un bain et vous laver les cheveux. Si vous saviez comme vous êtes horrible, ainsi !

— J'attendrai d'être gracié, mais, d'ici un mois, je partirai rejoindre Henri Tudor en Bretagne.

— C'est votre affaire, marmonna Colum.

— Pas seulement la mienne, non, rétorqua doucement Moresby. Un jour, la roue de la Fortune tournera, et je n'oublierai pas votre mansuétude, Irlandais.

Sur ces mots, Moresby tourna les talons et sortit.

Kathryn et Colum reprirent leurs chevaux aux écuries et sortirent du château pour traverser Winchepe.

— Qu'allez-vous faire, maintenant? demanda Kathryn.

— Je vais rapporter l'Œil de Dieu à Londres.

Colum tira sur les rênes de sa monture, lui flatta l'encolure et leva les yeux au-dessus des maisons. Puis il se pencha vers Kathryn et chuchota :

— Je sais pourquoi Gloucester tenait tant à récupérer le joyau. Le pendentif peut s'ouvrir. A l'intérieur, j'ai découvert un minuscule parchemin : une lettre de promesse signée de George, duc de Clarence.

Kathryn se figea.

— Elle est datée de six mois avant Barnet, reprit Colum. Clarence y jure d'écarter ses frères, et leurs enfants s'ils en ont, du trône d'Angleterre. En échange, Warwick l'aurait fait roi, et lui l'aurait pris comme Premier ministre. Écœurant, n'est-ce pas, Maîtresse Swinbrooke?

— Avez-vous retiré le parchemin? demanda la jeune femme avec curiosité.

— Non, et je ne dirai jamais que je l'ai trouvé. Je l'ai remis en place exactement comme il était.

— Que va-t-il se passer?

Colum reprit ses rênes.

— Clarence mourra, souvenez-vous de ce que je vous dis, Maîtresse. « Le conte du Pardonneur » ne s'applique pas seulement à Brandon et à ses amis, mais aussi à ces trois grands princes de Londres. Ils ont trouvé le trésor, à savoir la couronne d'Angleterre, et ils s'entre-tueront pour elle.

Kathryn se pencha et serra la main de son compagnon.

— Vous souvenez-vous de ces vers, dans « Le conte du Chevalier » ?

J'ai vu la folie se gausser dans sa rage,
Des hommes armés se dresser et hurler à
[l'outrage.

Colum regarda la jeune femme.

— Ce qui signifie ?

— Qu'il ne faut pas mettre sa confiance dans les princes, Irlandais. Moresby a raison. La roue de la Fortune tourne. Ne vous approchez pas de Gloucester et de ses pairs.

— « Ô fleur de patience conjugale », cita à son tour Colum avec un sourire épanoui.

Kathryn lui pinça la cuisse avant d'éperonner son cheval. Puis elle se retourna et regarda l'Irlandais avec une feinte sévérité, mais il riait aux éclats.

Note de l'auteur

Il y a plusieurs thèmes dans ce roman. D'abord, le pendentif appelé l'Œil de Dieu existe, mais aujourd'hui, on le connaît sous le nom de Joyau de Middleham. Ce bijou du XVe siècle présente sur sa face externe un gros saphir ainsi qu'une représentation de la Trinité avec l'inscription suivante : « *Ecce agnus dei qui tollis peccata mundi miserere nobis : tetragrammaton ananizapta.* » Sur son envers est gravée une scène de la Nativité, avec l'enfant couché sur le sol, auréolé de lumière. Sur le pourtour sont ciselées des figures de saints. Le pendentif fut trouvé près du château de Middleham, dans le nord du Yorkshire, patrie des Neville et du roi Richard III.

Les chroniqueurs de l'époque ont décrit de façon très précise la bataille de Barnet, la méprise provoquée par le retour d'Oxford ainsi que la mort de Warwick. Richard Neville, comte de Warwick, avait été, à une époque de sa vie, ardent partisan de la maison d'York et avait toujours conservé des liens étroits avec George, duc de Clarence, l'un des princes York.

Le roi Édouard IV n'oublia jamais la trahison de son frère Clarence. Élisabeth Woodville, la belle et ambitieuse épouse du roi, ne l'oublia pas non plus, et elle jura que, tant que Clarence vivrait, il constituerait une menace pour elle et pour ses deux fils, qui n'étaient encore que de très jeunes enfants. En vérité, une prophétie voulait que quelqu'un dont le nom commençait par un G s'emparât un jour du trône. Or, tout le monde pensait qu'il s'agissait de George, duc de Clarence.

Peu après les événements dont il est question dans ce roman, Clarence mourut, noyé, dit-on, dans une cuve de vin de Malvoisie, à la Tour de Londres. L'histoire veut que Richard, duc de Gloucester (que la prophétie concernait), ait commandité le meurtre.

En 1483, soit douze ans plus tard, Gloucester, qui aimait chèrement son frère mais détestait sa belle-sœur, s'empara de la couronne d'Angleterre et emprisonna à la Tour ses deux neveux.

La description de la ville de Cantorbéry à l'époque médiévale et la chute de son maire Faunte racontées dans ce livre sont fidèles à la réalité. De même les potions qu'utilise Maîtresse Swinbrooke. Ces dernières sont tirées d'un ouvrage sur les plantes datant du Moyen Age, et elles ont retrouvé à notre époque une nouvelle notoriété avec les médecines alternatives.

Le métier d'apothicaire et de médecin qu'exerce Maîtresse Swinbrooke est tout à fait plausible. Dans le premier roman de la présente série, je signalais qu'à l'époque de Kathryn même la famille royale faisait appel à des femmes médecins, et les religieuses de Syon on the Thames passaient pour les meilleurs chirurgiens et médecins d'Europe. Comme l'écrit N. V. Lyons dans son ouvrage *Medicine in the Medieval World* (McMillan Education, 1984) : « Dès le XIe siècle, les femmes pratiquaient la médecine. » Et ce ne fut qu'en 1521, lorsqu'une loi du Parlement régit la pratique de la médecine, que les femmes n'eurent plus le droit de jouer ce rôle important.

P. C. Doherty (C. L. Grace)

IMPRIMÉ EN FRANCE PAR BRODARD ET TAUPIN
6320W - La Flèche (Sarthe)
N° d'édition : 2979
Dépôt légal : janvier 1999
Nouveau tirage : août 1999